学诗26讲

俞汝捷／著

习文小辑

中国青年出版社

自题《学诗26讲》——调寄行香子

俞汝捷

万卷含芬，
斗室氤氲。
漫吟哦、
几度微醺。
悲欢同慨，
与古为新。
品诗中味，
词中趣，
曲中魂。

不才老去，
自愧无文。
冀青年、
笔底生春。
人间驰骋，
天外凝神。
寓他时梦，
今时愿，
昔时痕。

学诗26讲
XUE SHI ER SHI LIU JIANG

目录

学诗26讲

XUE SHI ER SHI LIU JIANG

CONTENTS

序

王颖

2003年秋，我所在的武汉大学国学班开设了一门名为“诗词写作”的课程，任课教师是湖北省社科院研究员俞汝捷先生。我自幼喜爱旧体诗词，上大学后开始学习近体诗格律和尝试创作，此时得以聆听讲授，自然受益匪浅。其时我虽已学诗两年，但长期处在起步阶段，进境无多，于是在课后多次趋前请教，深为俞老的学识和为人风范所折服。尽管当年的课程早已结束，我也于2005年离开江城，前往北大继续研究生学业，但一直珍视着这份师生情谊，有了新作，常常用电邮发给俞老，请他指点。他也十分关心我的学习和生活情况。此次《学诗26讲》行将付梓，承他青目，嘱我作序，真是既惊喜又惶恐。

顾名思义，《学诗26讲》的着眼点在于“学”，对于广大旧体诗词爱好者而言，这本书的意义远非引人欣赏“唐诗”、“宋词”、“元曲”的佳妙，而是导人进入旧体诗词的创作之门。作者以其清雅的风格、流丽的文字、渊博的学识向初学者传授诗词写作之道，从格律、遣词、谋篇等各个方面娓娓讲述其学诗的方法和见解。读这本书，常常令我忆起他当年的授课，宛如行云流水，平易家常，深味则如品香茗，余韵悠长。

昔日课上印象最深的，乃是“当堂批改”。每每我们交上习作，俞老只要念诵一过，立即就能指出其中格律的疏漏或结构、造句的不足。按照俞老的说法，他在吟诵过程中，不合平仄的字会自己跳出来，让他读不下去。这种过人的功底和鉴赏能力，在当今学界是不多见的。基于对格律体会和运用的无比娴熟，本书第2讲提出独特的“有意模仿与无心背错”，不单指出熟读和模仿是学诗的必由之路，还阐述了学诗对阅读中领略声韵之美的帮助。根据作者的亲身体会，“背得多了，记错一些字词也是很自然的事。但同样是记错，外行与内行的错讹往往很不相同”。接着，俞老回忆了其父和陈家庆先生对杜甫、苏轼诗的“无心背错”，说明这种背错并不影响声韵之美，反而通过“换字”饶有意趣。这是学诗过程中非常难得的体验。

俞老家学渊源，少时经常聆听父辈有关诗词掌故、前人轶事的谈论，所闻甚广。青年时代他师从瞿蜕园先生。蜕老是晚清湖湘诗派领袖王闿运的门生，在文史领域深有建树，同时又擅诗词书画。就诗词创作而言，俞老受蜕园先生影响殊深，本书中时常引用蜕老的观点，来说明一些学诗的基本途径和方法，如别出心裁的“换字”，以及学诗应从五古入手。鉴于初学者下笔时易感生涩和无所适从，书中详细讲述了“换字”和“填句”的练习方法，通过大量实例具体阐明对古人诗句的模仿途径。经过这样游戏般的练习，初学者可以自然获得炼字的眼光和能力，同时也自然熟悉了近体诗句式和对仗。关于学诗次序，本书第3讲谈到老辈学者的主张：从五古入手，次五律，次七律，次七古，而绝句和排律可在学律诗的过程中一并解决。俞老指出，从当前旧体诗词的创作情况来看，作者大多偏好七言律绝，但佼佼之作极少，原因之一便是忽略了五古的学习阶段。其实每个人的禀赋、才力和际遇各不相同，学诗次序本无一定之规，但在初学阶段重视对五古的学习，“容易使作品显得气息高古，骨力雄健”。就我个人的创作经验看，我在初学写诗时对古体的练习极少，只有某次偶然心血来潮，写过一首长篇五古，此后写了一段时间的七言律绝，兴趣便很快转移到词。由于对词倾注了太多工夫，现在反而连近体诗都很少写了，即使写，也大多是纤巧之作，少了沉雄的骨力，“以词为诗”，弊端是显见的。如今想要纠偏，恐怕还是得从五古的根子上入手。

《学诗26讲》中，第3、4、5讲和第14、15讲专谈古体诗的写作。其所以把七古安排在近体律绝之后，是因为“长篇七古较难作”，并且“七古采用律句的情况远较五古为普遍，在了解律句的相关知识后再来介绍较为方便”。由于古体诗的创作多循自然声律，较近体诗自由，作者把重点放在了“教读”上，即通过对文学史上杰出五古、七古作品的细读来使读者对古体诗的特征心领神会。而对必须严守格律的近体诗创作，俞老则不吝笔墨，以长达八讲的篇幅从押韵、平仄、对仗、句式、布局等方面详尽论述近体诗的诸种特点和作法。

“不讲平仄，即非律诗”，尽管近体诗格律看似限制颇多，对于初学者来说，其实更多是一个习惯问题。至少就我所知，绝大多数“通关”者都认为符合格律之作更具备声律上的美感，而且传统格律的那一套已经被千百年来的作者所认可和采用。宋人填词用词韵，押韵比平水韵宽泛，但写诗仍用平水韵；元人入派三声，却只限于曲，诗词的押韵还是与唐宋一样。今天声韵发生了更多变化，自有适用新韵的新诗出现。若学写旧体诗词，则还是以遵循既定格律为宜。至于入声问题，俞老认为即使从借鉴前人作品看，也是“守旧”比较容易，更不用提吟诵了。从我个人经验来看，自家方言中并无入声，但对诗词诵读久了，用普通话一样能感觉出入声来。如苏轼的《念奴娇·赤壁怀古》，韵脚比其他押上去声韵的作品显得短促激越，读来便有雷霆万钧之势。这种辨别还有一个好处，就是有助于体会不同韵部对诗词声情的影响。第6讲中曾以元稹《行宫》、柳宗元《江雪》为例，说明“东”韵带来的凄清伤婉之感以及“屑”韵和全诗苍劲孤峭之情的联系。但这种体验需要初学者获得一定“进阶”后方能达到，故而作者又指出在实际选择韵部时，“人们考虑更多的往往是韵部的字是否符合自己的需要”，并约略介绍韵部宽窄之分。如此进退有度，诲人不倦，令读者如坐春风。

本书从第17讲开始转入对词、散曲、楹联的格律与技法的讲解，兼论唱和、联句、诗钟以及诗话与词话，所谈都简洁明快、切中肯綮。末讲论毛泽东诗词，其角度的新颖、观点的持平，也与一般人云亦云之作大异其趣。

如今旧体诗词创作早已被边缘化、“小众”化，但并不妨碍还有一群热爱诗词的朋友们存在着、坚持着。我的一位朋友说，过去诗写得好，可以做官，现在诗写得好，可以发帖。这是一句玩笑，未必需要带来伤感和落寞。从另一方面理解，这样的生存状态更有利于旧体诗词创作非功利化，去除了干谒、登科、应制种种，或许能够促成真正以诗词抒写性情，品味人生——相信这也是俞老等前辈学者所愿意看到的吧。

戊子九月廿四于燕园

1 「不学诗，无以言」

BU XUE SHI WU YI YAN

2003年秋天，有两件事让我同诗词发生了新关系。一是应邀为武汉大学国学班开设诗词写作课；二是主持首届黄鹤楼诗词大赛。无论开课还是主持大赛，都面对一个问题：为什么？——在课堂上要讲明国学班为什么要开这门课；在记者会上则要回答黄鹤楼为什么要举办诗词大赛。两件事各有侧重，目的则有其一致性。

首先是为了传承优秀的文化遗产。中国素有“诗的国度”之称。诗歌在中国文学乃至文化史上享有崇高地位。《论语·季氏》载有这么一则故事：

> 陈亢问于伯鱼曰：“子亦有异闻乎？”对曰：“未也。尝独立，鲤趋而过庭。曰：‘学诗乎？’对曰：‘未也。’‘不学诗，无以言。’鲤退而学诗。”

孔鲤字伯鱼，是孔子的儿子。从他回答陈亢的这段话可以看出，孔子对他是否“学诗”是非常关注的，甚至认为不学诗就简直没有办法说话。这里的“诗”指的是《诗经》。孔子生活的时代，在上层社交和诸侯外交活动中，“引诗证事”与“赋诗言志”蔚为风气。翻开《左传》，即可读到大量引诗、赋诗的记载。引诗、赋诗既能增强语言的感染力和说服力，又能显示个人乃至国家的文化修养，含蓄地呈现国家的实力，所以孔子期勉儿子努力学诗。这则故事很有影响，以至于“鲤庭”、“闻诗”在后世成了著名典故，还常被用来作为名字。如唐诗中就有“鲤也会闻诗”（孟郊《子庆诗》）、“鲤庭传事业”（刘禹锡《酬郑州权舍人见寄十二韵》）一类诗句。我还记得四十多年前第一次游上海豫园，进门不远就看到一块石碑，题的什么已想不起来（可能是“峰回路转”四字），却记得题词者姓闻名诗字过庭。此外，有位电影界元老不就叫陈鲤庭么？

在孔子之后的两千多年间，《诗经》一直是读书人的必读书籍，其在后世诗文中的引用次数恐怕多得无法计算。这既有思想政治上的原因，即《诗经》已被解释为一种思想经典和政治教义，同时也与它的艺术魅力密切相关。直到20世纪，许多文化人早已不把“诗教”当回事儿，而表达思想感情时却仍会情不自禁地引用《诗经》。瞿秋白就义前写《多余的话》，心头涌动的便是《王风·黍离》中的“知我者，谓我心忧；不知我者，谓我何求”，于是置于文前作为代序。我青年时期接触过的老辈文人，诗文信札中都经常引《诗经》为典，言谈中脱口而出几句《诗经》的情形极其常见。譬如谈起人才荟萃，他们会说“济济多士”（《大雅·文王》）；说起持之以恒的难得，他们会感叹：“靡不有初，鲜克有终。”（《大雅·荡》）

不过，本书以“学诗26讲”为题，这里的“诗”并非指《诗经》，而是泛指旧体诗词；“学”也不是仅指“引用”，而是指学会写作。我只是借孔子的一句话来说明，为了使传统诗歌的写作方法不至于失传，至少应该有一些人特别是青年人能够迈入写作之门。1999年

11月联合国第30届大会通过一项决议，决定设立《人类口头和非物质遗产代表作名录》，以对濒于失传或正在失传的文化表现形式予以保护；我国的昆曲已首批入选。而在我看来，诗词写作和吟诵也属于“濒于失传或正在失传的文化表现形式”。伴随着音乐产生的词在宋代是可以歌唱的，姜夔所谓“小红低唱我吹箫”(《过垂虹》)，唱的就是词，但现在词的唱法早已失传。而有关诗词写作和吟诵的方法，如果不及早予以保护和传承，说它会失传也绝非危言耸听。

现在热爱传统诗词并尝试写作的人很多。中华诗词学会据说有一万多会员，加上地方性的诗词学会会员以及像我这样没有入会的爱好者，人数之多可想而知。黄鹤楼举办了三届诗词大赛，参赛者也是一届比一届踊跃，这当然是好事；但在这众多爱好者中，真正熟练地掌握了诗词技巧与格律的人并不多。我曾发现一些诗词学会会员甚至会长、顾问居然对格律尚未入门。我还曾收到一位在网络诗词大赛中获二等奖的诗友发来的获奖作品，一看，也是平仄全错，说明该大赛的评委缺乏判断平仄的能力。就三届黄鹤楼诗词大赛的参赛作品来看，有功力的佳作也是凤毛麟角。

所以，为了使传统诗词延续下去，不至于失传，让一部分人特别是部分年轻人了解、掌握诗词写作的基本知识是有必要的。我并不主张广大青年都来学写诗词，如同我不主张大家都去学唱昆曲一样。但是，总得有一些年轻人会写作，会吟诵，这一珍贵的文化遗产才得以继承和发扬。从这一点说，为国学班开设诗词写作课恐怕不是多余的；在黄鹤楼诗词大赛中特别设一“新人奖”，以奖掖青年作者，恐怕也是很有意义的。

上面是从文化遗产的传承角度谈学诗的重要性。就创作个体而言，在生活中，特别是在情感生活、精神生活中，学会写诗也很有意义。它可以使某种创作欲望得到满足，使某种涌动的情感得到抒发和宣泄。在某些特殊场合、特殊领域，诗词的作用就更明显。

什么是创作欲望？黑格尔《美学》中举过一个例子：一个小男孩把石头抛在河水里，以惊奇的神色去看水中所现的圆圈，觉得这是一个作品，在这作品中他看出他自己活动的结果。这个例子意在说明艺术之所以成为普遍而绝对的需要，在于人有一种冲动，要在直接呈现于他面前的外在事物中实现他自己，并在这实践过程中认识他自己。小男孩的行为当然不能完全等同于艺术创作，却很有意味地表现出了人们与生俱来的创作兴趣。

更多的时候，创作，特别是诗歌创作，乃与情感的抒发相联系。这就是古人所谓“男女有所怨恨，相从而歌。饥者歌其食，劳者歌其事”（何休《春秋公羊传解诂》卷十六）。就具体的艺术门类说，某些艺术可能在某种情况下衰落，如战争状态下，创造力在建筑艺术方面就很难表现，但就整体而言，艺术创作是不会停歇的。恰如罗曼·罗兰所说，“精神的光从未熄灭，它在这里暗弱下去只是为的又在别处重新闪耀而已”（《〈古代音乐家〉序》）。诗歌因是一种最宜抒发感情的文学体裁，其创作又几乎可以不受外部环境的限制，历史上有很多佳作甚至就产生在个体失去自由（如被囚禁、被羁押、被流放）的境遇中乃至临刑前，所以，当你因时事而感触，因景物而兴慨，因各种遭际而涌发出喜怒哀乐的不同情感时，你很可能会萌发写诗的冲动。又因你多多少少读过些传统诗词，你很可能会将之作为体裁的首选。现在有那么多人在尝试写作旧体诗词，不就是一个最好的证明么？既然如此，倘若你掌握了诗词写作的基本知识，那么在抒发情感时必然会更加得心应手，作品的品位也必然会得到提升。

诗词在某些特殊场合、特殊领域的作用就更明显。我曾多次与一些作家、学者同游名胜古迹。接待方很热情地备下笔墨宣纸，恳请留题。这时同行者常常表现犹疑，一是不习惯甚至根本不会使用毛笔，二是不知该题什么为好。朋友们其实都是文坛高手，但大家似乎都意识到，在古迹斑斑的景点，在亭台错落、楼阁参差的古典园林，只有以遒美的书法题写几句旧体诗词或楹联匾额，才显得与四围景物比较协调，而自身以前并无这方面的修养，只好抱歉地退缩一边。当然，如果你会写毛笔字，又有即兴题诗的本领，在这种场合就能挥洒自如，得其所哉了。实际上在古代，即景题诗是很普通的事。历史上许多名作就产生在登临纵目、凭倚兴怀的游览过程中。譬如被严羽誉为唐人七律“第一”的崔颢的《黄鹤楼》，当年大概就题在该楼的粉壁上，所以后至的李白才会说：“眼前有景道不得，崔颢题诗在上头。”在近现代以至当代，题壁之风已被宣纸留题所取代，但遇到行家，即兴吟哦、即景挥毫的佳话仍然不少。20世纪前叶，据说康有为有次前往苏州香雪海赏梅，却发现该园匾额系别人冒自己的名字题写，书法又很拙劣。于是，当接待者请他留题时，他不假思索地写下一联诗——

名园不愧称香海；
劣字如何冒老夫？

两句诗对仗工稳，说清了事实，表明了态度，又不乏幽默，既是应酬性的即景挥毫，也是针对性的即事抒怀。

除了景点题诗，在送别、重逢、婚丧喜庆乃至其他场合也可能会有即兴题咏的需要。1961年9月26日，上海人民广播电台曾将该市文史馆的老人邀到台内，请他们各按方言习惯吟诵旧体诗词。这是一件极有意义的事。如果当时的录音保存完好，那在今天看来就几乎是绝响，其价值丝毫不亚于老辈京剧演员几十年前的录音。有意思的是，应邀的沈尹默不但按电台要求吟诵古人作品，还即席作成两首《减字木兰花》——

高吟低唱，万紫千红同日放。换了人间，莫笑诸翁学少年。　　古为今用，李杜苏辛人所重。转益多师，总觉新知胜故知。

青年朋友，听了莫徒开笑口。北调南腔，不是一般歌舞场。　　古人往矣，活力依然诗句里。生意无涯，老树逢春也著花。

这两首词生动地刻画出当天老人们兴致勃勃的吟哦场景，点明这一活动的意义，还抒发了自身参加活动的愉悦心情。这种脱口成诗的功底，在沈尹默那一代人中并不稀奇，而现在十分罕见了。

传统诗词与书画的关系素来密切，在这个领域流传着许多“诗书双绝”、“诗画双绝”乃至“诗书画三绝”的佳话。以大家熟悉的扬州八怪之一的郑燮来说，平生所画大抵非兰即竹，如他自己所言：“板桥专画兰竹，五十余年，不画他物。”他的兰竹的确画得不错，但无可否认的是，他题的诗词也为画幅增色不少。试举数例如下——

予告归里，画竹别潍县绅士民

乌纱掷去不为官，囊橐萧萧两袖寒。

写取一枝清瘦竹，秋风江上作渔竿。

为黄陵庙女道士画竹

湘娥夜抱湘云哭，杜宇鹧鸪泪相逐。
丛篁密筱遍抽新，碎翦春愁满江绿。
赤龙卖尽潇湘水，衡山夜烧连天紫。
洞庭湖渴莽尘沙，惟有竹枝干不死。
竹梢露滴苍梧君，竹根竹节盘秋坟。
巫娥乱入湘王梦，不值一钱为贱云。

画盆兰劝无方上人南归

万里关河异暑寒，纷纷灌溉反摧残。
不如归去匡庐阜，分付诸花莫出山。

折枝兰

晓风含露不曾干，谁插晶瓶一箭兰。
好似杨妃新浴罢，薄罗裙系怯君看。

题兰竹石，调寄一剪梅

几枝修竹几枝兰，不畏春残，不怕秋寒。飘飘远在碧云端，云里湘山，梦里巫山。　　画工老兴未全删，笔也清闲，墨也斓斑。借君莫作画图看，文里机关，字里机关。

这里，不论七古、七绝还是词，读来都颇富情趣，对画中意象有巧妙的阐释，对画外寓意更有延伸与发挥。

齐白石的题画诗也大都情趣盎然，具有鲜明的个性特色。与白石同为王（闿运）门弟子的瞿蜕园曾说：“其诗清矫，近得明人神髓，远含郊、岛意味，即在诗人中亦当占一重要位置。”又说：“余每侍翁画案之侧，见其握管署款，心中辄臆拟数语。及其写出，则往往出余意表。故知翁之画非他人所能伪为，即题署亦无人能捉刀也。”（《铢庵文存·齐白石翁画语录》）有关齐瞿二人的交往我在拙文《花朝长忆蜕园师》中曾有叙述，而上引这番话则不但对齐诗给予高度评价，而且对题署（包括题诗）之重要也作了很好的说明。下面略举数首为例——

题不倒翁

能供儿戏此翁乖，打倒休扶快起来。
头上齐眉纱帽黑，虽无肝胆有官阶！

题古树归鸦

八哥解语偏饶舌，鹦鹉能言有是非。
省却人间烦恼事，斜阳古树看鸦归。

题铁拐李

形骸终未了尘缘，饿殍还魂岂妄传。
抛却葫芦与铁拐，人间谁信是神仙。

题鸡冠花

老眼朦胧看作鸡，通身毛羽叶高低。
客窗一夜如年久，听到天明汝不啼。

题 菊

穷到无边犹自豪，清闲还比做官高。

归来尚有黄花在，幸喜平生未折腰。

这些诗好似信手拈来，不露丝毫斧斫痕迹，读来却又妙趣天成，极有回味。

在老辈画家中，擅写诗词者甚多，虽因各人天赋、修养不同，作品会有高下之分，但诗与画的相互映衬、相得益彰则是共同的。现在多数画家都不谙诗词，在诗情画意的配合方面便有遗憾。特别是一些画家以创造新文人画为己任，殊不知诗词乃是突现文人画意境的重要手段。如果你的绘画十分美妙，再配上几句意味深长的诗词，不是可以锦上添花么?

同样的情形也反映在书法领域。以往书法家擅诗或诗人擅书法的现象十分普遍，倒是完全不懂诗词的书法家较为少见。书法家可以书写他人之作，也可书写己作。现在熟谙诗词的书法家已愈来愈少，以几届书协主席而论，似乎只有启功一人擅诗。书法家不能诗，便只能书写他人的作品。这无疑是一种局限，而由此带来的另一毛病是，在书写中容易发生错讹，闹出笑话。本来，人脑非同电脑，背诵诗词和抄写诗词时出点差错并不奇怪，但懂诗的人，出错之处往往无伤大雅，不懂诗的人，则常常一错就影响到诗的审美意境，或影响到诗的声律之美。有关这一问题，我在下一讲中还要谈及，这里想先举几个无意中碰到的例子。去过黄鹤楼的人，都知道景区内有几座碑廊，所刻大部分是 20 世纪 80 年代由知名书法家书写的前人咏黄鹤楼的诗词。前几年我受嘱撰写《黄鹤楼碑廊诗注》一书，曾将碑廊中的作品通读一遍，不料立刻发现了问题。

譬如，明朝公安派诗人袁宏道的一首七绝，经费新我书写后就错了四个字——

江流千顷爨云烟，楼阁虽高不似前。
画板（版）朱檐（颜）遮取（眼）尽，争教（叫）容纳好山川。

上面，括号内是书法家抄错的字，其中较严重的是“颜”、“叫”二字。因为“颜”与“檐”的含义完全不同，“朱颜”是对人的形容，用来形容建筑，就匪夷所思，当然也就损害了诗的意境。末句的“教”应读平声，全句则为“平平仄仄仄平平”（其中一、三两字可平可仄），而误将“教”写成去声“叫”后，平仄错了，声律之美也破坏了。

又如，宋朝诗人游仪的一首七律经张爱萍书写后也有两个错字——

长江巨浪拍天浮，城郭（廓）相望万景收。
汉水北（横）吞云梦入，蜀江西带洞庭流。
角声交送千家月，帆影中分两岸秋。
黄鹤楼高人不见，却随鹦鹉过江洲。

古代都邑四周一般有两重墙垣：里面的称城，外面的称郭。“城郭”指的是内城与外城；误写为“城廓”后，就不知所云了。又，律诗的中间两联讲究对仗。“北吞”与“西带”对得很工稳。误写为“横吞”后，“横”与“西”对不起来，也就损害了原诗的对仗之美。

类似的错误在碑廊中还有多处。如清末诗人黄遵宪的一首七律，其颈联原为“能言鹦鹉悲名士，折翼天鹏慨督州”，刘云泉抄录时误将“慨”写为“概”，不但意思欠通，而且与上句的“悲”也无法形成对仗。又如北宋苏轼的一首满江红，下阕中原有两句是：“独笑书生争底事，曹公黄祖俱飘忽。”康庄抄录时竟将“书生”写成“昼生”，错得如此荒唐，简直令人吃惊。而如果这些书法家都能好好学诗，能明白一些常用词的含义，进一步再弄清诗词的平仄、对仗要求，那么，上述种种失误应是完全可以避免的。

2 有意模仿与无心背错

YOU YI MO FANG YU WU XIN BEI CUO

在我这个年龄的人，上小学时是有习字课的，书包里要带上文房四宝，每天的家庭作业也包括临写一张小楷和一张大楷。因为临写也不容易，所以有些家长会给学生买描红簿，让孩子按笔序用毛笔将簿上的红字描黑。

其实，不单写字，世上很多事，都是从临摹、从模仿入门，渐渐升堂入室。学诗，特别是学旧体诗词，也不妨从模仿入手。模仿不能代替创作，但可以免走很多弯路。我认识一些诗词爱好者，写的东西怎么看都不像诗，遣词用句都莫名其妙。问其原因，说是不想蹈袭前人。这是把入门与创新两个不同的概念和不同的写作阶段混为一谈了。

当然，从不作诗也不模仿的人，兴致来时，胸中突然冒出一二句诗来，也并非不可能。《红楼梦》中，王熙凤从未学过诗，芦雪庭即景联句时，却有感于“昨夜听见一夜的北风”，于是脱口说出“一夜北风紧”，被众人认为“不但好，而且留了写不尽的多少地步与后人”。这种情形我也碰到过。有一年在东湖泛舟，一阵秋风吹来，摇橹的船妇忽然望着我们几个乘客感叹：“唉，湖风吹老少年人！”

无论从情思还是从平仄看，这都不失为一句有感而发而又合律的好诗。但念出一句，不等于能念出下一句，更不等于能写成全诗。王熙凤念完一句诗后随即离开，没有参与接下来的联句。东湖的船妇也没有意识到自己的一声感叹与诗相关，当然也没有第二句。写到这里，我又想起一个人。传说崇祯十六年张献忠在武昌称西王时，登上黄鹤楼，作过一首貌似七绝的诗："滚滚江流去不还，隔断龟蛇不相攀。龟山就譬比李闯，咱老子站在蛇山！"应当说，首句是像诗的，而且符合格律，但其余三句平仄全错，末句更连句式都不像诗。这说明，未经学习者，只能碰巧作出一二句诗，而不太可能真正迈进旧体诗词的大门。

再来谈模仿。模仿可以分为若干步骤和层次。第一步，可以选一句前人的诗，试着替他换一个字。或者由别人念一句古诗，却故意漏一个字，由你来填。无论换或填，你想出的字未必与原作相同，但这无关紧要。重要的是，你在这一个字的思索中必然会对全句有一番咀嚼，从而得到写作训练；特别是将自拟的字与原作对比后，更会受到启迪。欧阳修《六一诗话》中讲过一则故事：中书舍人陈某偶然得到一部脱误甚多的旧版杜甫诗集，读到五古《送蔡希鲁都尉还陇右》时，发现其中一句为："身轻一鸟(　),枪急万人呼。""鸟"下漏一字。陈舍人于是与几位客人试着各用一字来填补。有的说"疾"，有的说"落"，有的说"起"，有的说"下"，莫衷一是。其后得一善本，方知为"身轻一鸟过"。陈某非常叹服，以为虽一字，但各人拟的皆不如原作所用的"过"字，既贴切，又生动。

作为入门练习，对拟换拟填诗句的选择开始不妨随意一些，不必非选名家名作不可。换字填字时也不必考虑上下句之间的关联，先弄妥一句再说。正如习字可从永字八法开始，先学会几种笔法，再学会一个一个字的写法，然后再学习一行乃至全篇的安排，学诗也不妨先学一句，再慢慢由易而难，渐入佳境。即以前面提到的“一夜北风紧”来说，与“一夜”词意相近的有“一夕”，与“北风”词意相近的有“朔风”，与“紧”词意相近的有“骤”，都可以换来比较、品味。又如同样是咏雪，岑参有“忽如一夜春风来，千树万树梨花开”的名句，上句后五字的句式与“一夜北风紧”是完全一样的，说明这是一种常用句式。当你熟悉了这一句式和几个词的组合方式后，一定能根据季节和情景的变化拟出若干新的句子来。而当你对格律也有所把握后，你会发现“一夜北风紧”并不是标准的律句，而是一个拗句，将“仄仄平平仄”变成了“仄仄仄平仄”。如果不考虑李纨补续的第二句“开门雪尚飘”，那么就可以有种种别的选择。譬如“一夕寒风至”、“一夜霜风逼”，写的是深秋天气；“一朝蕙风畅”、“一日和风拂”，转为描写春天，句式一样而意境各不相同。

我青年时代师从瞿蜕园先生。那时他正受香港上海书局之邀，与周紫宜合撰《学诗浅说》一书。该书主要由蜕老执笔，而他向我口授的不少学诗方法与途径也都被写进了书中。由于该书在香港出版已近五十年，在内地则从未出版过，今天多数读者对它都很陌生，所以我在谈到相关问题时可能常会引用该书，也可能常会根据自己的回忆，复述蜕老的观点和举过的例证。关于学诗由模仿入门，多位前辈如陈家庆先生等都同我谈过，而蜕老则又特别提到上述换字方法，认为由此入手，不但可以较快地学会写一句诗，而且在立意选词的功夫上也会事半功倍。他举过几个前人换字的例子，后来在书中重点举到的则是刘长卿《雨中过灵光寺》中的两句——

向人寒烛静，带月夜钟深。

蜕老说，这是很好的诗句，但分开来也可另作一番探讨。上句描写雨中清寂的景况，似无一字不妥，然而若与下句分开，蓄意在这一句上换一个字，则改为“向人寒烛澹”或“向人寒烛短”，也都过得去。即使将意思翻一下，改为“向人寒烛晃”，形容雨气吹到窗内，摇动烛光，也能说得通。至于下句，韵脚也还可以更换，如“带月夜钟遥”、“带月夜钟沉”、“带月夜钟清”，意境也都不错。明代谢榛最喜欢替古人改诗，他曾将此句改为“隔雨夜钟微”，确也很好。

蜕老还谈到，旧时有一种风雅的赌博游戏，叫作诗谜，或叫诗宝、诗条。方法是，在前人诗集中选一句诗，隐去一字，然后另找四个含义相近的字连同被隐去的字一起放到你面前，如你能从五个字中猜出原有的字，就算赢了。这个游戏对猜字者来说，固然需要对诗有真切的领会；对出题者来说，同样需要下一番工夫。如果你找的四个字一眼望去就不像原字，被人一下子就猜到谜底，那你就输了。所以，不论出题还是猜字，对初学写诗者来说，都不失为一种很好的练习。

上面提到的都是五言句，而七言句当然也可作换字练习。姑以“湖风吹老少年人”为例，因为出自船妇的真情实感，不乏诗味，实际上是可以添加几句变成一首诗的，所以也可据此换几个字，另翻一层新意。譬如“湖风”也可改成“江风”，如想说得更形象，则可改为“江风吹白少年头”。此外，律句依第二字的声调有平起式与仄起式之分。“湖风吹老少年人”为平起式，如要将全句改为仄起式，则可将“湖风”改成“山雨”，如“山雨吹愁白首人”之类，句式都是相同的。

经过换字练习，学会了写一句诗，接着可以挑一句前人的诗，自己来为他续下句，也可以挑下句，自己来为他配上句。由于旧体诗常常需要两句才构成一个整句，而且除柏梁体等个别诗体外，通常上句无须押韵，要到下句才押韵，所以学会写一个完整的句子是很重要的。我为武汉大学国学班开诗词写作课，期末考试的试题中，有一道题就是配句。其中要求学生续下句的是这样两句："鹤鸣云影外"、"两排桃柳风光活"；要求学生填补上句的也是五七言各一句："江山万树荣"、"忧乐常怀赤子心"。这几句诗均非古人所作。两句五言诗是我自拟的，整句应为：

鹤鸣云影外，鱼跃水流中。

翰墨千秋异，江山万树荣。

七言诗中一句选自沈尹默咏西湖的诗，整句为：

两排桃柳风光活，四合冈峦气象新。

七言诗中另一句是我从当时收到的一本诗词杂志上随便选来的，现在已经忘了原来的上句。未选古人之作，无非是希望考题有点现实感，也便于学生配句。事实上大部分学生都作得不错，尤其是"鹤鸣云影外"，配出了不少好的下句。看见一句普通的诗在短时间内引出那么多或巧或拙、多姿多彩的配句，我当时真是高兴。可惜所有的试卷阅完后都已上交，这里举不出例子来了。读者诸君如有兴趣，不妨也采用同样方式，试着从别人诗中挑一上句或下句，然后或续或填，多试几次，自然就学会了写诗。上述试题中的拟句都不算高明，考虑到考试时间的限制，也不宜把句子弄得太难。如果是平时自我练习，则不论是换字，还是续填诗句，到比较熟练时，还是以多选大家之作为宜。譬如五律，就不妨着重从王维和杜甫的作品中去找句子，这也是“取法乎上，仅得乎中”的道理。

还有两点需要说明的是，其一，上举几例都是律句，又都形成对仗，一望而知属于律诗的颔联和颈联。但真正学写律诗时，不能只注重中间两联，而应当对首联和尾联下同样甚至更大的工夫。严羽《沧浪诗话》中谈诗法，认为“对句好可得，结句好难得，发句好尤难得”；又说“发端忌作举止，收拾贵在出场”。前一段话明显针对律诗而言，强调首联尾联之难超过中间两联。后一段话则提出“发端”和“收拾”也就是写好开头与结尾的具体要求。有关律诗的写法以后还会谈及，这里只是想说，在你专心学写对仗句时，千万不要轻忽了首联和尾联。

其二，本篇着重谈模仿的作用与途径，其中除《送蔡希鲁都尉还陇右》一例为五古外，其余例子均系五七言律诗。这并不意味着学诗可以从任一体裁开始，或几种体裁同时学。我所接触过的前辈老人，谈到学诗途径时，几乎都主张先学五言古诗，而后再学五言律诗，而后是七言律诗，最后再学七言古诗。至于五七言绝句和五七言排律，他们认为不必专门作为一个阶段来学。既然如此，那么当你要试着给古人的诗句换一二个字，或模仿着续下句补上句时，最好也能依照这一顺序，先从五古入手。

在你学会写出比较像诗的句子后，接着就该按上面说的次序学写整首诗了。写整首诗仍然可以模仿。由于五古和七古的篇幅有长有短，初学者可从短的学起，这样比较容易入门。即使当你已经学会写诗后，也不排除对前人的作品加以借鉴。写到这里，我想起了四十多年前的一桩往事。那时我正开始学诗，而先父是我最初也最重要的引路人。他少时即喜好诗词，20世纪20年代曾以“春翠楼诗存”的专栏在上海《时报》上写诗，晚年则与蜕老等友人时相唱和，有时也在报上发表。大约1960年前后，他从报上看到一条消息，说是一个叫鸭窝沙的地方，农民在水中放鸭，十分成功，于是便写了一首七古《鸭窝沙歌》。该诗在《新民晚报》刊出后，他问我：“你知道这诗是从哪里变来的吗？”我当时已比较熟悉《唐诗三百首》，便说：“好像是从元结的《石鱼湖上醉歌》变过来的。”先父听了满意地点头。现将两首诗一并抄录如下——

石鱼湖上醉歌

石鱼湖，似洞庭，夏水欲满君山青。
山为樽，水为沼，酒徒历历坐洲岛。
长风连日作大浪，不能废人运酒舫。
我持长瓢坐巴邱，酌饮四座以散愁。

鸭窝沙歌

鸭窝沙，似鸭窝，江水环绕芦苇多。
芦为庐，水为域，天然美景容繁殖。
东风日日增温暖，喜见群雏羽丰满。
我持长竿驾扁舟，指引卅万竞上游。

那是“高举三面红旗”的时期，作品多少带有一点时代痕迹；不过因为元结的“醉歌”也带有夸张的修辞、浪漫的色彩，所以套用之

下，倒也显得协调，并无牵强之感。

讲过这么多有关模仿的问题后，或许有人会问：不是说“熟读唐诗三百首，不会吟诗也会吟”么？难道模仿可以代替熟读？当然不是。熟读肯定是学诗的第一步，没有熟读若干首古人的名作，即使模仿也很难模仿得像。不过关于熟读名家名作的问题以后还会谈到，本篇暂不展开。

阅读固然是学诗的必由之路，但反过来说，学会写诗对阅读也有很大帮助。同样是阅读，入门之前与入门之后的感受和理解未必相同。仅以格律而论，一个掌握了平仄、韵脚、对仗的人与一个门外汉在欣赏的层次上是有差别的，特别在对声韵之美的领略上后者无法与前者相比。这种差别也反映在背诵上。本来，熟读与背诵是一种因果关系，熟读之下自然能背诵一些诗，而背得多了，记错一些字词也是很自然的事。但同样是记错，外行与内行的错讹往往很不相同。譬如，明代于谦的《石灰吟》是一首颇有名的七绝——

千锤万击出深山，烈火焚烧若等闲。
碎骨粉身全不怕，要留清白在人间。

就是这么短短的四句诗，我却不止一次地听人背错，也不止一次地见人写错。错误都发生在第三句，将“碎骨粉身”记成了“粉身碎骨”。两者含义并无区别，但声韵效果全然不同。盖此诗为平起式，第三句应为“仄仄平平平仄仄”，所以只有“碎骨粉身全不怕”符合格律要求，改为“粉身碎骨全不怕”后，平仄错了，全诗的声韵之美也被损害了。由这一看似寻常的小错便可知其人于诗词格律尚未入门。

即使是古典文学教师或专业研究人员，如不会写诗，也可能会犯类似的错误。当年我读复旦大学中文系时，一位给我们讲授中国文学史的青年教师在讲唐诗时信手在黑板上默抄了杜甫的七律《闻官军收河南河北》，可是他在抄完第一、二句后，接着却抄第五、六句，然后才抄第三、四句和第七、八句。这是一位我很尊敬而现已成为权威的老师，他所以会记错，很可能是脑中装的诗太多了。但有一点可以确定：他不谙格律，更不会吟诵，因为在句子顺序颠倒后，马上会出现失粘的情况，一个熟悉平仄又懂吟诵的人是会立刻感觉到讹误而读不下去的。

那么，内行犯错又是怎样的情形呢？首先，他也许会背错诗，记错字，但平仄不会错，因此也不会影响声韵之美。譬如，鲁迅的《自嘲》刚问世时不像后来流传得那么广泛，听说周恩来、郭沫若等引用“横眉冷对千夫指，俯首甘为孺子牛”时都曾出错，如将“冷对”记成“忍对”、“韧对”之类，而就格律来说却并不错，依然是“平平仄仄平平仄”。

其次，会作诗的人，虽然背错了，但往往并不伤害诗的格调，甚至别饶意趣，其效果颇像前文说的换字练习。这种情形我早年听老辈谈诗时就曾多次碰到。记得一次先父与我谈杜诗，举到五律《后游》，原诗是——

> 寺忆曾游处，桥怜再渡时。
> 江山如有待，花柳更无私。
> 野润烟光薄，沙暄日色迟。
> 客愁全为减，舍此复何之？

父亲背到第二联时，误记成“江山如有约，风月本无私”。我当时并未察觉,后来偶翻《杜诗镜铨》,才发现他背错了。我告诉父亲后,他想了一下,笑道:“不过我这两句也不错。”

还有一件记忆犹新的事是,一次我将自己的习作送呈陈家庆先生。陈先生是徐澄宇教授的夫人,早年系南社湘集成员。她很热情地对我那些幼稚的作品加以评点,不时引古人的诗来加深分析,后来举到了苏轼的七绝《赠刘景文》——

荷尽已无擎雨盖,菊残犹有傲霜枝。
一年好景君须记,正是橙黄橘绿时。

这是一首众所熟知的诗,常人一般都不会背错;但陈先生记诵的诗词太多了,以至于念到第四句时,脱口而出的竟是“橘绿橙黄正此时”。我当时一心听她讲解,没有顾得上纠正;步行回家途中,才一路咀嚼她念错的这句诗,竟觉得非常有味,似乎并不亚于东坡的原句。

3 学诗从五古入手

XUE SHI CONG WU GU RU SHOU

前一讲中我已谈到，老辈学者谈学诗，大都主张从五古入手，而后再学五律，而后是七律，最后再学七古。至于绝句和排律，在学律诗的过程中会自然涉及，因而不必作为一个特别的阶段。老辈的主张既是自身经验之谈，也可能是从更老的前辈那里听来的。事实上三百多年前顾炎武在其名著《日知录》中就说过这样一段话——

> 近日之弊，无人不诗，无诗不律，无律不七言。七言律法度贵严，对偶贵整，音节贵响，不易作也。今初学小生无不为七言，似反以此为入门之路，其终身不得窥此道藩篱无怪也！

这番话说得对不对？就我走过的弯路来看，我以为是对的。我读高中时开始学写诗词，那时特别喜欢五代北宋词，弄懂平仄后便试着写小令，平生第一首习作即是一阕《阮郎归》。之后转学写诗，很自然地偏爱律绝，但都写得不好。进入中年后意识到需对五古和七古加以补课，然而已经错过了学习的最佳年龄。现在我早已年过花甲，而诗依然写得肤浅、幼稚，推究起来，除才力、学问不济外，一个重要原因乃是当年未听从老辈指点而在学诗的路径上有所偏误。

翻开现在的诗词刊物，出现最多的仍是七言律绝。从我参与主持过的几届黄鹤楼诗词大赛来看，参赛作品也以七言律绝为最多，这充分反映了人们的喜好。但是在这大量律绝中，厚实、老辣之作毕竟极少，简直就是凤毛麟角。原因当然很多，其中之一可能也是轻忽了五古这一学习阶段。

为何要先学五古？回答这个问题之前，似应先对中国诗体的演变略作回顾，进而对传统诗体的分类以及古体诗的特征略加说明。

由于汉字单音节的特征，中国诗在形式上惯于以每句的字数来区分体裁。字又称为“言”。诗歌史上，有过每句三言、六言的诗，但从未普及；二言、八言、九言的诗，就更属特例。真正在一个长时期内成为主流诗体的是四言诗、五言诗和七言诗。《诗经》盛行的时代，诗以四言为主，譬如——

野有死麕，白茅包之。有女怀春，吉士诱之。（《召南·野有死麕》）

昔我往矣，杨柳依依。今我来思，雨雪霏霏。行道迟迟，载渴载饥。我心伤悲，莫知我哀。（《小雅·采薇》）

有时，通首诗中杂些非四言的句子，仍可视为四言诗，如《周南·卷耳》共四段，其一、四两段均为四言句，二、三两段则杂有非四言句，请看第三段——

陟彼高冈，我马玄黄！我姑酌彼兕觥，维以不永伤。（《周南·卷耳》）

也有些作品，只是每段中有一句非四言，当然也算四言诗，如——

蒹葭苍苍，白露为霜。所谓伊人，在水一方。溯洄从之，道阻且长。溯游从之，宛在水中央。（《秦风·蒹葭》）

夜如何其？夜未央。庭燎之光。君子至止，鸾声将将。（《小雅·庭燎》）

也有少数作品是通篇非四言或以非四言为主的，那就不是四言诗了。如——

投我以木瓜，报之以琼琚。非报也，永以为好也。（《卫风·木瓜》）

非四言诗在当时即非主流，在后世也没有成为体裁范式。四言诗则在汉初仍为主要诗体，以后随着五言诗的产生，其独尊地位才开始动摇，并逐渐走向式微。以汉末曹氏父子而论，曹操存诗二十余首，其中四言七首，不但占有相当比例，而且有几首写得十分精彩。其《短歌行》、《观沧海》、《龟虽寿》中的名句至今依然脍炙人口——

对酒当歌，人生几何？譬如朝露，去日苦多。慨当以慷，忧思难忘。何以解忧，唯有杜康。青青子衿，悠悠我心。但为君故，沉吟至今。（《短歌行》）

秋风萧瑟，洪波涌起。日月之行，若出其中；星汉灿烂，若出其里。（《观沧海》）

老骥伏枥，志在千里。烈士暮年，壮心不已。（《龟虽寿》）

曹丕、曹植也都是杰出诗人，但四言诗占他们存诗比例已很小，他们的名作都是五言诗，由此可以看出两种诗体此消彼长的过程。三曹之后，当然仍有人写四言诗，直到东晋，还有陶潜《停云》这样很不错的怀人之作产生，不过作为主流诗体的地位它已无可挽回地被五言诗所取代。唐以后作者更少，有人偶一为之，都不甚工；倒是在一些箴铭文字中常用四言句，也押韵，但那只能说是韵文，并不是诗。

诗体的生命决定于它对创造主体和接受主体的适应力。四言诗既然在唐前已近乎绝迹，说明它已不能满足作者和读者的审美需求。赵翼《陔余丛考》认为，四言体的缺点是“密而不促”，是否如此，尚可讨论。不争的事实是，它在诗坛的主流地位早已丧失。今天我们谈学诗，四言诗无疑值得一读，特别是《诗经》，无论从比兴手法的借鉴，还是从典故的运用去看，都应列为必读之书。但是从写作练习的角度看，已没有必要去作尝试。

晚于《诗经》而在诗史上享有崇高地位的另一种诗歌样式是流

行于南方楚地的《楚辞》。《楚辞》中除《天问》、《橘颂》为四言体外（其中也杂有一些非四言句），多数作品呈现出句子较长、音节较多、长短参差不一的特点。这是一种风貌迥异于《诗经》的新诗体，因其以屈原的长诗《离骚》为标识而被称为骚体，后世则常以“风骚”指称《诗经》和《楚辞》。《楚辞》的艺术成就极高，刘勰对它的评价是“气往轹古，辞来切今，惊采绝艳，难与并能”；并认为“其衣被词人，非一代也”（《文心雕龙·辨骚》）。但是，骚体的流行期比四言体更短。从流传至今的东汉王逸作注的《楚辞章句》来看，共十七卷，末卷《九思》系王逸自撰。王逸之后也不排除有人继续写骚体诗，但在诗坛已毫无影响。我们当然应该读《楚辞》，并接受其“衣被”与滋养，但没有必要再去学写骚体诗。

讲到这里，可以看出我在学诗从何入手的问题上用的是“排他法”。现在已将四言体和骚体排除在外，剩下的便是五言体和七言体了，这是至今仍为传统诗词爱好者所乐于采用的诗体。五言体又分五言古体与五言近体，七言体又分七言古体与七言近体。近体诗均定型于唐代，其体裁特征留待以后再谈。这里从诗体演变的顺序先谈古体诗。古体诗又称古诗，也称古风，是相对于近体诗而言的。五古和七古是五言古诗和七言古诗的简称。这两种诗体均产生于汉代，孰先孰后，迄无定论。不过就作品数量和影响而言，在唐代之前，七古与五古无法相提并论。七古很稀少，其中也有风貌别具的佳作，如张衡的《四愁诗》就颇独特——

> 一思曰：我所思兮在太山，
> 欲往从之梁父艰，侧身东望涕沾翰。
> 美人赠我金错刀，何以报之英琼瑶。

路远莫致倚逍遥，何为怀忧心烦劳。
二思曰：我所思兮在桂林，
欲往从之湘水深，侧身南望涕沾襟。
美人赠我金琅玕，何以报之双玉盘。
路远莫致倚惆怅，何为怀忧心烦伤。
三思曰：我所思兮在汉阳，
欲往从之陇阪长，侧身西望涕沾裳。
美人赠我貂襜褕，何以报之明月珠。
路远莫致倚踟蹰，何为怀忧心烦纡。
四思曰：我所思兮在雁门，
欲往从之雪雰雰，侧身北望涕沾巾。
美人赠我锦绣段，何以报之青玉案。
路远莫致倚增叹，何为怀忧心烦惋。

此诗各段字数相同、句法一致，变动的只是若干实词。其回环重叠、反复咏叹的特色明显地是对《诗经》特别是《国风》的继承；其“依屈原以美人为君子，以珍宝为仁义，以水深雪雰为小人”（《四愁诗·序》）的修辞手法则又受到《楚辞》的滋养。该诗因别具一格而为人喜爱，屡有仿作，直到20世纪20年代，鲁迅因不满当时盛行的“阿呀阿唷，我要死了”之类的失恋诗，还套其格式，写过一首很滑稽的《我的失恋》。不过，就整体而言，它没有也不可能成为后世七古的流行范式。

又如曹丕虽以写五言诗为主，却有一首七言的《燕歌行》亦颇有名——

秋风萧瑟天气凉，草木摇落露为霜。
群燕辞归鹄南翔，念君客游多思肠。
慊慊思归恋故乡，君何淹留寄他方？
贱妾茕茕守空房，忧来思君不能忘，
不觉泪下沾衣裳。援琴鸣弦发清商，
短歌微吟不能长。明月皎皎照我床，
星汉西流夜未央。牵牛织女遥相望，
尔独何辜限河梁？

此诗摹拟思妇口吻表达对远征在外的夫君的深深牵念和自身独守空房的寂寞忧伤，情致缠绵悱恻，十分感人；然而在韵脚处理上，它没有跳出柏梁体每句用韵的形式。据传汉武帝元封三年建柏梁台，武帝与群臣共赋七言，一人一句，句句押韵。这被认为是七古和联句的发端，但也有人疑为伪作；而依王力对其用韵的考证，则认为合于先秦古韵，故时代大致不错。王力又认为，“韵文的要素不在于‘句’，而在于‘韵’。有了韵脚，韵文的节奏就算有了一个安顿；没有韵脚，虽然成句，诗的节奏还是没有完”，所以“汉代的七言诗句句为韵，就只有七个字一句，比隔句为韵的五言诗倒反显得短了”(《汉语诗律学·导言》)。可能正是由于这个局限，句句押韵的七古始终未能形成群起效仿的局面。

隔句押韵的七古始于鲍照，而到卢思道的《从军行》出现，那种为后世作者所普遍采用的七古形式遂已轮廓分明，而随着唐诗兴盛时期的到来，七古也愈来愈走向成熟了。那么，学诗可否从七古入手呢？我想，除了下面将要谈到的先学五古的若干理由外，还须考虑先易后难的问题。如果是学写上一讲中提过的《石鱼湖上醉歌》一类短什，或王勃《滕王阁诗》（“滕王高阁临江渚”）一类采用律句且含对仗的短篇七古，那当然随时都可尝试。如果是学写篇幅较长甚或带有叙事特征的七古如《长恨歌》之类作品，那就不妨稍稍推迟，等掌握了别的体裁后再来此一领域细加耕耘。

与七古不同，五古产生后很快成为主流诗体，并在汉魏六朝直至唐前的数百年间诞生了一批杰出诗人，在诗歌史上留下了许多佳作，其中陶潜、谢朓、鲍照、庾信等人的一些作品至今看来仍是高峰，而有唐一代诗人也几乎都受到唐前五古的熏陶、沾溉和滋养。学诗从五古入手，恐怕可以追溯到很久很久以前。我所接触的前辈，谈到这一问题时，大都认为，经过对五古的品味欣赏和写作练习，再来写五七言律绝，容易使作品显得气息高古，骨力雄健。而在我看来，由于现在的初学者，常视格律为畏途，从五古入手的另一好处就是可以避开格律这道门槛，比较容易入门。

近体诗有严格的格律要求，关于平仄、用韵、对仗都有具体规定，而五古除了每句五言这一基本特征外，格律方面没有严格规定。

首先，五古的出句和对句都不拘平仄，怎么写都可以。在近体诗产生后，人们为了使所作五古与五言律绝相区分，还有意避写律句。譬如朱熹有首《谢张彦辅留别》，其三、四句为“知君亦念我，相望两嗟咨”。他特地在“望”字下面自注“平声”，就是为了表明他写的不是律句。盖“望”字可两读，如读成仄声，全句为“平仄仄平平”，就变成律句了。其实，在近体诗产生前，人们并无律句与非律句的概念，也就根本不存在避不避写的问题。今天学写五古，也不必考虑平仄问题。即使在你写的五古中碰巧冒出一些律句，也无所谓。至于律句的概念，留待以后谈近体诗时再作解释。清代王士禛、赵执信、翁方纲等人曾专门探讨过古体诗的声调规则，虽各有贡献，但迄无定论，初学诗者是可以不去管它的。

其次，五古的用韵也较近体诗为宽。学写传统诗词，应怎样押韵，以后会作为专门问题来谈。这里不妨先说的是：一、古体诗的用韵，从无硬性规定。就唐宋人的作品来看，用本韵者为多，但也有通用邻韵的情况，如“东”、“冬”通押之类。王力《汉语诗律学》曾将古风的通韵细分为“偶然出韵”、“主从通韵”、“等立通韵”以及“三韵以上相通”等多种形式，对于初学者来说不必了解那么多，只需知道古风允许邻韵通押即可。二、近体诗以平韵为主，除五绝用仄韵稍多外，仄韵律诗很少见，仄韵七绝尤其罕见。而古体诗押仄韵的情形却很常见，这样，在韵脚的选择方面，范围也大大拓宽了。三、近体诗必须一韵到底；而五古虽然通常也是一韵到底，但它是容许转韵的。譬如——

汉帝宠阿娇，贮之黄金屋。
咳唾落九天，随风生珠玉。
宠极爱还歇，妒深情却疏。
长门一步地，不肯暂回车。
雨落不上天，覆水难再收。
君情与妾意，各自东西流。
昔日芙蓉花，今成断肠草。
以色事他人，能得几时好？

这是李白的《妾薄命》，开头用的是“屋”韵，继而用了“鱼”、“尤”和“皓” 韵，四句一换，共转了三次韵。显然，在韵脚的变化方面，其自由度也超过近体诗。

其三，律诗的中间两联讲究对仗，而五古不论长短，均不要求对仗。

以上均可视为先学五古的理由。不过，诗词毕竟与自然科学不同，其学习次序不是硬性的。也就是说，当你学写五古之时，并非绝然不碰其他诗体；甚至你一定要先学写别的诗体也无不可，张中行先生就主张先学七绝（见《诗词读写丛话》）。关键是，在初学阶段，不要忽略五古。即使你更喜欢律绝，也最好能同时多读五古，并尝试写作，这对你提高作诗水平肯定是有利无弊的。

4 有意味的「家常话」

YOU YI WEI DE JIA CHANG HUA

学写五古，自然要读五古。五古作为主流诗体的历史极为悠长，应该从何读起呢？我想还是应当从汉魏六朝读起，因为那是四言诗走向衰微而五古一枝独秀的时期。你对那段时期作家作品的风貌有个概括的了解，对五古的形式也就有了基本的把握。唐以后五古仍是主流诗体，与七古及近体诗同样流行，产生过不计其数的佳作，那就不妨根据各人的喜好去选读了。

作为初学者，对汉魏六朝诗也不必全读。与其读得多，不如对若干名篇于熟读之际细细品味，品出其中深蕴的情感、难言的妙处。如能背诵几篇当然更好；不能背诵，至少也要让作品在脑中留下较深印象。这样，以后自己动笔时，一些词汇、句式、意境便会自动浮现，并与你所要抒发、表达的情愫融合起来。本书不是文学史著作，下面仅从学诗的角度谈谈这段时期的重要作品。

首先要读的是《古诗十九首》。这并不是最早的文人五言诗，却是技巧比较成熟、对后世影响较大的一组诗。据学界研究，它大约产生在东汉桓、灵之世，表现的是一些遭逢不偶的士子嗟卑叹老、愤世嫉俗、伤离怨别的情绪。由于在其表面的颓废、悲观、消极中深藏着对人生、对命运、对现实生活的执著追求，这种追求又是对以往占统治地位的烦琐经学、谶纬宿命论的怀疑和否定，因而被认为是体现了“人的觉醒”（见李泽厚《美的历程》）。试举几首如下——

行行重行行，与君生别离。
相去万余里，各在天一涯。
道路阻且长，会面安可知。
胡马依北风，越鸟巢南枝。
相去日已远，衣带日已缓。
浮云蔽白日，游子不顾返。
思君令人老，岁月忽已晚。
弃捐勿复道，努力加餐饭。

这是《古诗十九首》的第一首。其特点是前八句用平韵而后八句转用仄韵。因为以前的五古几乎从不转韵，以后的五古也以通首一韵居多，所以此诗的转韵特别值得玩味。细品之下，你会发觉，虽然全篇表现的是伤离念远的感情，但从第九句开始，情调明显地一变而为高昂激越，给人以奇峰突起、格局顿换的感觉。其效果有点类似音乐中的转调，拿西洋名曲来说，舒伯特的《菩提树》、格里格《培尔·金特组曲》中的《索尔薇格之歌》、库蒂斯的《重归苏连托》等便均曾运用转调的技巧，使氛围、情调焕然一新。

青青河畔草，郁郁园中柳。
盈盈楼上女，皎皎当窗牖。

娥娥红粉妆，纤纤出素手。
昔为倡家女，今为荡子妇。
荡子行不归，空床难独守。

《古诗十九首》中有多首以十句成篇的作品，此为其中之一。其最大特点是用很多叠字来描写景色与人物。沈德潜认为这一手法系从《诗经·卫风·硕人》末章“河水洋洋，北流活活……”化出（见《古诗源》），但从艺术效果说，该诗因画面美妙、造句整齐，加上由外在描写转为内心直剖的互衬手法，其审美感染力是《硕人》所无法比肩的。我们学写旧体诗，必然会碰到运用叠字的问题，而此诗恰好为我们提供了借镜。另外还有一首“迢迢牵牛星，皎皎河汉女”，叠字也用得极好。其特色是前四句用叠字，中间四句不用，最后两句又用，从而借“盈盈一水间，脉脉不得语”的意境发出了咫尺天涯的动人感叹。

涉江采芙蓉，兰泽多芳草。
采之欲遗谁，所思在远道。
还顾望旧乡，长路漫浩浩。
同心而离居，忧伤以终老。

客从远方来，遗我一端绮。
相去万余里，故人心尚尔。
文彩双鸳鸯，裁为合欢被。
著以长相思，缘以结不解。
以胶投漆中，谁能别离此？

这两首诗均写思妇，共同点是都通过物的中介来表达绵长深厚的相思之情。前一首是说自己要涉江去采一朵芙蓉赠送给远方的亲人；后一首是说丈夫托人从万余里外给自己带来了美丽的丝绸。前首因为只是空想，所以情调忧伤；后首因为已经收到信物，所以情调欣悦；而不论忧伤还是欣悦，读来都十分真挚感人。这种借物写人的技法在后世诗词中被广泛采用，对我辈学诗者来说，也是应当熟练把握的。

与《古诗十九首》风貌相近、情调相仿、创作时代也大致相同的是所谓“苏李诗”。由于诗的内容不符合苏武、李陵的事迹，可以判定作者之名出于后人伪托。下面试举二例——

结发为夫妻，恩爱两不疑。
欢娱在今夕，燕婉及良时。
征夫怀远路，起视夜何其。
参辰皆已没，去去从此辞。
行役在战场，相见未有期。
握手一长叹，泪为生别滋。
努力爱春华，莫忘欢乐时。
生当复来归，死当长相思。

嘉会难再遇，三载为千秋。
临河濯长缨，念子怅悠悠。
远望悲风至，对酒不能酬。
行人怀往路，何以慰我愁。
独有盈觞酒，与子结绸缪。

前一首标为“苏武”作，后一首标为“李陵”作。从传世的“苏李诗”看，“苏诗”均较长而“李诗”均较短，但基本情调及表现手法是相似的。诗的语言朴素自然，却于直率中含有婉曲，于平淡中显示深切。

对于《古诗十九首》和“苏李诗”，历来研评者甚多。其中说得有趣而不乏见地的是谢榛，他在《四溟诗话》中写道——

> 《古诗十九首》，平平道出，且无用工字面，若秀才对朋友说家常话，略不作意。如“客从远方来，寄我双鲤鱼。呼童烹鲤鱼，中有尺素书”是也。及登甲科，学说官话，便作腔子，昂然非复在家之时。若陈思王“游鱼潜绿水，翔鸟薄天飞……始出严霜结，今来白露晞”是也。此作平仄妥帖，声调铿锵，诵之不免腔子出焉。魏晋诗家常话与官话相半，迨齐梁开口俱是官话。官话使力，家常话省力；官话勉然，家常话自然。夫学古不及，则流于浅俗矣。今之工于近体者，唯恐官话不专，腔子不大，此所以泥乎盛唐，卒不能超越魏进而追两汉也。嗟夫！

这段话中有个失误，是把汉乐府民歌《饮马长城窟行》（一说作者为蔡邕）中的几句诗记成了《古诗十九首》中的诗句；但就“平平道出”这一点来看，两者特色确有其一致性，所以谢榛的误记，正与我在第2讲中谈过的“无心背错”相类，无损于其比喻的恰当性。无论《古诗十九首》、“苏李诗”还是上引乐府民歌，的确像说“家常话”一样，不带任何官腔，读了让人感到亲切。而在谢榛看来，如果对这种“家常话”未能学到手，而一味讲究近体诗的工稳，那就永远追不上汉魏诗的高古了。

“家常话”何以反而胜过拿腔拿调的“官话”？我想恐怕有两个原因。其一，“官话”经过雕琢，可能含有虚饰成分，而“家常话”大都出自真心，因而容易引起共鸣，甚至当所述欲望并不高尚时，读者也会因其真率坦诚而觉得可以接受。对此，王国维《人间词话》中曾有一段议论——

> “昔为倡家女，今为荡子妇。荡子行不归，空床难独守。”“何不策高足，先据要路津？无为久贫贱，轗轲长苦辛。”可谓淫鄙之尤。然无视为淫词、鄙词者，以其真也……可知淫词与鄙词之病，非淫与鄙之病，而游词之病也。

王国维的话当然尚可商榷，但真实性对于审美的重要应是没有疑问的。

其二，“家常话”一旦进入诗的领域，与日常生活中的说话还是有所不同。借用英国艺术家克来夫·贝尔的话来说，可以称为“有意味的家常话”。贝尔在《艺术》一书中提过一个概念，叫作“有意味的形式”。他以绘画为例，认为“线条色彩以某种特殊方式组成某种形式或形式的关系，激发我们的审美感情”，而这种组合，就是“有意味的形式”。“有意味的形式就是一切艺术的共同本质”。同样，“家常话”经过特殊的组合，运用了前面说过的转韵、叠字、互衬、借物写人等技法，它就具有了“有意味的形式”，足以引发人们的审美情感。

这里，既然提到了《饮马长城窟行》，需要简述一下的，是有关汉乐府民歌的知识。“乐府”原指汉代设置的主管音乐的官府，其职责是采集民间歌诗、制订乐曲并组织文人创作；后人则将乐府所唱的诗也简称为“乐府”。汉乐府诗分为民歌与文人创作两类。民歌部分的优秀作品说的也是“有意味的家常话”，其突出的成就是在叙事诗领域作出了开创性贡献。我们知道，近体诗因受篇幅限制，宜于抒情而不宜于叙事。当你要写叙事诗时，最适宜的体裁应是古体诗，最早的借镜则是汉乐府民歌中的五古。譬如《古诗为焦仲卿妻作》即以富于层次的笔墨生动地叙述了一对年轻夫妇的婚姻悲剧。该诗曾收入中学语文课本，又曾改编为戏曲《孔雀东南飞》，因而广为人知。因其篇幅太长，兹不引录。下面且引一首同样著名的《陌上桑》——

日出东南隅，照我秦氏楼。
秦氏有好女，自名为罗敷。
罗敷喜蚕桑，采桑城南隅。
青丝为笼系，桂枝为笼钩。
头上倭堕髻，耳中明月珠；
缃绮为下裙，紫绮为上襦。
行者见罗敷，下担捋髭须。
少年见罗敷，脱帽著帩头。
耕者忘其犁，锄者忘其锄。
来归相怨怒，但坐观罗敷。
使君从南来，五马立踟蹰。
使君遣吏往，问是谁家姝？
“秦氏有好女，自名为罗敷。”
“罗敷年几何？”“二十尚不足，

十五颇有余。”使君谢罗敷：
“宁可共载不？”罗敷前置辞：
“使君一何愚！使君自有妇，
罗敷自有夫。东方千余骑，
夫婿居上头。何用识夫婿？
白马从骊驹，青丝系马尾，
黄金络马头，腰中鹿卢剑，
可值千万余。十五府小吏，
二十朝大夫，三十侍中郎，
四十专城居。为人洁白皙，
鬑鬑颇有须，盈盈公府步，
冉冉府中趋。坐中数千人，
皆言夫婿殊。”

这首民歌叙述美丽的采桑少妇罗敷拒绝太守纠缠的故事，其“有意味的形式”主要表现在三方面：一、诗的前半部分为作者的叙述，后半部分为人物的对白，两种不同身份的语言却在全首诗中达到了和谐的统一。二、长篇叙事诗宛如风俗画长卷，需要诸多陪衬和点缀。它仍然是“家常话”，却带有不厌其烦的特点。譬如诗的前半部分描写罗敷，不但刻画她的形象、喜好与服饰，而且连她采桑的用具也没有忽略。诗的后半部分通过罗敷之口赞美夫婿，也是从他的乘骑、佩剑讲到经历，再讲到外貌，连佩剑的价格都没有遗漏。凡此都是为加强诗的感染力而作的渲染。值得注意的是，诗中陪衬和点缀虽然繁复，却都用的描写手法，没有脱离形象，也没有空发议论和感叹；这对我们今后写叙事诗是很有启发意义的。三、作品写罗敷之美，特别点出她的美在行者、少年、耕者、锄者身上引起的反应。莱辛在名著《拉奥孔》一书中，曾以荷马史诗对海伦的描写为例，谈到化静为动的写法，也就是通过特洛伊长老的私语赞叹将海伦之美烘托出来；而《陌上桑》的上述手法正可与此相颉颃。

汉乐府民歌中的五言叙事诗虽然很有意味，但初学者还是不宜一开始就写长篇叙事诗。学写五古，最好还是按第2讲所说的办法，从换字、模仿入手，先写一二句，再写全篇；先写短什，再写长篇；先写抒情诗，再写叙事诗。至于叙事诗中的描写手法，当然是可以借鉴的。

谢榛在《四溟诗话》中还谈到曹植诗的“家常话与官话相半”以及齐梁诗的“开口俱是官话”，这就留待下一讲中再作探讨了。

5 从曹植到庾信

CONG CAO ZHI DAO YU XIN

汉末建安年间，文坛走出一批身份各异的才子，如“三曹”、“建安七子”以及祢衡等。曹植在这些人中存诗最多，成就也最大；不过他的诗并非都写于建安时期。曹丕、曹叡相继称帝后，他深受迫害，诗风更趋深沉，艺术手法也更趋成熟。请看《野田黄雀行》——

高树多悲风，海水扬其波。
利剑不在掌，结友何须多？
不见篱间雀，见鹞自投罗。
罗家得雀喜，少年见雀悲。
拔剑捎罗网，黄雀得飞飞。
飞飞摩苍天，来下谢少年。

谢榛说曹植的诗是“家常话与官话相半”。从谢所举例子来看，主要是认为他的某些诗句如“游鱼潜绿水，翔鸟薄天飞……始出严霜结，今来白露晞”之类讲究平仄、对仗，已可视为近体诗的滥觞；但这类句子在曹植诗中并不多见。从学诗的角度看，曹植作品的妙处在于，其语言比较平实，也可说带有“家常话”的色彩，但仔细琢磨，又会发现其句法和结构都颇有讲究、甚见功力。上面这首诗中，短短几句就写出了一个完整的故事。尤为奇特的是，作者在诗中似乎具有双重身份：既是身陷罗网的黄雀，又是利剑在掌的少年。前者显然是他现实处境的写照，后者则表现出试图改变处境的幻想。全诗一气呵成，自然流畅。

还有一点值得提出的是，此诗开头两句气象宏阔，出语不凡，手法类似《诗经》中的“兴”，即“先言他物以引起所咏之词也”(《诗集传》)。曹植的不少诗篇起句都有这一特点，如“明月照高楼，流光正徘徊”(《七哀》)，“高台多悲风，朝日照北林”(《杂诗》)，“惊风飘白日，忽然归西山”(《赠徐干》)，“初秋凉气发，庭树微销落”(《赠丁仪》)等皆是。初学诗者常不知起句从何着笔，以至于往往后文完成后独缺开头，而诗的起句也的确看似寻常实不容易，所以严羽会说“结句好难得，发句好尤难得”；那么，多体味一下曹植诗的起句，模仿着写几个精彩的开头，想必会有收获的。

“建安七子”中，以诗见长的是王粲和刘桢。初学写诗者如能一读王粲的《七哀诗》和刘桢的《赠从弟》，则最好；如暂无闲暇，则留待以后再读也无妨；至于“七子”中其他人的诗都可读可不读。下面录出《赠从弟》的第二首，以见一斑——

亭亭山上松，瑟瑟谷中风。
风声一何盛，松枝一何劲。
冰霜正惨凄，终岁常端正。
岂不罹凝寒，松柏有本性。

到了魏晋之际，最有影响的诗人是嵇康、阮籍。嵇康以四言诗著称，初学者可以不读。阮籍身处司马氏黑暗统治下，虽有济世之志却难以施展，虽对现实不满却不能一吐为快，反而不得不醉酒佯狂，甚至“口不臧否人物”，这就形成了他既狂傲又谨慎的处世方式，也给他的诗带来了既忧愤慷慨又含蓄委婉的风格特色。他的代表作是八十二首《咏怀》。下面聊举二例——

夜中不能寐，起坐弹鸣琴。
薄帷鉴明月，清风吹我襟。
孤鸿号外野，翔鸟鸣北林。
徘徊将何见，忧思独伤心。

嘉树下成蹊，东园桃与李。
秋风吹飞藿，零落从此始。
繁华有憔悴，堂上生荆杞。
驱马舍之去，去上西山趾。
一身不自保，何况恋妻子？
凝霜被野草，岁暮亦云已。

这是《昭明文选》所收《咏怀》的第一首和第三首。在第一首下，颜延年注曰：“嗣宗身仕乱朝，常恐罹谤遇祸，因兹发咏，故每有忧生之嗟。虽志在刺讥而文多隐避，百代之下难以情测，故粗明大意，略其幽旨也。”这就是说，对阮籍的诗只须领略大意，不必探幽索微，非将其影射讥刺的事一一揭示出来不可。历来对阮诗的研评大都抱持类似观点。如沈德潜《古诗源》也说：“阮公《咏怀》，反复零乱，兴寄无端。和愉哀怨，杂集于中，令读者莫求归趣。此其为阮公之诗也。必求时事以实之，则凿矣！”

上述见解都是就阮诗的独特现象即所谓“阮旨遥深”（《文心雕龙·明诗》）而言。倘从艺术门类的审美特征去看，则还可以有另一层解释。我们知道，抒情类艺术以表现创作主体的情感为主。与其说它是以清晰的形象打动人，毋宁说它是以情绪和氛围感染人。其中最突出的是音乐。虽然各种文艺都能打动人心，但相比之下音乐具有更直接地作用于人的心灵的功能。如黑格尔所说：“在音乐中，外在的客观性消失了，作品与欣赏者的分离也消失了。音乐作品于是透入人心与主体合而为一，就是这个原因，音乐是最情感的艺术。”（《美学》）语言艺术中，最接近音乐、最浓于情愫的则是抒情诗。但凡好诗，都能营造氛围，表达情绪，并迅速直接地把它传给读者，从而使读者愉悦、使读者悲伤、使读者振奋、使读者忧郁、使读者手舞足蹈、使读者潸然泪下。正因为如此，我们读阮籍的诗，虽对相关事实并不了然，却自能从“孤鸿号外野”、“堂上生荆杞”的意象，从“一身不自保”、“忧思独伤心”的心态，感受到一股浓郁的氛围，它混合着恐惧、忧虑、哀伤和愤懑，让人生出同情。

此外，就艺术手法而言，含而不露、曲折回环也总是比直言无隐、一览无余为佳，它更耐人咀嚼、给人回味。司空图《诗品》便专门列有“含蓄”、“委曲”二品，而且整个《诗品》也以“味外之旨”、“韵外之致”为追求。目前诗坛上常见一种符合格律但味同嚼蜡的作品，被人戏称为“老干体”，其缺点之一便是过于直白，唯恐别人不明白他要表达的意思。如要弥补这一缺陷，读几首阮籍的《咏怀》，或许会有帮助。

晚于嵇、阮而在五古领域值得一提的西晋诗人还有陆机、潘岳、左思，活到晋室南渡之后的还有郭璞。陆机有篇著名的《文赋》，是文学批评史上的经典之作。他在《文赋》中提出“诗缘情而绮靡”的见解，而他的诗也的确改变了汉魏以来质朴的诗风而趋向绮丽。有关绮靡风气的形成原因和利弊得失不属本书探讨范围，但若你嫌自己的诗用词过于贫乏而希望增添色彩，那么选几首陆机的诗如《日出东南隅行》、《赴洛道中作》等品读一番也不无裨益。其中如“秀色若可餐”、“顾影凄自怜”等句已成为人所皆知的成语。潘、左、郭的诗则各有所长。潘的《悼亡诗》摹写人亡物在的悲凄苍凉，用情殊为深挚；左的《咏史诗》以古喻今，笔力十分雄劲；郭的《游仙诗》也是形象生动，辞多慷慨。凡此对于我们学写五古都很有借鉴意义。

郭璞之后过了几十年，东晋出了一位大诗人，就是陶潜。读过鲁迅《“题未定”草》的人，也许记得，当年鲁迅曾针对朱光潜说的“陶潜浑身是‘静穆’，所以他伟大”，举出“精卫衔微木，将以填沧海，刑天舞干戚，猛志固常在”一类诗句，说明其人除“悠然见南山”之外，还有“金刚怒目”的一面；进而指出，研究作家，应当顾及他的全部作品，“倘有取舍，即非全人，再加抑扬，更离真实”。鲁迅的观点当然是对的。从学诗的角度去看，也应当了解陶潜的身世和所处的时代环境，从而透过表面的萧然闲适看出他内心的激越悲愤。此外，将陶诗的风貌形容为“静穆”，也不贴切。借用司空图《诗品》的概念，应当说“冲淡”才是陶潜许多作品的共同特色。事实上《诗品臯解》就曾以陶诗为例来解释“冲淡”——

此格陶元亮居其最。唐人如王维、储光羲、韦应物、柳宗元亦为近之，即东坡所称“质而实绮，癯而实腴，发纤秾于简古，寄至味于淡泊”。要非情思高远，形神萧散者，不知其美也。

这里，所引苏东坡的一段话说得颇有见地。单纯地追求淡，淡而无味，淡得像一杯白开水，有什么好？一定要在淡泊中蕴涵“至味”，才称得上“冲淡”之美，而这正是陶诗难以企及的地方。记得多年前巴金说过，文学的最高境界是无技巧。他这句话似乎也可与苏轼之论互相参照。那么，陶诗的“至味”究竟表现在哪里呢？这是需要细品的。《红楼梦》中，黛玉给香菱说诗，认为陶潜的“暧暧远人村，依依墟里烟”比王维的“墟里上孤烟”更“淡而现成”。我们就来看看这首诗——

少无适俗韵，性本爱丘山。
误落尘网中，一去十三年。
羁鸟恋旧林，池鱼思故渊。
开荒南野际，守拙归园田。
方宅十余亩，草屋八九间。
榆柳荫后檐，桃李罗堂前。
暧暧远人村，依依墟里烟。
狗吠深巷中，鸡鸣桑树颠。
户庭无尘杂，虚室有余闲。
久在樊笼里，复得返自然。

这是《归园田居》的第一首，一望而知写于作者辞官回乡之后。全诗由自身脱俗的性格，讲到误入官场后对故乡田园的怀念；又由返归故园后的辛勤劳作写到乡村景致的清新美好、生活的恬淡安宁；最后归结到对跳出樊笼、重返自然的肯定。诗中没有一句揭露黑暗现实的话，但既然把官场比为“尘网”、“樊笼”，把仕途感受比为“羁鸟”、“池鱼”，反衬之下，简陋平凡的村居生活却显得无比美好，其褒贬之情就都在不言中了。最可贵的是，作者的写景抒情都一派纯真自然，没有丝毫的做作。这就无形中给作品灌注了生气，使读者也恍入其境，萌发出同样的美感。“暧暧远人村，依依墟里烟”完全是触目所及的真景致，作者只是将它白描下来，未加任何雕琢，却又给人以无尽的回味，堪称已达“无技巧”的境界。所以即使以王维的高才，将它变化、凝炼为“墟里上孤烟”，也还是不如原诗“淡而现成”。曹雪芹很懂诗，他通过黛玉之口发表的议论可谓内行之至。

陶潜之后，曾被杜甫以“安得思如陶谢手”而与渊明并提的是谢灵运。谢与陶同样关注大自然而题材有所不同：陶擅写田园，谢擅写山水。如果你喜欢旅游又爱写山水诗，那么谢诗当然是值得一读的。且看《登江中孤屿》——

江南倦历览，江北旷周旋。
怀新道转迥，寻异景不延。
乱流趋孤屿，孤屿媚中川。
云日相晖映，空水共澄鲜。
表灵物莫赏，蕴真谁为传。
想象昆山姿，缅邈区中缘。
始信安期术，得尽养生年。

在谢灵运之前，没有专门的山水诗人。他是第一个倾注大量心血来描绘祖国的山川奇景、歌咏云霞草木之美的诗人。他的诗不是蹈袭前人，而是来自自身的游历与体验，字里行间洋溢着创造精神。譬如上引诗中“乱流趋孤屿”以下四句，呈现出的真是一幅鲜活的图画。它启示我们，真正的好诗离不开对生活的观察与发现。不过谢诗也有明显的缺点，一是他虽有不少为人记诵的精彩诗句，如“池塘生春草，园柳变鸣禽”（《登池上楼》）之类，但就全篇而看却显得平庸，通首俱佳者并不多；二是他的诗虽然造语新颖，却又有板滞艰涩之病，往往给人以沉闷之感。

谢与陶的另一区别是，陶很少用对偶句，谢则大量使用对偶句，从中可以窥知由五古渐变出五律的早期消息。

谢灵运之后最有影响的南朝诗人是鲍照和谢朓。鲍照的主要成就在乐府诗领域，其风格雄肆奔放，被认为“如五丁凿山，开人世所未有”（《古诗源》），特别是他的七言乐府在七古发展史上具有里程碑的意义。谢朓与谢灵运同族，被称为“小谢”。他也擅长山水诗，但笔墨比“大谢”轻灵多了。譬如——

灞涘望长安，河阳视京县。
白日丽飞甍，参差皆可见。
馀霞散成绮，澄江静如练。
喧鸟覆春洲，杂英满芳甸。
去矣方滞淫，怀哉罢欢宴。
佳期怅何许，泪下如流霰。
有情知望乡，谁能鬒不变？

这是他的名篇《晚登三山还望京邑》。其中“馀霞散成绮，澄江静如练”将相对静止的“霞”写得富于动态，将奔流的“江”反而写成静态，显示出独特的眼光与高妙的技巧，是千古传诵的名句。此外，像“喧鸟覆春洲”中的“覆”字，也是经过精心锤炼的，可以称为“诗眼”。这些地方对学诗者都有启迪。

齐梁之后，轻艳纤巧的宫体诗盛行。在一片靡靡之音中却站着一位卓绝不凡的诗人，他就是庾信。他先在南朝做官，42岁出使长安时被硬留下来，历仕西魏、北周。这种特殊的经历，使他得以将晚岁的屈辱苦闷与早年习得的诗风结合起来，形成一种既流动轻盈又苍劲悲凉的奇特风格。这种风格曾让杜甫十分倾倒，写下了“庾信文章老更成”、“暮年诗赋动江关”一类赞美词。庾信的代表作是《拟咏怀》，模拟阮籍而风貌全然不同。试看其中一首——

寻思万户侯，中夜忽然愁。
琴声遍屋里，书卷满床头。
虽言梦蝴蝶，定自非庄周。
残月如初月，新秋似旧秋。
露泣连珠下，萤飘碎火流。
乐天乃知命，何时能不忧。

此诗在《拟咏怀》中情调不算特别苍凉。比较起来，“倡家遭强聘，质子值仍留”，“枯木期填海，青山望断河”一类诗句更显得激愤而沉痛。不过，上文提到的寓忧愁痛苦于自然流丽之中的风格特色在此诗中却有鲜明体现，像“残月如初月，新秋似旧秋”这样轻巧圆润的对偶句在前人诗中是没有的。除了运用对偶，庾诗的平仄也已接近五律，这是对沈约等永明体诗人关于声律之美的探索的延续，呈现出一种过渡形态的特征。对此后文还会提及。

文人诗歌之外，南北朝乐府民歌也对后世诗坛有很大影响。南朝民歌多为情歌，其特色是真率、浓烈。由于中国的伦理型文化对性爱自由的长期压抑，这些情歌对于爱情的热烈歌唱就弥足珍贵。北朝民歌留存数量不及南朝，题材范围却大为开拓，尤其是对战争的描述、歌咏，正是那个战乱时期生活与精神的生动写照。《木兰辞》便是其中最著名的一篇。在我们学诗过程中，从一些清新、通俗、生气勃勃的乐府民歌汲取滋养，恐怕也是必要的。

6 近体诗如何押韵

JIN TI SHI RU HE YA YUN

关于学写五古的问题，到此要暂告一段落了。唐以后历代诗人在五古领域仍有灿烂的成就，但他们无例外地都曾从汉魏六朝继承、借鉴，所以我们学写五古，也不能绕过这一时期。学诗由此入手，实为经验之谈。至于后世诗人的五古佳作当然也要诵读，譬如《唐诗三百首》中的五古便都堪称精品，这就不妨凭各人的兴趣、时间去进行选读了。

上一讲结束时约略提到永明体诗人对格律的探索。永明是齐武帝萧赜的年号。活跃在这一时期的诗人很重视声律和对仗，从创作实践和理论研究两方面做了不倦的尝试和探讨。创作领域最有成就的是前一讲中谈过的谢朓，理论上最有贡献的则是沈约。沈约将同时期人周颙发现的平、上、去、入四声应用于诗的格律，提出了自视为独家之秘的一套主张——

夫五色相宣，八音协畅，由乎玄黄律吕，各适物宜。欲使宫羽相变，低昂互节，若前有浮声，则后须切响。一简之内，音韵尽殊；两句之中，轻重悉异。妙达此旨，始可言文。

沈约又是史学家，上文是他在《宋书·谢灵运传》里说的一段话。根据这套主张，他又具体提出了平头、上尾、蜂腰、鹤膝、大韵、小韵、旁纽、正纽等八种应当避免的声律上的毛病。八病的提法因过于苛细，连沈约自己也难以完全做到，因此颇遭后人非议，但从诗歌发展、诗体演进的高度去看，正是由于沈约和永明体诗人的提倡，诗歌的音节之美才被提到极重要的地位，人为的格律才逐渐形成，并终于在唐代迎来了近体诗与古体诗并驾齐驱的新时代。

从这一讲开始，我们将着重介绍近体诗的写作方法，待谈过五律、七律和绝句后，回过头去再谈七古。近体诗与古体诗的最大区别在于它有严格的格律要求，包括韵脚、平仄、对仗及篇幅都有具体的规定，所以谈近体诗必须先谈格律。我们就从押韵谈起。

押韵是诗的本质属性，自《诗经》以来的古诗绝大部分都押韵；但在韵书出现以前，人们没有文字依据，作诗时只能按自己的语言习惯来安排韵脚。第一部韵书据记载是三国时李登编的《声类》，之后从六朝到唐代又出过不少韵书，比较著名的是隋代陆法言编的《切韵》，而流传至今的则有北宋官方在隋唐韵书基础上修订的《广韵》和《集韵》。南宋年间北方金王朝的王文郁刊行了一部《平水新刊韵略》。二十多年后平水人刘渊又刊行了一部《壬子新刊礼部韵略》。两部韵书分别将以往韵书的206个韵目缩减为106个和107个，这就是所谓平水韵。由于它简便易查，又与唐诗用韵相符，从此便在诗坛流行起来。现在王、刘的原书虽已亡佚，但其资料却经由清初编定的《佩文诗韵》保存下来。我们今天说诗韵，指的就是平水韵。

诗韵包含106个韵目。其中平声韵目30个（因收字较多，又分为上平与下平两部分），上声韵目29个，去声韵目30个，入声韵目17个。上、去、入三声统称为仄声。凡有现代汉语基本知识的人都知道，汉字的普通话读音有阴平、阳平、上声、去声四个声调，如将阴平与阳平合称为平声，则它与平水韵的大部分都能找到对应关系。两者最大的不同在于普通话没有入声（平水韵中的入声字在普通话中都变了声调，归到其他三声中去了）。以普通话发音为 qi 的妻、齐、启、弃、漆、乞、泣七个字为例，前四个字在普通话中分别读为阴平、阳平、上声、去声，在平水韵中分属于“八齐”、“八荠”和“四寘”，声调是完全一致的。而后三个字在普通话中分别读为阴平、上声、去声，在平水韵中却均读为入声，分属于“四质”、“五物”和“十四缉”，声调完全改变了。可见，在作近体诗时如何辨识入声字是个需要解决的问题。下一讲中对此还会继续探讨。这里先提一下，是因为下文所举例证中有押入声韵的五绝。

考虑到以后的叙述会经常涉及平水韵，如“邻韵”、“宽韵”、“窄韵”、“和韵”等概念均与之相关，特将 106 个韵目列举如下：

上平：一东、二冬、三江、四支、五微、六鱼、七虞、八齐、九佳、十灰、十一真、十二文、十三元、十四寒、十五删。

下平：一先、二萧、三肴、四豪、五歌、六麻、七阳、八庚、九青、十蒸、十一尤、十二侵、十三覃、十四盐、十五咸。

上声：一董、二肿、三讲、四纸、五尾、六语、七麌、八荠、九蟹、十贿、十一轸、十二吻、十三阮、十四旱、十五潸、十六铣、十七筱、十八巧、十九皓、二十哿、二十一马、二十二养、二十三梗、二十四迥、二十五有、二十六寝、二十七感、二十八俭、二十九豏。

去声：一送、二宋、三绛、四寘、五未、六御、七遇、八霁、九泰、十卦、十一队、十二震、十三问、十四愿、十五翰、十六谏、十七霰、十八啸、十九效、二十号、二十一箇、二十二祃、二十三漾、二十四敬、二十五径、二十六宥、二十七沁、二十八勘、二十九艳、三十陷。

入声：一屋、二沃、三觉、四质、五物、六月、七曷、八黠、九屑、十药、十一陌、十二锡、十三职、十四缉、十五合、十六叶、十七洽。

从唐代以来，人们作诗依据的便是上述诗韵。为什么平水韵的韵书刊行于南宋时期而唐人作诗竟会与之相符呢？这是因为，早在唐初，就有许敬宗等人上奏，提出将当时韵书分得太细的206个韵部中邻近的韵合并起来使用，之后唐人作诗便都按此办法来押韵。而平水韵也是根据当年许敬宗等人的主张来合并韵部的，所以它不但通行于后世，而且也符合此前包括唐代用韵的实际。

近体诗的押韵规则都一样，无论每首八句的律诗、每首四句的绝句、每首超过八句的排律，也无论五言、七言，都必须按诗韵的韵部来选择韵脚，而韵脚用字在同一首诗中是不容重复的。且以律诗为例——

满目悲生事，因人作远游。
迟回度陇怯，浩荡及关愁。
水落鱼龙夜，山空鸟鼠秋。
西征问烽火，心折此淹留。

秦州城北寺，胜迹隗嚣宫。
苔藓山门古，丹青野殿空。
月明垂叶露，云逐渡溪风。
清渭无情极，愁时独向东。

玉露凋伤枫树林，巫山巫峡气萧森。
江间波浪兼天涌，塞上风云接地阴。
丛菊两开他日泪，孤舟一系故园心。
寒衣处处催刀尺，白帝城高急暮砧。

夔府孤城落日斜，每依南斗望京华。
听猿实下三声泪，奉使虚随八月槎。
画省香炉违伏枕，山楼粉堞隐悲笳。
请看塞上藤萝月，已映洲前芦荻花。

上引四首都是杜甫的诗。前二首五律为《秦州杂诗》第一、二首，后二首七律为《秋兴》第一、二首，分别用的是“尤”部、“东”部、“侵”部和“麻”部韵。由这几个例子也可看出唐人用韵与平水韵是一致的。

近体诗分出句与对句。对句必须入韵。出句除首句外，都不可入韵；首句则可入可不入，大体上五律以不入韵居多，七律以入韵居多。上引杜诗也是如此。实际上《秦州杂诗》二十首，首句都不入韵；而《秋兴》八首，首句都入韵。

出句除首句入韵者外，每句尾字还必须与韵脚的声调相反。就是说，韵脚是平声，则出句的尾字必须是仄声；反之亦然。这也是近体诗与古体诗截然不同的地方，在下一讲谈及近体诗的平仄格式后，对此会更了然。这里想顺便提及的是，在杜诗中，出句的尾字往往上、去、入三声俱全，虽同为仄声而仍有变化，从而增强了声律之美。即以上引四首诗来说，第一首中，“火”是上声，“事”、“夜”是去声，“怯”是入声；第二首中，“古”是上声，“寺”、“露”是去声，“极”是入声；第三首中，“涌”是上声，“泪”是去声，“尺”是入声；第四首中，“枕”是上声，“泪”是去声，“月”是入声。可见，杜诗读来朗朗上口，不是偶然的，而是与他的刻意追求，所谓“晚节渐于诗律细”、“新诗改罢自长吟”密切相关。当然，作为初学写诗者，不可能也无必要一步达到这种境界。对我们来说，只须在平韵律绝中别把出句末字弄成平声就行了（首句入韵者除外）。

平水韵虽对以往韵书的韵部作了合并，但从上举106个韵目来看，不少韵部字的韵母仍是相同的，如“东”与“冬”的韵母均为ong，“江”与“阳” 的韵母均为ang，等等。韵母相同的韵部习称为“邻韵”。按历来的规定，平水韵中互为邻韵的情形如下（凡未列入的韵目均无邻韵）：

平声：东冬、江阳、支微齐、鱼虞、佳灰、真文元（部分）、寒删先元（部分）、萧肴豪、庚青、覃盐咸。

上声：董肿、讲养、纸尾荠、语麌、蟹贿、轸吻阮（部分）、旱潸铣阮（部分）、筱巧皓、梗迥、感俭豏。

去声：送宋、绛漾、寘未霁、御遇、泰卦队、震问愿（部分）、翰谏霰愿（部分）、啸效号、敬径、勘艳陷。

入声：屋沃、觉药、质物月（部分）、曷黠屑月（部分）、陌锡、合叶洽。

古体诗中，邻韵大都可以通押。近体诗中，唯首句可以用邻韵。这是因为，首句本来可入韵可不入韵，所以对它的韵脚也可稍稍放宽。不过盛唐以前首句用邻韵者并不多，中晚唐才渐渐多起来，至宋代就很普遍了。下面就举两首宋诗的例子——

绿树绕伊川，人行乱石间。
寒云依晚日，白鸟向青山。
路转香林出，僧归野渡闲。
岩阿谁可访，兴尽复空还。

万里怜君蜀道归，相逢似喜语还悲。
江淮别业依前处，日月新阡卜几时。
自说曲阿犹未稳，即寻湓水去犹疑。
茫然却是陈桥梦，昨日春风马上思。

上面第一首是欧阳修的五律《伊川独游》，通首押的是“删”部韵，唯首句韵脚“川”字属“先”部，用了邻韵；第二首是王安石的七律《梦张剑州》，通首押的是“支”部韵，唯首句韵脚“归”字属“微”部，也用的是邻韵。在绝句和排律中，首句也都可押邻韵，这里就不多举例了。

曾有学生问我：写诗词应怎样择韵？这个问题在填词时尤为突出，因为词的押韵可分平韵格、仄韵格、平仄韵转换格、平仄韵通叶格、平仄韵错叶格等多种，由此往往给不同的词调带来不同的声情，为了使词调的声情与所表达的文情相一致，在选择词牌时就应考虑韵的因素。而近体诗除五绝外一般都押平声韵，所以对韵的声情要求不像词那么突出。当然，在五绝中，不同声调的韵脚也会影响诗的情调。譬如——

寥落古行宫，宫花寂寞红。
白头宫女在，闲坐说玄宗。

千山鸟飞绝，万径人踪灭。
孤舟蓑笠翁，独钓寒江雪。

这里，一首是元稹的《行宫》，押的是平声“东”部韵；另一首是柳宗元的《江雪》，押的是入声“屑”部韵。两首诗都描写寂寥的景象，但情调颇不相同。前一首写白头宫女于寥落的行宫中面对乏人观赏的宫花，回顾天宝遗事，情调显得落寞、凄婉。后一首表现漫天飞雪的江上一老翁孤舟垂钓的意境，情调显得苍劲、孤峭。出现这种不同，固然与诗的题材及所呈现的画面相关，同时也受韵脚影响。只须将《江雪》的四句诗颠倒一下，改为“千山人绝踪，不见鸟摩空。谁钓寒江雪？孤舟蓑笠翁”，马上就会发现，题材及画面几乎相同，而原有的苍劲、孤峭减弱甚至消失了，说明入声韵在这里不宜被取代。而若将《行宫》换押入声，情调恐怕也会发生改变。

还想顺便指出的是，以上二首唐诗在格律上均有瑕疵。第一首末句“宗”字属“冬”部，犯了“出韵” 的毛病。第二首第三句应是“仄仄仄平平”而写成“平平平仄平”，犯了“失粘”的毛病。可见近体诗中，五绝对于格律的要求相对说来较为宽松。至于何谓“失粘”，留待下一讲再谈。

律诗和七绝都以押平声韵为主。那么，同为平声韵，是否也有情调的区分？作诗时是否也应对韵部加以挑选？

这是两个外延不同的问题。首先，就个别韵部来说，可能对诗的情调确有一定影响，但这不是绝对的。譬如“阳”部韵，一般认为其较宜表现明朗、昂扬的情绪。仍以《秦州杂诗》和《秋兴》为例。两组诗均为杜甫后期作品，而后期杜诗的基本风格是沉郁顿挫，所以《秋兴》八首，无一首选用“阳”部韵，看来正与作者所要抒发的情感相吻合。可是再看《秦州杂诗》二十首，其中却有二首用了“阳”部韵，似乎也没有影响组诗的基调。可见，在对“七阳”是否只宜表现开朗情调的问题上，尚难一概而论。

其次，作诗固然必须挑选韵部，但一般人择韵时并不十分注重韵母与声情关系的探讨。人们考虑更多的往往是韵部的字是否符合自己的需要。这就自然会碰到宽、窄问题。因为平水韵中，每个韵部所含的字数多少不等，字数多的，称为“宽韵”，字数少的，称为“窄韵”。王力《汉语诗律学》对此分得更细。他把30个平声韵部按字数多寡分为宽韵、中韵、窄韵、险韵四类。如“四支”含464字，列为宽韵；“六麻”含167字，列为中韵；“五微”含72字，列为窄韵；“三江”含51字，列为险韵，等等。现在平水韵在网上很容易查到。为了方便不上网的朋友，本书附录部分也拟附一个平水韵，则各韵部所含的字可以一目了然。

宽韵既然含字较多，可供挑选的范围较广，则一般情况下，作诗押宽韵应该比较容易。不过也有些韵部，字数虽不多，却含有一些刚好为你所需、刚好宜于抒发你的情感的字，那你当然会舍宽就窄，以该韵部为首选了，所以一切还是要从创作需要出发。

此外，对初学者来说，手边最好能备一部《诗韵合璧》、《诗韵集成》之类的工具书。因为这些书在列出平水韵的106个韵部时，还会在每个字后面列举种种词汇，特别是《诗韵合璧》，所列词汇是双向的。譬如，在“一东”的“东”字下面，它会先举出“河东”、“江东”、“顺流东”、“响丁东”、“莲叶东”、“日升东”、“任西东”、“水流东”、“画楼东”等等词汇，然后又举出“东逝”、“东君”、“东山”、“东瀛”、“东吴”、“东渐”、“东楼”、“东皇”、“东流水”、“东方白”、“东床坦” 等等词汇。在“同” 字下面，它会先举出“异同”、“会同”、“苟同”、“情同”、“臭味同”、“好恶同”、“处处同”、“梦寐同”、“有谁同”、“与人同”、“口碑同”、“两心同”、“古今同” 等等词汇，然后再举出“同气”、“同调”、“同道”、“同声”、“同心”、“同归” 等等词汇。当然，写诗作为一种艺术创作，理应追求独创性，所以当你熟练地驾驭旧体诗的形式后，最好能抛开工具书，走自己的路。不过在初学阶段，将《诗韵合璧》等作为拐杖，还是很有必要的。至少在挑选韵部、寻觅词汇方面会受到启发。不仅如此，该书还附有《诗腋》和《词林典腋》，在用典方面也能提供一些参考。

7 不讲平仄，即非律诗

BU JIANG PING ZE JI FEI LV SHI

在近体诗格律诸要素中，最重要的不是押韵，不是对仗，更不是篇幅，而是平仄。因为，古体诗也押韵，只是稍宽；绝句并不要求对仗；而排律的篇幅不受限制；所以三者均难以体现近体诗的独特性。唯独平仄，乃为古体诗所不计，而为近体诗所必遵。毛泽东曾在给陈毅谈诗的一封信中说，“律诗要讲平仄，不讲平仄，即非律诗。”这是一句常识性的话，却说得简单明白。的确，作为近体诗的主要标志，就是讲究平仄。

诗为什么要讲究平仄？当然是为了追求一种和谐、协调的音乐美。昔人关于四声有四句口诀——

平声平道莫低昂，上声高呼猛烈强，
去声分明哀远道，入声短促急收藏。

由这口诀可以知道，平声给人的主要感觉是平而悠长，上、去、入三种仄声给人的主要感觉是倾斜而较短，如果在一句诗、一联诗或一首诗中，平声字出现太多，或仄声字出现太多，在声调上一定会使人感到不协调、不平衡，不是太舒缓，就是太急促。而近体诗由于把平声字和仄声字两两成双地递用起来，同时上下句的平仄刚好相反，上下联的平仄又刚好相黏；这样，平声和仄声这矛盾着的双方就在一首诗中获得了相对平衡，处在了一种相对稳定的状态，于是在音乐上就产生了和谐、协调的效果。如果把近体诗视为一盘“围棋”，平声用黑子来代表，仄声用白子来代表，则在我们眼前就会出现一幅极为整齐的图案：黑子和白子两两相间，数目刚好相等。

不懂平仄的人对近体诗的欣赏是不完整的，欠缺的是对音乐美的领略。也可能他于阅读之际不自觉地感受到了和谐、协调之美，却终因不知其所以然而依旧有所欠缺。如果仅仅从字数、句式等“外观”方面来仿作近体诗，那绝对不会美听，即使在韵脚、对仗方面也注意模仿，只要不讲平仄，读起来就绝非一个味道。19世纪有位蒙古族作家尹湛纳希写了一部小说叫《一层楼》，由甲乙木译成汉文。此书处处模仿《红楼梦》。《红楼梦》中有十二首菊花诗，都是七律。译成汉文的《一层楼》中也有十首菊花诗，也是七言八句，显然想模仿七律。但因为译者不懂平仄，所以只要把这二十二首诗放在一起读一遍，立刻就会发觉前十二首读来是多么朗朗上口，后十首读来是多么佶屈聱牙。

那么，近体诗对于平仄究竟有些什么规定呢？约略说来，大概有这么几条：

一、一句诗中，每两个字形成一节，剩下的一个字单独为一节，节与节之间平声字和仄声字须交替出现，如“平平——仄仄——平”就包含三节，“平平——仄仄——平平——仄”则包含四节。凡是符合平仄交替原则的句子称为律句，不符合这一原则的句子称为拗句。

二、律诗每两句称为一联，一联中的上句称为出句，下句称为对句，第一至四联分别称为首联、颔联、颈联、尾联。一联诗中上下句的平仄须对立，如上句为“平平平仄仄”，下句应为“仄仄仄平平”；上句为“仄仄平平平仄仄”，下句则为“平平仄仄仄平平”。如上下句的平仄未能对立，就犯了“失对”的毛病。

三、后一联诗的上句与前一联诗的下句须平仄相黏，也就是两句处在节点的字须平仄相同，如前一联下句为“平平仄仄平”，后一联上句应为“平平平仄仄”；前一联下句为“平平仄仄仄平平”，后一联上句则为“平平仄仄平平仄”。如前后联之间平仄未能相黏，就犯了“失粘”的毛病。

但这三条规定又有灵活性，其中有些字可平可仄，即所谓“一三五不论，二四六分明”，此外还有变格，有拗救。凡此种种规则，听起来似乎很复杂，所以初学者不必急于写完整的诗，而不妨按第2讲中说的办法，尝试先写一句五言律句，或者从古人的五律中找一句来，设法替他换一二个字；等到能熟练地写出律句后，再试着写一联诗、一首诗，然后再开始学七律。这样就一点儿都不难了。

本篇先谈五律。五律中标准的律句只有四种。两种含韵脚：一为“平平仄仄平”，如“晴光转绿苹”、“孤蓬万里征”、“江春入旧年”、“因风想玉坷”，等等；一为“仄仄仄平平”，如“暮惹御香归”、“夜火杂星回”、“老去恨空闻”、“月涌大江流”，等等。

另两种不含韵脚：一为“平平平仄仄”，如“亲朋无一字”、“灯明方丈室”、“浮云连海岱”、“人烟寒桔柚”，等等；一为“仄仄平平仄”，如“欲济无舟楫”、“古木无人径”、“远近山河净”、“不作边城将”，等等。

上述各例均引自《千家诗》。需要说明的是，这些诗句中包含不少入声字。如果在你的方音中也保存有入声，那读来当然没有问题。如果你习惯用普通话读诗，则又分两种情况。像“绿”、“入”、“月”、“室”、“欲”、“木”、“作”等入声字按普通话均读为去声，却因去声与入声同为仄声，所以怎么读都不会从根本上影响原诗的声律之美。可是“杂”、“一”、“桔”三个入声字在普通话里均为平声，而一旦把相关诗句中的这些字按平声来读，律句就变成了拗句（“夜火杂星回”变成“仄仄平平平”，“亲朋无一字”和“人烟寒桔柚”都变成“平平平平仄”），原有的声律之美也就消失了。

由此可见，分辨入声是学写旧体诗词必须迈过的一道门槛。分不清入声，则阅读合律的近体诗时多多少少会影响审美享受，尤其是对诗的音乐美很难全然领会；自己写诗，当然也会出错，更谈不上声律之美。也许有人会说，艺术创作贵在推陈出新，既然普通话里已无入声，为何还要作茧自缚，一定要将已化为其他声调的字仍按入声来读呢？创新问题以后还会探讨。这里想说的是，自唐以来的近体诗都是包含入声的，其音乐美已与入声的存在融为一体。而本书的目的，诚如第1讲中所说，是将传统诗词的写作和吟诵视为“濒于失传或正在失传的文化表现形式”，而希望通过对诗词基本知识的介绍，让一部分人特别是部分年轻人有所了解和掌握，从而使传统得以延续，使珍贵的文化遗产不至于失传，所以我们还是要谈平仄，谈入声。

对于说普通话或操北方方言的朋友来说，应当怎样辨识和掌握入声呢？据我与若干来自这些地方的诗友交流，知道历来有两种较为通行的办法。其一，可从平水韵所列17个入声韵部中挑选部分常用字，一一记熟；特别是对现已读为平声的字格外下点儿工夫；久而久之自会辨识。其二，以前无入声地区的私塾教师，在给学生作声律启蒙时，碰到入声字，往往不按北方方音阅读，而是模仿有入声地区的读音，将它另读成一个“短促急收藏”的音。这个办法值得参考，因为这样一来不但能加深对作品音乐美的体会，而且习惯成自然，慢慢也就掌握了入声。

上文介绍了五律中四种标准的律句，接着要谈的是律句在一首诗中如何安排。其实，按照前面说过的上下句“对立”、前后联“相黏”的规则，只可能有四种安排。自唐初迄明末，历代诗人对此都很熟悉，只是从来没有人特意将它完整地列举出来。直到清初王士禛撰《律诗定体》，才将四种格式逐一列出。王士禛是清代“神韵说” 诗派的代表人物，同时又十分重视格律与音节。他对“一三五不论”的说法很不以为然，提出“律句只要辨一三五”，并对各种体式作出了具体说明。现将王氏关于五律的四种定体及所举例诗转述如下。近体诗中，首句第二字为仄声的，称为“仄起”式；为平声的，称为“平起”式。下举各例便是按首句的起式及是否入韵来加以分类——

一、仄起不入韵式

(仄）仄平平仄　　粉署依丹禁，
平　平仄仄平　　城虚爽气多。
(仄）平平仄仄　　好风天上至，
(平）仄仄平平　　凉雨晓来过。
(仄）仄平平仄　　翠鸟浮香霭，
平　平仄仄平　　瑶池潆绿波。
(仄）平平仄仄　　九重闲视草，

（平）仄仄平平　　　　时复幸鸾坡。

二、仄起入韵式

（仄）仄仄平平　　　　夏过日初长，
平　平仄仄平　　　　连朝雨送凉。
（仄）平平仄仄　　　　卷帘书帙静，
（平）仄仄平平　　　　开户燕泥香。
（仄）仄平平仄　　　　赐果来东阁，
平　平仄仄平　　　　分冰近玉床。
（仄）平平仄仄　　　　小臣叨侍从，
（仄）仄仄平平　　　　屡得被恩光。

三、平起不入韵式

（仄）平平仄仄　　　　桂枝家共折，
（平）仄仄平平　　　　鸡树代相传。
（仄）仄平平仄　　　　忝向鸾台下，
平　平仄仄平　　　　仍看雁影连。
（仄）平平仄仄　　　　夜闲方步月，
（仄）仄仄平平　　　　漏尽欲朝天。
（平）仄平平仄　　　　知去丹墀近，
平　平仄仄平　　　　明王许荐贤。

四、平起入韵式

平　平仄仄平　　　　花枝暖欲舒，
(仄) 仄仄平平　　　　粉署夜方初。
(仄) 仄平平仄　　　　世职推传盛，
平　平仄仄平　　　　春刑是减馀。
(平) 平平仄仄　　　　芸香仍护字，
(平) 仄仄平平　　　　铅椠喜呈书。
(仄) 仄平平仄　　　　此地从头白，
平　平仄仄平　　　　经年望雉车。

下面需要说明几点：

一、上列体式中，凡是加 () 的字，都代表可平可仄。王士禛原著是竖抄本，在诗句右边用一些符号标出各个字的平仄，所以体式中出现了“(仄) 平平仄仄”、“(平) 仄仄平平”、“(平) 仄平平仄”等标法，看起来似乎与前文所列的三种律句稍有不同。其实，既然句中第一字可平可仄，则与前文所列并无区别，倒是前述三种律句的第一字也应加个括号，标为“(平) 平平仄仄”、“(仄) 仄仄平平”、“(仄) 仄平平仄”，就更准确了。

二、不论何种体式，括号都只与第一字相关，从未加在第三字上。显然，在王士禛看来，五言律句的第三字非“论”不可，不存在可平可仄的问题。

三、对于“平平仄仄平”，王士禛未在第一字上加括号。这是因为格律规定，一句诗除韵脚之外，倘若只剩下一个平声字，就被称为犯“孤平”，是很大的毛病；而“仄平仄仄平”正是犯了“孤平”，所以这里的第一字是不能动的。如果一定要将第一字弄成仄声，那么第三字必须换成平声，让句子变成“仄平平仄平”。这涉及拗救问题，暂且不谈。

四、传统诗词中，有时会碰到一字有两种或两种以上读音的情况。上引四首诗中，第二首第七句中“侍从”的“从”字要读去声(读音“纵”)，如按平声读，就错了；第三首第四句中“仍看”的“看”字则应读平声，如按去声读，也错了。第四首末句中的“车”，本有两种平声读音，分属“六鱼”韵和“六麻”韵，这里应按“六鱼”韵读音“居”，否则韵脚就错了。类似情形在其他诗词作品中也经常会碰到，除上举三字外，另如“骑”、“吹”、“令”、“听”、“过”、“思”等等也均可两读。有时定义不同，故声调也有别，如“骑”作为动词，须读平声；作为名词，则读去声。也有时定义虽同，声调仍可相异，如“听”意为“聆听”，就既可读平声（属“九青”)，也可读去声（属“二十五径”)。凡此在诵读和写作中都应随时注意。不明白时，翻一下《辞源》或《诗韵合璧》一类工具书，即可得到解释。

用括号来代表可平可仄，是现在通行的标法。王士禛原著用的符号不止一种，特别是在他认为“必不可易”的字旁用了双圈、双圆点来做重点标示。除了在“平平仄仄平”句式的第一字旁用双圈标明必须用平声以避免“孤平”外，在“平平平仄仄”句式的第三字旁也用双圈标明只能用平声，以避免“三仄尾”(即“平平仄仄仄”)，在“仄仄仄平平”句式的第三字旁则用双圆点标明只能用仄声，以避免“三平脚”（即“仄仄平平平”)。此外，《律诗定体》中还有一些简洁的说明文字。郭绍虞曾在《清诗话·前言》中对该著作过一番评价——

此卷虽仅数页，但论近体律诗，能概括地说明唐人律格，以破除流俗“一三五不论”之说，甚有见地。《然镫记闻》亦引王氏语，谓“律句只要辨一三五”，此卷可看作这句话的具体说明。此后，李郁文之《律诗四辨》与日人谷立德之《全唐声律论》，虽例证更多，要其大旨，未能外于王氏之说。王氏谓：“五律，凡双字二四应平仄者，第一字必用平，断不可杂以仄声，以平平止有二字相连，不可令单也。其二四应仄平者，第一字平仄皆可用，以仄仄仄三字相连，换以平字无妨也。大抵仄可换平，平断不可换仄。”此言甚有至理，颇合汉语诗律中二音步的规律。

就我的体会，也觉得王士禛列出的四种体式及他的说明颇有道理。如果按照这样的定式来作诗，一般的声律之美必能呈现出来。王氏之后迄于当代，关于律诗体式的书日益增多，各有短长，但正如郭绍虞所说，“要其大旨，未能外于王氏之说”。郭文中提到的《然镫记闻》，是一部王士禛口授而由其弟子何世璂转述的著作，该卷主要谈诗的风致，对格律只是偶尔提及。学诗者如有闲暇，倒也不妨找来一读。

不过，王士禛的“定体”也不完全符合前人创作的实际，下一讲中我们再连同七律一起谈吧。

8 再谈《律诗定体》

ZAI TAN LV SHI DING TI

翻开现在的诗词刊物，出现最多的作品仍然是七律，顾炎武当年批评的“无诗不律，无律不七言”的现象似乎未有改变。既然大家对七律的兴趣如此浓厚，在谈过五律的平仄后，接着介绍七律的平仄就成了顺理成章的事儿。

与五律系由五古逐渐变化而来不同，七律并非由七古变化而来。虽然其首句入韵的习惯可能受到七古影响，但就平仄而论，它实际上是在五言律句前面加两个字，使原来的三节变成四节，因此可以说是在五律的基础上自然形成。具体说来，七言律句也有四种，仍以《千家诗》中的句子为例——

两种含韵脚：一为“仄仄平平仄仄平”，如“百啭流莺绕建章”、“绛帻鸡人报晓筹”、“柳拂旌旗露未干”、“草色遥看近却无”，等等；一为“平平仄仄仄平平”，如“春风送暖入屠苏”、“轻烟散入五侯家”、“鸡鸣紫陌曙光寒”、“君王又进紫霞杯”，等等。

另两种不含韵脚：一为“仄仄平平平仄仄”，如“汉寝唐陵无麦饭”、“日落狐狸眠冢上”、“酒债寻常行处有”、“日暮乡关何处是”，等等；一为“平平仄仄平平仄”，如“梨花院落溶溶月”、“身多疾病思田里”、“山中习静观朝槿”、“清风掠地秋先到”，等等。

五言律句中有可平可仄的字，七言律句也一样，正如王士禛所说，“凡七言第一字俱不论，第三字与五言第一字同例”。下面再看一些例子——

愁见河桥酒幔青

林下泉声静自来

空戴南冠学楚囚

萤焰高低照暮空

这四句诗含韵脚，格式为“(仄) 仄平平仄仄平”，但在可平可仄处，也就是第一字，都用平声，而与括号内所标声调不同；至于第三字则为避免孤平之病而均用平声。

野航恰受两三人

一行白鹭上青天

上引两句诗也含韵脚，格式为“(平) 平 (仄) 仄仄平平”，但在可平可仄处，第一字都用仄声。

花开红树乱莺啼

丝丝天棘出莓墙

这两句诗的格式亦为“(平) 平 (仄) 仄仄平平”，但在可平可仄处，第三字都用平声。

赏心从此莫相违

暗香浮动月黄昏

一封朝奏九重天

玉山高并两峰寒

这四句诗也是“(平)平(仄)仄仄平平”，但在可平可仄处，第一字用仄声而第三字用平声，均与括号内所标声调不同。从历代诗人的七言律绝来看，这种“仄平平仄仄平平”的格式极为常见，似乎大家都觉得，在第一字用仄声后，第三字用平声更为美听。

朝罢香烟携满袖

天上清光留此夕

双凤云中扶辇下

佳节清明桃李笑

上引四句诗不含韵脚，格式为“(仄)仄(平)平平仄仄”，但在可平可仄处，也就是第一字，都用平声，而与括号内所标声调不同。

自是不归归便得

自去自来梁上燕

漠漠水田飞白鹭

万物静观皆自得

这四句亦为“(仄)仄(平)平平仄仄”，但在可平可仄处，第三字都用仄声。

丛菊两开他日泪

同学少年多不贱

关塞极天惟鸟道

香稻啄馀鹦鹉粒

这四句诗选自《秋兴八首》，而《秋兴八首》素来被视为杜甫追求声律之美的代表作。上述例句为“（仄）仄（平）平平仄仄”，而第一字均用平声，第三字均用仄声，两处声调皆与括号内所标不同，说明“平仄仄平平仄仄”在杜甫吟来是很习惯、很动听的。在其他诗人笔下，这一用法也十分常见，如 “山出尽如鸣凤岭”（沈佺）、期“金阙晓钟开万户”（岑参）、“残雪压枝犹有橘”（欧阳修）、“人乞祭馀骄妾妇”（黄庭坚），等等，皆是。

律回岁晚冰霜少

九龄已老韩休死

种桃道士归何处

笋根稚子无人见

上引四句诗也不含韵脚，格式为“（平）平（仄）仄平平仄”，但在可平可仄处，也就是第一字，都用仄声，而与括号内所标声调不同。

林莺啼到无声处

清风明月无人管

姑苏城外寒山寺

贤愚千载知谁是

这四句诗亦为“(平)平(仄)仄平平仄”，但第三字均用平声，而与括号内所标声调不同。

下来闲处从容立

故园书动经年绝

去年花里逢君别

远书珍重何由答

这四句诗也是“(平)平(仄)仄平平仄”，但第一字都用仄声，第三字都用平声，两个字的声调均与括号内所标不同。

学写七律，如同学写五律，也不妨从把握律句开始，先学一句，再学一联，再学全篇；而上列各种律句均可作为模仿对象。

熟悉律句之后，接着应了解一首诗中几种律句的安排。这里仍然转述王士禛的《律诗定体》——

一、平起不入韵式

(仄)平(仄)仄平平仄　　振衣直上江天阁，
(平)仄　平　平仄仄平　　怀古仍登海岳楼。
(平)仄(平)平平仄仄　　三楚风涛杯底合，
(仄)平(平)仄仄平平　　九江云物坐中收。
(仄)平(仄)仄平平仄　　石簰落照翻孤影，

(仄) 仄　平　平仄仄平　　玉带山门访旧游。
(仄) 仄 (平) 平仄平仄　　我醉吟诗最高顶，
(平) 平 (平) 仄仄平平　　蛟龙惊起暮潮秋。

二、 平起入韵式

(平) 平 (仄) 仄仄平平　　轻阴小雨夜连晨，
(平) 仄　平　平仄仄平　　中使传呼散紫宸。
(平) 仄 (平) 平平仄仄　　天气薰蒸疑作暑，
(平) 平 (平) 仄仄平平　　风光回转欲留春。
(平) 平 (仄) 仄平平仄　　班分辇道花迎佩，
(仄) 仄　平　平仄仄平　　仗出宫墙柳映人。
(仄) 仄 (平) 平平仄仄　　独喜联镳归去早，
(仄) 平 (平) 仄仄平平　　六街消尽马蹄尘。

三、 仄起入韵式

(仄) 仄　平　平仄仄平　　待旦金门漏未稀，
(平) 平 (仄) 仄仄平平　　鸡鸣月落露霏霏。
(平) 平 (仄) 仄平平仄　　珠玑灿列星文动，
(仄) 仄　平　平仄仄平　　剑佩森严彩仗飞。
(仄) 仄 (仄) 平平仄仄　　十二凤楼开瑞色，
(平) 平 (平) 仄仄平平　　三千凫舄庆垂衣。
(仄) 平 (仄) 仄平平仄　　太平有道凝旒日，
(仄) 仄　平　平仄仄平　　万国风云护紫微。

四、仄起不入韵式

(仄) 仄 (仄) 平平仄仄　　不见闭门陈正字，
(仄) 平 (平) 仄仄平平　　岭云江树五年馀。
(平) 平 (仄) 仄平平仄　　秋风欲下华阳馆，
(仄) 仄　平　平仄仄平　　粤客才通尺素书。
(平) 仄 (平) 平平仄仄　　蒲涧红泉应不改，
(平) 平 (仄) 仄仄平平　　罗浮翠羽梦全疏。
(平) 平 (平) 仄平平仄　　天南耆旧今头白，
(平) 仄　平　平仄仄平　　珍重新诗独起予。

从上举四个体式可以看出，七律只是在五律前面加两个字，若五律为仄起，就在前面加“(平) 平”，若五律为平起，则在前面加“(仄) 仄”。

不过，第一式第七句中有个变例值得注意。这里，本来应当是“仄仄平平平仄仄”，结果出现的句子“我醉吟诗最高顶”却是“仄仄平平仄平仄”。王士禛在“最高”下面注道：“二字本宜‘平仄’，而‘最高’二字系‘仄平’，所谓单句第六字拗用平，则第五字必用仄以救之；与五言三四一例。”

王士禛所举的这个变例在律诗中极其普遍，尤其是第七句，经常出现“平平仄平仄”和“仄仄平平仄平仄”。王力在其《汉语诗律学》中也曾专节探讨这一“平仄的特殊形式”，认为它已“常见到那样的程度，连应试的排律也允许用它（例如元稹《河鲤登龙门》：‘回瞻顺流辈，谁敢望同升’），实在不很应该认为变例”。的确，这个变例已普通得接近常例。以我的经历来说，我是高中时期开始学写诗词的，印象中所接触的老辈并没有专门为我讲过这一“平仄的特殊形式”，但因从他们的诗中经常读到这类句子，自己也就不知不觉地掌握了。

进入复旦大学后，我才知道一些专业老师和研究生对此种“特殊形式”还非常陌生。一次是交写作课作业，我在作文中夹有两首七绝，诗写得很糟，但格律无误。其中一首的第三句是“此日东风撼天地”，用的正是“仄仄平平仄平仄”，不料作业发回后，发现“撼天地”三字已被老师顺手改为“撼大地”，使一句本来合律的诗变成了“三仄尾”。另一次是给中文系的墙报《复旦文艺》写诗，我交了两首五律，主题是声援古巴。其中一首的末二句为：“图南羡鹏鸟，万里一翱翔。”用了庄子《逍遥游》的典故。可是一位编辑墙报的研究生却找到我，说第七句平仄有误，他拟替我改为“图南鹏鸟举”。我于是举了李杜和毛泽东的诗例，又请他再去仔细阅读王力的《诗词格律》。现将我当时举的几个例子抄录如下——

渡远荆门外，来从楚国游。
山随平野尽，江入大荒流。
月下飞天镜，云生结海楼。
仍怜故乡水，万里送行舟。

今夜鄜州月，闺中只独看。
遥怜小儿女，未解忆长安。
香雾云鬟湿，清辉玉臂寒。
何时倚虚幌，双照泪痕干？

春风杨柳万千条，六亿神州尽舜尧。
红雨随心翻作浪，青山着意化为桥。
天连五岭银锄落，地动三河铁臂摇。
借问瘟君欲何往，纸船明烛照天烧。

九嶷山上白云飞，帝子乘风下翠微。
斑竹一枝千滴泪，红霞万朵百重衣。
洞庭波涌连天雪，长岛人歌动地诗。
我欲因之梦寥廓，芙蓉国里尽朝晖。

上引诗中，第一首是李白的《渡荆门送别》，第二首是杜甫的《月夜》，第三、四首是毛泽东的《送瘟神》和《答友人》。其中的“仍怜故乡水”、“遥怜小儿女”和“何时倚虚幌”均为“平平仄平仄”，“借问瘟君欲何往”和“我欲因之梦寥廓” 均为“仄仄平平仄平仄”。实际上这一形式的诗句在旧体诗中多得不胜枚举。需要注意的是，在“(平) 平平仄仄”中，第一字本来可平可仄，但变成“平平仄平仄”后，第一字就必须是平声，决不能弄成“仄平仄平仄”。同样，在“(仄) 仄 (平) 平平仄仄”中，第一字和第三字也都可平可仄，但变成“(仄) 仄平平仄平仄”后，第三字也必须是平声，决不能弄成“(仄) 仄仄平仄平仄”。

前一讲中曾谈到，《律诗定体》也不完全符合前人创作的实际。按照王士禛的观点，五言律句第三字、七言律句第五字的平仄不可变动，不存在可平可仄的问题，而实际情形并非如此。首先，在“平平仄仄平”和“(仄) 仄平平仄仄平”中，人们常将末尾倒数第三字变仄为平。譬如——

禅房花木深

山山惟落晖

长歌怀采薇

归邀麟阁名

别业初开云汉边

莺啭皇州春色阑

玉露凋伤枫树林

积雨空林烟火迟

这几句诗都摘自大家熟悉的《千家诗》，一个共同特点是五言句的第三字、七言句的第五字都用了平声，而诵读起来并不特别拗口，说明这个地方是可平可仄的。

其次，在“（仄）仄平平仄”、“（平）平（仄）仄平平仄”格式中，人们有时也将末尾的“平平仄”变成“仄平仄”，读来虽略觉不顺，似乎也无大碍。

此地一为别

户外一峰秀

白发老闲事

两水夹明镜

莫辞盏酒十分劝

道通天地有形外

鲈鱼正美不归去

叶浮嫩绿酒初熟

上举诸例没有涉及平仄的拗救问题。而还有一种情况是，“(仄) 仄仄平仄”与“平平平仄平”刚好组成一联，如“挥手自兹去，萧萧班马鸣”；“(平) 平 (仄) 仄仄平仄”与“(仄) 仄平平平仄平”也刚好组成一联，如“星辰冷落碧潭水，鸿雁悲鸣红蓼风”。这就与拗救相关，须留待下一讲再谈了。

如对律句的后三字单独作一分析，则其常例只有四种，即“平平仄”、“仄仄平”、“平仄仄”、“仄平平”。王士禛的“定体”正是对常例的肯定，但通过上引若干例证，已说明在昔人笔下，“平平仄”可变为“仄平仄”，“仄仄平”也可换成“平仄平”。那么，剩下的问题是，“平仄仄” 、“仄平平”能否代之以“仄仄仄”、“平平平”，也就是用俗称的“三仄尾”和“三平脚”来取代律句的三字安排？从音乐美的角度衡量，这样的安排一定会影响律句的美感特点，故而有人作古体诗，会刻意多采用“仄仄仄”、“平平平”，以与近体诗相区分。不过，就具体创作而言，“三仄尾”和“三平脚”的遭遇颇不相同，后者为众多诗人所力避而前者却时受青睐。以《唐诗三百首》的律绝部分及《千家诗》为例，二书中几乎找不到一个“平平平”的例子，而“仄仄仄”却曾一再出现。譬如——

星临万户动

晴开万井树

楚山不可极

天花落不尽

朝罢须裁五色诏

秋水才深四五尺

怅望千秋一洒泪

谁为含愁独不见

由此看来，“仄仄仄”虽然拗口，却未被历来的诗人完全“封杀”。我青年时期师从瞿蜕园先生。他很少与我谈格律，但在《学诗浅说》中，他曾将杜审言《和晋陵陆丞早春游望》称为“平仄规律最严格的唐人五律诗”，而该诗中“云霞出海曙”一句正是“平平仄仄仄”。在他四十年前赠我的诗中，有“退鹢犹惭一日长，神驹何待九方知”这样的句子，也说明他并不计较“三仄尾”。不过就我的习惯来说，仍然觉得“仄仄仄”不合律，不好听，一般作诗，还是以避用为宜。

9 拗救、变通与革新

AO JIU BIAN TONG YU GE XIN

近体诗是格律诗。格律造就了它和谐、协调的音乐美，同时也给它带来了规则，形成了约束。几乎从它诞生之日起，人们就一面享受着它的声韵之美，一面又试图对其严整的格律有所变通，有所突破。拗救，便是对规则的一种小小的更改。

我们已对律句作过解释。凡是不符合律句要求的，称为拗句。将拗口的句子再改为顺口，就叫作拗救。拗救可分为本句自救和对句相救两类。

先谈本句自救。上一讲中，曾提到“平平仄平仄”和“(仄) 仄平平仄平仄”，这种格式被王力称为“平仄的特殊形式”，而在王士禛看来，就是拗救。因为在律句“平平平仄仄”中，第四字应是仄声，在“(仄) 仄平平平仄仄”中，第六字应是仄声，现在两处都变成平声，自然成了拗句，所以必须将原来五言的第三字、七言的第五字换成仄声，才能变拗为顺，将失去的音乐美重新“救”回来。例子就不必再举了。

本句自救的另一种情形是对“孤平”句的处置。第7讲中说过，“平平仄仄平”的第一字如改为仄声，那么全句除韵脚外就只剩下一个平声字，这在格律上称为“犯孤平”，是需要避免的。同样，“(仄）仄平平仄仄平”的第三字如改为仄声，也是“犯孤平”。但“孤平”句也可通过自救变拗为顺，其方法就是将五言的第三字、七言的第五字换成平声，变成“仄平平仄平”和“(仄）仄仄平平仄平”。譬如——

到来生隐心

此翁殊不然

暮禽相与还

往来成古今

断送玉容人上天

潘岳悼亡犹费词

南去北来休便休

一任晚山相对愁

这些例句中，除韵脚外，还有两个平声字，既然避免了“孤平”，读来当然就比较和谐美听了。

对句相救，指的是在一联诗的上句出现拗字，却在下句中予以补救。譬如上一讲中曾谈到“(仄）仄平平仄”、“(平）平（仄）仄平平仄”变为“(仄）仄仄平仄”、“(平）平（仄）仄仄平仄”后，读来就不太顺口；而“平平仄仄平”、“(仄）仄平平仄仄平” 变为“(平）平平仄平”、“(仄）仄（平）平平仄平”后，虽不特别拗口，而音乐美也终不如原句。尽管对这类微拗之句也可以不救，但人们似乎很早就发现，两个拗句放在一起会有以拗救拗的效果，数学中有“负负得正”，诗律中也可“拗拗为顺”，于是我们在前人作品中读到了许多两拗组成的诗句，如——

花隐掖垣暮，啾啾栖鸟过。

赤日石林气，青天江海流。

世上漫相识，此翁殊不然。

落日放船好，轻风生浪迟。

纸灰飞作白蝴蝶，泪血染成红杜鹃。

星辰冷落碧潭水，鸿雁悲鸣红蓼风。

残星几点雁横塞，长笛一声人倚楼。

沾衣欲湿杏花鱼，吹面不寒杨柳风。

所有这些例句都是“(仄) 仄仄平仄，(平) 平平仄平”或“(平) 平 (仄) 仄仄平仄，(仄) 仄 (平) 平平仄平”，这是很常见的对句相救。其中“此翁殊不然”、“泪血染成红杜鹃”、“长笛一声人倚楼”、“吹面不寒杨柳风”则既是对句相救，又是“孤平”句自救。

此外，“三仄尾”的出句，也可以“三平脚”的对句来补救，如“可怜白雪曲，未遇知音人”、“草色全经细雨湿，花枝欲动春风寒”。还有一些特殊的拗救方式，如“向晚意不适，驱车登古原”，是五仄声的出句，却以四平声的对句来补救，等等。要之，其原则总不外

乎以平救仄，或以仄救平，这里就不一一列举了。

拗救之外，人们试图变通的另一领域便是韵脚的安排，而这问题在古时并不突出。一来科举考试的“试帖诗”规定要作五言排律，而排律的押韵要求与律诗相同，出韵即可能落榜，所以应试者必须将韵部记熟。二来古体诗的押韵规则本来就较近体诗为宽，词和曲的先后诞生也突破了近体诗对韵的限制，所以当人们希望获得押韵的自由时，完全可去古体诗和词曲的疆域放马驰骋。这问题的真正提出是在20世纪，并出现了《诗韵新编》这样的书，现在则连同平仄一起成了诗词爱好者经常的话题。今天，在进入此一话题之前，我想先约略谈一下仄韵近体诗的格律。

仄韵近体诗从来就罕见，唐以后更少有人作，所以一般常识类图书大都对此予以忽略。我当学生时，前辈学者也都劝我不必在仄韵律绝上费工夫。但实际上由于韵脚的改变，仄韵诗的声情与平韵诗颇不相同，它的存在还是反映了人们追求变化、寻求突破的心理；而且我后来发现，老人们自己对押仄韵还是有兴趣的。譬如在瞿蜕园先生与友人的唱和中，便常会在一组律诗中夹上一首仄韵诗，以求得形式的活泼。

仄韵律绝除押仄韵之外，在黏对、避犯“孤平”等一切规则上都与平韵律绝相同。其五七言律诗的格式为——

一、仄起不入韵式

（仄）仄仄平平	（平）平（仄）仄平平
（平）平平仄仄	（仄）仄（平）平平仄仄
平　平仄仄平	（仄）仄　平　平仄仄平

（仄）仄平平仄　　（平）平（仄）仄平平仄
（仄）仄仄平平　　（平）平（仄）仄仄平平
（平）平平仄仄　　（仄）仄（平）平平仄仄
平　平仄仄平　　（仄）仄　平　平仄仄平
（仄）仄平平仄　　（平）平（仄）仄平平仄

二、仄起入韵式

（仄）仄平平仄　　（平）平（仄）仄平平仄
（平）平平仄仄　　（仄）仄（平）平平仄仄
平　平仄仄平　　（仄）仄　平　平仄仄平
（仄）仄平平仄　　（平）平（仄）仄平平仄
（仄）仄仄平平　　（平）平（仄）仄仄平平
（平）平平仄仄　　（仄）仄（平）平平仄仄
平　平仄仄平　　（仄）仄　平　平仄仄平
（仄）仄平平仄　　（平）平（仄）仄平平仄

三、平起不入韵式

平　平仄仄平　　（仄）仄　平　平仄仄平
（仄）仄平平仄　　（平）平（仄）仄平平仄
（仄）仄仄平平　　（平）平（仄）仄仄平平
（平）平平仄仄　　（仄）仄（平）平平仄仄
平　平仄仄平　　（仄）仄　平　平仄仄平
（仄）仄平平仄　　（平）平（仄）仄平平仄

（仄）仄仄平平　　（平）平（仄）仄仄平平
（平）平平仄仄　　（仄）仄（平）平平仄仄

四、平起入韵式

平　平平仄仄　　（仄）仄　平　平平仄仄
（仄）仄平平仄　　（平）平（仄）仄平平仄
（仄）仄仄平平　　（平）平（仄）仄仄平平
（平）平平仄仄　　（仄）仄（平）平平仄仄
平　平仄仄平　　（仄）仄　平　平仄仄平
（仄）仄平平仄　　（平）平（仄）仄平平仄
（仄）仄仄平平　　（平）平（仄）仄仄平平
（平）平平仄仄　　（仄）仄（平）平平仄仄

下面举一首蜕老的诗为例。20世纪60年代的一个秋天，他与友人们游园归来，写了《秋日行游园林，杂咏所见卉植五首》，末首即为仄韵五律——

婉婉黄葵衣，垂垂紫蓼佩。
水花轻自摇，风竹交相碍。
偃仰坡陀间，参差姝丽态。
眼中故国楼，一碧潇湘对。

这是采用的仄起不入韵式；而首联出句为“三平脚”，对句以“三仄尾”相救，则提供了一个仄韵诗中拗救的例子。

我们接着谈变通与革新。

以今日的语言去对照、衡量，平水韵确有诸多不符合实际的地方，主要表现在：一、同一韵母的字被分在了两个或两个以上不同的韵部，如“三江”与“七阳”，其所收字的韵母全是一样的。二、不同韵母的字被分在了同一韵部，如“十三元”，便收有元、繁、魂等韵母不同的字。三、入声字在普通话中已经消失。

由此形成的两种主张便是：一、将同韵母的韵部予以合并，从而拓宽押韵范围。二、用普通话的四声（阴平、阳平、上声、去声）取代平水韵的四声（平声、上声、去声、入声）。前一种主张意在变通；后一种主张则关乎整个格律，涉及诗词形式的革新。

平水韵与现实语音的脱节不始于今日，却由于前文所述科举的因素，千余年间一直为人所遵循。科举废除后，长期以来形成的习惯使人们依然按平水韵押韵，平水韵似乎已成为近体诗的当然构件和标志。虽然从古人诗中也不难找到若干从宽押韵的例证，但就主流而论，近体诗终究是按平水韵来押韵的。那么，今日应以怎样的态度来对待此事呢?

本书第1讲中曾说过：“为了让传统诗词延续下去，不至于失传，让一部分人特别是部分年轻人了解、掌握诗词写作的基本知识是有必要的。”既然平水韵自来为诗人所遵循，迄今流传的近体诗名篇几乎全按其韵部押韵，那么，从传承的角度着想，学诗者至少应该了解前人押韵的规则和习惯，应该了解平水韵的韵部是怎么划分的，进而尝试按“一东”、“二冬”的韵部去作诗。入门之后，从创作需要出发，当然可以从宽押韵。譬如打破首句用邻韵的格式，全诗都采用邻韵通押，或按词的韵部押韵，都不失为一种变通方法。

至于用普通话的四声取代平水韵的四声，所涉及的就不单是押韵，而是与整个近体诗的平仄安排相关了，因为你不可能仅仅在韵脚上采用普通话而在其他用字上仍遵守平水韵。这样首先会遇到一个麻烦，就是对前人作品的借鉴。现在的初学写诗者大抵是读过一些唐诗宋词，发生爱好，才尝试写作的，下笔时必然有意无意地会借用一些辞藻，可一旦改用普通话，困难就会接踵而来。譬如“春兰”对“秋菊”，“桃红”对“李白”、“出水荷”对“迎风竹”之类，在用平水韵时都不成问题，盖“菊”、“白”、“竹”均为入声字，可在普通话中，三个字已归为阳平，就不能与“兰”、“红”、“荷”构成对仗了。这样，我们就势必在习惯之外，另外构思一些用词，而效果则很难说。张中行曾在《诗词读写丛话》中举例说，按普通话押韵，则“露从今夜白，月是故乡明”似应改为“月是故乡亮，露从今夜白”，但这样读起来总觉得别扭。他还说了其他种种困难，结论是，还是“守旧”比较容易。

就我个人习惯来说，与张先生的感受是近乎一致的。但个人习惯是一回事，如何看待别人的创新是又一回事。两三年前，《长江日报》就诗词创新问题展开一场讨论，我曾应记者之约谈过一些看法。现摘录几段如下——

问：您关注过本报有关诗词创新问题的讨论吗？

答：大部分文章都拜读了，对我很有教益。首先，有那么多人寄来稿件，或在网上发表意见，这本身就是一件可喜的事，说明大家热爱传统诗词，希望继承，更希望创新。我个人因为从来没有写出过一首令自己满意的好诗，所以在创作领域素乏大志。这次讨论让我看到了自己与一些年轻朋友在志向和魄力上的差距。

问：您对“旧瓶装新酒”有什么看法？

答：我发现讨论中虽有种种不同观点的碰撞，但所有的人都认为今天的创作应该歌咏现代人的生活，抒发现代人的思想感情。换句话说，对于“新酒”是没有争议的，歧见都集中在要不要瓶子、用什么瓶子上。对于这个问题，我主张百花齐放，让创作实践来作出回答。诗体的生命决定于它对创造主体和接受主体的适应力。一种诗体，当很多人都乐于采用，更多的人都乐于欣赏时，那种旺盛的生机是你想抑制都抑制不了的。反过来，如果某种诗体在作者和读者两方面都引不起兴趣，那肯定是气息奄奄、日薄西山了。

问：能说得具体一点吗？

答：现在大概有这样几种诗体：一种是作为诗坛主流的自由诗，或称新诗。它本来与我们的讨论没有关系，但是也曾有人想为它找个瓶子，如20世纪60年代，何其芳就从诗句分节的角度探讨过创设现代格律诗的问题，只是迄今为止，还没有得到创作实践的有力支持。第二种是旧体诗词，它是按一定的格律写作的，在用韵方面不同的作者也许有宽严之别，但基本上不脱旧瓶范围。

问：有没有采用新瓶的诗词呢？

答：还有第三种，是用普通话的四声取代平仄后写成的格律诗，由于读起来感觉与旧瓶不一样，可以说是换了一种瓶子。究竟有多少人在做这种尝试，我不清楚。我曾读过剧作家吴祖光的律诗，就是这样处理的，譬如在“辛亥三捷会有时”这句诗中，“捷”便是作为平声字而非入声字来使用的。就我读过的这类诗来看，都不太高明，也不好听。这里有个重要的原因是，旧体诗词的创作与欣赏是同抑扬顿挫的吟诵联系在一起的。1962年毛泽东发表《词六首》时，说这些词都是“在马背上哼成的”，“哼”就是吟诵。齐白石有两句诗：“老我由衷思缩脚，多君雅韵又摇头。”“摇头”一词很形象地写出了吟诵时的陶醉状态。而且吟诵时遇有平仄不谐之处，马上能感觉出来。改为普通话后如何进行吟诵，使作品仍然非常好听，是需要通过实践不断探讨的问题。

问：还有其他的诗体吗？

答：还有第四种，是除字数与旧体诗词保持一致外，不受格律约束的诗，有人把它称为“解放体”。这类作品受到的批评较多。譬如冰心就说过：“因青年不懂平仄，不押韵，即使他们写了一些‘蝶恋花’、‘清平乐’、‘浪淘沙’一类的‘词’，但只除了每句字数相同之外，与词毫无‘特色’上的相同。”（1978年2月号《诗刊》）臧克家则在纪念毛泽东《关于诗的一封信》发表20周年座谈会上说：“时常看到一些青年同志写一些形似旧体而不合格律的旧诗词，号称‘解放体’，实在应该听从毛主席的教导，认真地写新诗为好。”（1977年1月号《诗刊》）冰心和臧克家都不是旧体诗人，没有必要为旧体诗词把持门槛，他们讲出这番话，只能说明在20世纪70年代，“解放体”大概还没有产生什么成功的作品。

问：“解放体”有可能产生成功的作品吗？

答：这也要由创作实践来回答。我想说的是，文艺创

> 作需要推陈出新，所以对于创新精神应予鼓励。不过成功的创新通常是在认识旧形式、旧手法的基础上实现的。入乎其内，才谈得上出乎其外。毕加索有扎实的写实功底，而后才跳出来，成为立体派创始人；其他的抽象派绘画大师也莫不如此，绝对不是胡乱涂抹一通就能步入抽象派殿堂的。同样，诗词领域的创新也不可能凭空实现。1982年聂绀弩的旧体诗问世后，因其句法奇特新颖和善于以诙谐笔调来抒写苦难而广受读者欢迎，被胡乔木认为其“特色也许是过去、现在、将来的诗史上独一无二的”。而聂绀弩所以能别开生面，独创新格，除了生活经历、个人才学等因素外，一个重要原因是他曾经对“一些名家诗集读、抄、背，请朋友指导之后才正式作”；一句话，是先入门而后才发出“新声”、写出“奇诗”来的。（引文均见《散宜生诗》）

当时我只引了冰心和臧克家的话，其实还有些人也说过类似的话，如邓拓就说过：“我认为谁都可以自由地创造新的格律，但是，你最好不要采用旧的律诗、绝句和各种词牌。例如，你用了《满江红》的词牌，而又不是按照它的格律，那末，最好就另外起一个词牌的名字，如《满江黑》或其他，以便与《满江红》相区别。”（《燕山夜话》）

那次讨论是将旧体诗词视为一个整体来对待的。而本书中，有关词的格律，将在第16讲后才渐次展开。

10 工对、宽对及其他

GONG DUI KUAN DUI JI QI TA

汉字的单音节，给汉语的表达带来一种奇异的效果，就是对偶的出现。对偶并非诗的“专利”。先秦文献中，《老子》语言的独特之处，就是大量采用对偶句。而兴起于东汉、昌盛于南北朝、变化绵延近两千年的骈文，更是一种通篇讲究对偶的文体。如刘勰所说：“夫心生文辞，运裁百虑，高下相须，自然成对。”(《文心雕龙·丽辞》)

在诗歌领域，《楚辞》中不乏对偶句，齐梁之后有些五古也曾刻意追求对偶，但作为一种必须遵循的格律，对偶是与律诗以及排律紧密联系在一起的。绝句虽亦为近体诗，但并无对偶的要求。对偶，又称对仗，这是指其两两对应的整齐句式有如仪仗。学作律诗，于押韵、平仄之外，所要掌握的另一重要格律，便是对仗。对仗有些什么要求呢?

首先，律诗四联中，唯中间两联须用对仗，首联和尾联无此要求。至于排律，则除首联和尾联外，中间不论有多少联，都须用对仗。且以律诗为例——

吾爱孟夫子，风流天下闻。
红颜弃轩冕，白首卧松云。
醉月频中圣，迷花不事君。
高山安可仰，徒此揖清芬。

一片花飞减却春，风飘万点正愁人。
且看欲尽花经眼，莫厌伤多酒入唇。
江上小堂巢翡翠，苑边高冢卧麒麟。
细推物理须行乐，何用浮名绊此身。

这里，一为李白的五律《赠孟浩然》，一为杜甫的七律《曲江》。显然，两首诗颔联和颈联都用的是对偶句。

其次，平仄既为近体诗所必遵，那么，律诗的对仗就必须符合平仄的规定。倘若徒具对偶的形式而不讲平仄，那就绝不是律诗的对仗。如“在天愿作比翼鸟，在地愿为连理枝”（白居易《长恨歌》），一望而知不是七律中的对偶，不仅因为上下句有重字，也因为它不符合律诗的平仄。

由于受平仄制约，我们在律诗中常会遇到一些有趣的现象：如果是数目对，往往是用“三”、“千”去对别的数目字，因为数目字中惟有“三”、“千”是平声，其余都是仄声；如果是季节对，则常用“春”、“秋”、“冬”去对“夏”，因为只有“夏” 是仄声，余皆平声；如果是方位对，则常用“东”、“南”、“西”、“中”去对“北”，因为除“北”之外都是平声。这对诗人是不是一种限制呢？是的，但这限制可以灵活对待，可以设法跳出。譬如数目字中固然只有“三”、“千”是平声，但“孤”、“双”、“诸”、“全”等亦可与仄声数词构成数目对。再说律句中有些字是可平可仄的，如“南川粳稻花侵县，西岭云霞色满堂”（李嘉祐《寄綦毋全》），“南”、“西”均在可平可仄的位置上，便可成对。此外，对仗的花样很多，并不总是需要用季节词对季节词，方位词对方位词。王维的“宁问春将夏，谁怜西复东”（《愚公谷》），便是用方位词对季节词，仍属工对。

谈到这里，话题进入了更具体、更有兴味的领域。这是因为，在近体诗格律要素中，押韵和平仄的规则是相对固定的，而对仗却涉及修辞，涉及技巧，包含着种种变化、种种创造。一般说来，对仗要求词性相对，实词对实词，虚词对虚词；进一步则要求将实词再分为名词、动词、形容词、数量词，将虚词再分为代词、副词、连接词、语气词；更进一步还可就天时、地理、文事、武备、干支、颜色……作出细而又细的事物分类。凡符合上述要求的，都算是工对，分类越细，被视为对得越工；反之，则属宽对。譬如——

利名双转毂，今古一凭栏。
春水渡旁渡，夕阳山外山。

清溪鸣石齿，暖日长藤芽。
绿映高低树，红迷远近花。

上面所录，分别为戴复古《世事》和元好问《少室南原》的中间两联。《世事》中，不仅词性完全相对，而且颔联的“利名”与“今古”均为有对比关系的联合词组，颈联更是分类甚细且结构独特，所以这是很工稳的对仗。《少室南原》中，词性也完全相对，而且颈联的“绿”与“红” 均为颜色，“树”与“花”均属植物，“高低”与“远近”亦为有对比关系的联合词组，所以同样也是很工稳的对仗。

还可指出的是，对仗中用谐音字，称为借对。如孟浩然的“厨人具鸡黍，稚子摘杨梅”（《裴司士见访》）中，因“杨”与“羊”谐音，故可对“鸡”字；白居易的“翠黛不须留五马，皇恩只许住三年”（《西湖留别》）中，因“皇”与“黄”谐音，故可对“翠”字。同理，上引《少室南原》颔联中的“芽”与“牙”谐音，故亦可对“齿”字。

下面再来看看七律中的工对——

北塞君臣方驻足，中华将帅已离心。
兴隆有管鸾笙歇，劈正无官玉斧沉。

流黄看织回肠锦，飞白教临弱腕书。
漫托私心缄豆蔻，惯传隐语笑芙蕖。

前例为明初宋纳《壬子秋过故宫十九首》第一首的中间两联。其颔联每个字都对得极工，让你想不出还有更好的替代之词。颈联中“兴隆”是一种笙的名称，“劈正”是一种斧的名称，同样对得极工，不可移易。

后例为清代黄景仁《绮怀十六首》第四首的中间两联。其中“流黄”是一种绢的名称，“飞白”是书法术语，“黄”与“白”又均为颜色，整个看来也是无字不对，极其工稳。

但凡喜作旧体诗的人，大概都会对自己所拟的若干对仗留下记忆，有时整首诗记不下来，却能脱口背出其中一联。我以前在与老辈的交往中便时常听他们吟诵一些颇为自得的诗句。下面也就记忆所及，略举数例，从中还可看出不同时代的痕迹。

20世纪60年代的一天，我同先父偶然谈到毛泽东的《沁园春·长沙》。因为先父青少年时期在长沙生活，视湖南为第二故乡，我便问他诗中是否也写过橘子洲？他马上背出“九一八”事变后所作七律中的一联——

夷魂扰攘窥榆塞，乡梦依稀忆橘洲。

此诗作于上海，上句表达对东北局势的忧虑，下句抒发思乡之情。由于对仗工稳，特别是“夷魂”对“乡梦”甚妙，我听了一遍就记住了。

读复旦中文系时，我曾多次去郑权中教授家请益。郑老是章太炎的弟子，专攻小学（文字学、训诂学、音韵学的总称），并不常作诗。有次谈起抗战时的逃难经历，他忽然因往事而想起一联诗来。原来逃难途中为了等船，他曾带着家小在一位朋友家暂住，临行前赋诗为谢，其中两句为——

再将妻室候双叶，偶到君家借一枝。

以“妻室”对“君家”、“双叶”对“一枝”，都非常工稳。尤须一提的是，句中“双叶”非指树叶，而是指船，盖与“一叶扁舟”同义。“一枝”亦非指树枝，而是指居处，其含义系由鸟巢转化而来。《庄子·逍遥游》中有“鹪鹩巢于深林，不过一枝”之说；杜诗中也有“强移栖息一枝安”（《宿府》）之句。实际上汉字中一字多义的现象甚为普遍，当诗中以字的歧义为对时，不但不影响其工，而且常能让人会心一笑，效果超过本义。如温庭筠《苏武庙》中有一联为：“回日楼台非甲帐，去时冠剑是丁年。”诗中“丁”是壮健的意思，“丁年”意谓壮年，本来与“甲帐”没有关系，却因“丁”与“甲”分别为天干的第四位和第一位，读来便觉得别有意趣。

作家姚雪垠先生在世时经常与我谈诗，他也有一些堪称传神的对偶句。1974年夏天，他接到叶圣陶寄赠的照片后曾赋诗一首，其中一联为——

须眉已满昆仑雪，笔墨犹笼玉垒云。

“昆仑”和“玉垒”俱为山名。叶老晚年须眉皆白，用“昆仑雪”来形容，十分贴切。玉垒山在成都附近，杜甫有“玉垒浮云变古今”（《登楼》）之句，而叶老抗战时流寓成都，故此联不仅对得工稳，而且由今忆昔，由刻画外貌进而赞美作品，生动而具层次。此外，姚老有多首自咏《李自成》的诗，也都别具特色，如《辞岁》中有一联为——

手底横斜蝇首字，心头起伏马蹄风。

此联对仗工稳而精彩尤在下句，盖《李自成》中不止一次地出现过战马奔腾的场景，如“马蹄声在霜冻的、寂静的、夜色沉沉的旷野里像一阵凶猛的暴雨”、“将士们都上了马，像一阵疾风往东刮去，背后留下来一溜烟尘和一川月色”之类，说明该句乃是作者创作时心潮起伏的真实写照。

以上诸例都说明工稳是对仗的一大要求，但工稳还须言之有物，还须富有情韵，还须与巧妙相结合，这样才能避免空泛，避免卑弱，避免板滞。沈德潜在《说诗晬语》中曾举例批评说——

> 宋诗中如“卷帘通燕子，织竹护鸡孙”、“为护猫头笋，因编鹿眼篱”、“风来嫩柳摇官绿，云起奇峰涌帝青”、“远近笋争滕薛长，东西鸥背晋秦盟”，皆卑卑者。

他所摘录的这几联诗，并非对仗不工，但都不够自然，显得呆板，缺少风韵，好像是为对而对，几无美感可言，更谈不上格调和境界。对于学诗者来说，这类诗句不足为训。

宽对，是相对于工对而言的。由于写诗时并不总是能想出工稳的对偶，为了不影响诗意的表达，人们便对事类乃至词性的要求予以放宽，这样写出的对仗便称为宽对。譬如高适《醉后赠张九旭》的颈联为——

> 白发老闲事，青云在目前。

两句的意思是，书法家张旭本不求闻达，唯闲居自乐为事，但仍被皇帝诏为书学博士而青云直上。句中“闲事”与“目前”不能成对，但“白发”对“青云”是不错的，这就是宽对。

又如李白《听蜀僧濬弹琴》的颔联为——

> 为我一挥手，如听万壑松。

句中“为我”与“如听”对不起来，“一挥手”与“万壑松”也对得勉强，但两句诗意连贯，带有后文要说的流水对的性质，所以仍可视为宽对。

再以杜甫的七律《咏怀古迹》中第二首和第五首的颔联为例——

怅望千秋一洒泪，萧条异代不同时。

三分割据纡筹策，万古云霄一羽毛。

两例分别缅怀宋玉和诸葛亮，而无论“一洒泪”对“不同时”，还是“纡筹策”对“一羽毛”，都不工稳，只能算是宽对。此外，凭吊宋玉的那首还有失粘的毛病，然而这组七律却是流传千古的名作，上引二例也是脍炙人口的名句。这也说明，作诗还是要以意为主，当宽对表达的诗意更为贴切时，其审美效果未必亚于工对。

工对和宽对是最普通的分类。此外，对仗中还有一些特殊形式，下面也略作介绍。

流水对。这是指将一句完整的话分在上下两句诗中来说，若单看一句，则不知所云。譬如杜甫的“遥怜小儿女，未解忆长安”（《月夜》），出句中的“小儿女”实为对句的主语，不可能分开理解。又如元稹的“唯将终夜常开眼，报答平生未展眉”（《遣悲怀》），也是典型的流水对。应当说明的是，这两句诗是尾联，盖律诗对首联和尾联虽不要求对仗，但用了也不错，实际上有些诗如杜甫的《登高》（“风急天高猿啸哀”）是通篇都用对仗的。

扇对。又称隔句对，指的是第一句与第三句对，第二句与第四句对。如苏轼的“解后陪车马，寻芳谢朓洲；凄凉望乡国，得句仲宣楼”（《和郁孤台》），郑谷的“昔年共照松溪影，松折溪荒僧已无；今日还思锦城事，雪消花谢梦何殊”（《遇裴晤员外》），都是这种对法。推究起来，也是由诗的内容决定的，并非故意标新立异。

蹉对。又称跌对，指的是出于平仄考虑而移动句中的字，使之成为一种交叉式的对仗。如李群玉的“裙拖六幅湘江水，髻挽巫山一段云”（《同郑相并歌姬小饮戏赠》）中，构成对仗的“六幅”与“一段”、“湘江”与“巫山”便处在交叉的位置上。又据《诗人玉屑》所引《艺苑雌黄》说，王安石有“春残叶密花枝少，睡起茶多酒盏疏”之句，句中“以‘密’对‘疏’，以‘多’对‘少’，正交股用之，所谓蹉对法也”。

蜂腰体。这是指颔联无对偶，通首律诗中只有颈联对仗分明。如贾岛的《下第》即属此类：“下第唯空囊，如何住帝乡。杏园啼百舌，谁醉在花旁。泪落故山远，病来春草长。知音逢岂易？孤棹负三湘。”

偷春体。这是指首联讲对偶而颔联却无对偶，“言如梅花偷春色而先开也”（《诗人玉屑》）。如王维的《辋川闲居赠裴秀才迪》——

寒山转苍翠，秋水日潺湲。
倚杖柴门外，临风听暮蝉。
渡头余落日，墟里上孤烟。
复值接舆醉，狂歌五柳前。

首联中“寒山”与“秋水”、“苍翠”与“潺湲”均可成对；而颔联的“柴门外”与“听暮蝉”对不起来。又如杜甫的《一百五日夜对月》——

无家对寒食，有泪如金波。
斫却月中桂，清光应更多。
仳离放红蕊，想象颦青蛾。
牛女漫愁思，秋期犹渡河。

首联也是成对的，而颔联完全对不起来。

对于初学律诗者来说，应当努力掌握工对的技巧；在诗意与对仗难以兼顾时，不妨采用宽对；至于别的特殊形式，只须有所了解，在需要时偶一用之即可，不必刻意为之。

11 律诗的遣词造句

LV SHI DE QIAN CI ZAO JU

在对韵脚、平仄和对仗分别作过讲解后，有关学律诗的下一个课题便是遣词造句与谋篇布局了。本篇拟从句式开始，先谈遣词造句。

以前在谈五古时，没有专门提到句式，那是因为古体诗的句型自由，几无定式可言。像杜甫《北征》的起句“皇帝二载秋，闰八月初吉”，在五律中就不可能出现。而当上一讲谈到偷春体的颔联，举出“倚杖柴门外，临风听暮蝉”和“斫却月中桂，清光应更多”均无法成对时，实际已经涉及律诗的句式问题，盖句式不同，即使平仄无误，也不能构成对仗。

律诗有哪些句式呢？句式决定于词的组合，下面先看五律——

一、“二——三”式，如：

浮云｜游子意，落日｜故人情。(李白《送友人》)

灯明｜方丈室，珠系｜比丘衣。(綦毋潜《宿龙兴寺》)

二、“二——一——二” 式，如：

泉声｜咽｜危石，日色｜冷｜青松。(王维《过香积寺》)

荒庭｜垂｜桔柚，古屋｜画｜龙蛇。(杜甫《禹庙》)

三、“二——二——一”式，如：

晓云｜连幕｜卷，夜火｜杂星｜回。(宋之问《扈从登封途中作》)

潮平｜两岸｜阔，风正｜一帆｜悬。(王湾《次北固山下》)

以上是最常见的三种五律句式。再看七律——

一、“二——二——三”式，如：

宸游｜不为｜三元夜，乐事｜还同｜万众心。(蔡襄《上元应制》)

梨花｜院落｜溶溶月，柳絮｜池塘｜淡淡风。(晏殊《寓意》)

上述句型也可视同“四——三”式，更明显的例子如：

自去自来｜梁上燕，相亲相近｜水中鸥。(杜甫《江村》)

三五夜中｜新月色，二千里外｜故人心。(白居易《八月十五日夜禁中独直，对月忆元九》)

二、“二——二——一——二”式，如：

残雪｜压枝｜犹｜有桔，冻雷｜惊笋｜欲｜抽芽。（欧阳修《答丁元珍》）

日落｜狐狸｜眠｜冢上，夜归｜儿女｜笑｜灯前。（高翥《清明》）

三、“二——二——二——一”式，如：

万物｜已随｜秋气｜改，一樽｜聊为｜晚凉｜开。（程颢《游月陂》）

踪迹｜大纲｜王粲｜传，情怀｜小样｜杜陵｜诗。（王中《干戈》）

七律的基本句型是上四下三，以上两种句型也可按“四——三”式来吟诵。如果作诗时写出了上三下四的句子，那就不像七律了。你可以写“万面红旗高举起”，但决不能写“高举起红旗万面”，尽管其“平仄仄平平仄仄”的声调倒符合律句的要求。

五律和七律都还有一些特殊句式，但不普遍，可以略过不提。对初学诗者来说，在了解常用句式后，需要注意的是，一、在律诗的中间两联，其出句和对句的句型必须一致，否则就不成其为对仗；二、在一首诗中，句式应力求变化，以避免单调；颔联和颈联也最好采用不同的句式。譬如——

东郡｜趋庭日，南楼｜纵目初。

浮云｜连｜海岱，平野｜入｜青徐。

孤嶂｜秦碑｜在，荒城｜鲁殿｜余。
从来｜多｜古意，临眺｜独｜踌躇。

绛帻鸡人｜报｜晓筹，尚衣｜方进｜翠云裘。
九天｜阊阖｜开｜宫殿，万国｜衣冠｜拜｜冕旒。
日色｜才临｜仙掌｜动，香烟｜欲傍｜衮龙｜浮。
朝罢｜须裁｜五色诏，佩声｜归到｜凤池头。

以上分别为杜甫的五律《登兖州城楼》和王维的七律《和贾舍人早朝》。可以看出，两首诗的句式都很富于变化。

掌握了句式，接着就可学习造句。造句并无一定之规，无非是将自己所要表达的意思通过某种句式呈现出来，需要下工夫的是遣词。昔人说，五律如40个贤人，着一个屠酤不得。其实七律也只56个字，同样每个字都很重要。遣词的方法难以尽述，但有些环节是大家只要留心便都可办到的：

其一，尽量避免重字，尤其是在一联诗中，倘若出句和对句出现重字，则通常被视为败笔。古人名作中偶尔也会出现重字，如白居易的“共把十千沽一斗，相看七十欠三年”（《与梦得沽酒闲饮且约后期》），“十”字在同一联中就出现两次，但对初学诗者说来，这是不足效法的。当然，如果是有意运用修辞手法，则又当别论。譬如明人舒芬的七律《春景》便以重字为特色——

春风春日竞春花，春水春山春景佳。
新柳恋莺莺恋柳，好花迷蝶蝶迷花。
寻芳事入寻芳伴，买酒人投卖酒家。

去是路兮来是路，马头相对日头斜。

又如胡风狱中所作许多律诗，采用被他称为“连环对”的方式，也是有意识地重字，如“何堪不假还无信，岂可无私又不公”（《次原韵报阿度兄》）之类。再如聂绀弩的《锄草》一律，“苗”、“草”二字也是多次重出——

何处有苗无有草，每回锄草总伤苗。
培苗常恨草相混，锄草又怜苗太娇。
未见新苗高一尺，来锄杂草已三遭。
停锄不觉手挥汗，物理难通心自焦。

胡、聂的诗都有特殊的创作背景和意义，仅就技法而言，这样的重字也是容许的。

其二，尽量避免合掌。早在《文心雕龙·丽辞》中，刘勰就曾举例批评：“张华诗称‘游雁比翼翔，归鸿知接翮’，刘琨诗言‘宣尼悲获麟，西狩泣孔丘’，若斯重出，即对句之骈枝也。” 张华、刘琨写的是五古，他们被举出的诗例都是两句话重复一个意思，显得多余。我们学作律诗，也要力避此类瑕疵。最近偶翻一册新出的诗词刊物，读到这样一些对偶句：“全面协调谋发展，统筹兼顾广求寻”、“树德培才倾热血，栽花育朵付痴情”、“电脑指挥裁锦缎，鼠标遥控绣罗衫”。除堆砌概念、缺少诗意外，一个共同的毛病是出句与对句的意思雷同，合掌了。

造句中还须把握的是实词和虚词的搭配。瞿蜕园先生的《学诗浅说》有一节专谈这个问题。他说：“实字用得多，就显得厚重，虚字用得多，就显得飘逸。实字用得多，往往使读者需要用心体会，虚字用得多，就使读者可以一目了然，不愁费解。但是实字用得太多，流弊是沉闷，虚字用得太多，流弊是浅薄。要能尽管多用实字而无沉闷之弊，尽管多用虚字而无浅薄之弊，那就是功夫到家了。”又说：“诗的厚薄，在乎命意如何，在乎含带的情感如何，也不能专在虚实字的多少上计较。不过初学作诗，虚字太多的病是容易犯的。与其虚字太多而流于浅薄，还不如实字太多的病容易矫正。”他还以韦应物的五律《淮上喜会梁川故人》为例——

> 江汉曾为客，相逢每醉还。
> 浮云一别后，流水十年间。
> 欢笑情如旧，萧疏鬓已斑。
> 何因不归去，淮上有秋山。

蜕老认为，这首诗里的“曾为”、“相”、“每”、“后”、“间”、“如”、“已”、“何因不”、“有”都可以算虚字，却因诗意流转有情，故并无浅薄之病。

在虚词的运用中，尤须慎用的是语气助词。《儒林外史》第十八回曾讽刺几个附庸风雅的假名士在“西湖宴集，分韵赋诗”，结果作的诗中连“‘且夫’、‘尝谓’都写在内”，不过小说中并未拟出完整的诗句。明代杨慎《升庵诗话》卷三则有一条专论语气助词，并在肯定王维、孟浩然之际，对黄庭坚、陈师道作辛辣的抨击——

> 王右丞诗：“畅以沙际鹤，兼之云外山。”孟浩然云：“重以观鱼乐，因之鼓枻歌。”虽用语助词，而无头巾气。

> 宋人黄、陈辈效之，如：“且然聊尔耳，得也自知之。”又如：“命也岂终否，时乎不暂留。”岂止学步邯郸，郊颦西子，乃是丑妇生疮，雪上再霜也。

批得很有道理。但慎用不等于不用，只要用得适宜，用得新鲜，语气助词在句中也会有奇妙的效果。在我所结识的老辈中，有位董钟麟教授是 20 世纪 30 年代留美归来的测绘学权威。他喜作诗且风格鲜明，曾有几句运用语气助词的诗给我留下很深印象。如——

> 凤兮谁尚德？白也我何曾。

诗里有牢骚，也有自负，而“凤兮”典出《论语》，“白也”典出杜诗，故虽为语气助词而读来诗味甚浓，无浅薄之病，更无冬烘式的“头巾气”。又如——

> 族矣哀村犬，安然废市更。

20世纪50年代，上海曾一度禁止私人养狗。董先生并不养狗，但看到周围许多“村犬”（董所住的复旦大学第二宿舍在市郊，旧称徐汇村，对面的第一宿舍旧称庐山村）被捕杀，心中是难过的。他把《史记》中刑及亲属的“族矣”一词用在狗身上，既幽默又带有感情色彩，而后一句对治安情况的肯定似乎又在为杀狗之举作出解释，从而使他的嗟叹显得含蓄而温和。

自从读到他这两句诗，我就记住了用“矣”对“然”。“文革”中的1967年春，瞿蜕园先生作了一首“芳”字韵七律，先父和几位苦中作乐的老人都有和诗。我也试和了一首。颈联是："依然风穴群猴戏，倦矣云天一鸟翔。"老人们看了，都说虽非雅构，但把当时争权夺利的头头脑脑比为"群猴"，而以陶渊明所云"倦鸟"自诩，还算写得不错。我也自鸣得意地说："这是逍遥派的自我写照。"其实我心里明白，在所有的和诗中，自己根底最浅，而用"依然"对"倦矣"，则是从董先生那里学来的。

谈到遣词，大家也许会想到"炼字"，想到昔人所说的"诗眼"，想到众所熟知的"春风又绿江南岸"（王安石《泊船瓜州》）的"绿"字。其实类似的例子甚多，即以杜诗而言，如"星临万户动，月傍九霄多"（《春宿左省》）的"动"和"多"，"红入桃花嫩，青归柳叶新"（《奉酬李都督表丈早春作》）的"入"和"归"，"卑枝低结子，接叶暗巢莺"（《陪郑广文游何将军山林》）的"低"和"暗"，"绿垂风折笋，红绽雨肥梅"（同上）的"垂"、"折"和"绽"、"肥"，等等，都曾经为人称道。但也有人对"诗眼"之说不以为然，如胡应麟就认为，"盛唐句法浑涵，如两汉之诗，不可以一字求；……句中有眼，为诗之一病。如'地坼江帆隐，天清木叶闻'，故不如'地卑荒野大，天远暮江迟'也；如'返照入江翻石壁，归云拥树失山村'，故不如'蓝水远从千涧落，玉山高并两峰寒'也。"（《诗薮》内编卷五）

胡氏完全否定"诗眼"，不免有失偏颇；所举例证，也未必尽当；但他强调整个诗句要"浑涵"，"不可以一字求"，则是对的。对于初学写诗者来说，如果要写一句乃至一首完整的诗，当然也应该考虑全句全首诗的审美效果。倘若整体尚未把握，就忙着提炼"诗眼"，那是很难写出好诗来的。

此外，从前文提过的"五律如40个贤人"的比喻看，可以着力

处也不限于“诗眼”，而应当设法用好每一个字。这里，再谈一些大家都能练习、把握的环节。

其一，造句时可尝试多用些单音节词，也就是以一字为一词。何谓一字为一词？且以杜甫《泊岳阳城下》为例——

江国｜逾｜千里，山城｜仅｜百层。
岸风｜翻｜夕浪，舟雪｜洒｜寒灯。
留滞｜才｜难｜尽，艰危｜气｜益｜增。
图南｜不可｜料，变化｜有｜鲲鹏。

此诗颈联本来也可归为“二——一——二”式，但实际上“才”、“难”、“尽”、“气”、“益”、“增”都是单音节词。这些字并非“诗眼”，但非常凝练，正是这种一字一词的句式和凝练的用词将作者忧国忧时的怀抱表现得深切动人。如果我们在一首律诗中有一联采用这一句式，即使未见“诗眼”，也至少已经迈出了“精练”的第一步。

其二，我在第2讲中曾将“模仿”列为学诗的有效途径，但模仿不能代替创作。当你已经入门后，用词应尽量追求新颖、新鲜，避免蹈袭前人，也不要重复自己，毕竟陈词滥调不能成为“40个贤人”。哪怕是杜甫，其遣词造句无疑是千古典范，但是当我们一再地从他诗中读到“百年”、“万里”、“乾坤”、“江海”一类词汇时，也不免有厌倦之感。这里，不妨再提一下聂绀弩。平实地说，聂诗的功底不算很深，其所以被称为“奇诗”而备受瞩目，除题材厚实、情感真挚外，词句的新奇也是一大原因。譬如——

丈夫白死花岗石，天下苍生风马牛。(《挽毕高士》)

开会百回批掉了，发言一句可听么？（《怀张惟》）

狼洞难留青面兽，虎林微访白头翁。（《赠胡考》）

刀头猎色人寒胆，虎口谈兵鬼耸肩。（《闻某诗人他调》）

口中白字捎三二，头上黄毛辫一双。（《女乘务员》）

文章信口雌黄易，思想锥心坦白难。（《挽雪峰》）

这是从《散宜生诗》中随便摘录的例子，类似的对偶句在该书中比比皆是。其共同点是用词造句都来自生活，而与前人面目迥不相同，所以一问世就赢得好评，在特定的读者群中更引起一片共鸣，诚如启功所赞："如此新声世所稀。"（见《散宜生诗·高序》）

最后想说一下叠字。叠字与重字是两个完全不同的概念。叠字对于渲染气氛、增添色彩甚具功效。第4讲中，我曾谈过《古诗十九首》对叠字的运用，而在律诗中同样可找到许多成功运用叠字的例子。如"无边落木萧萧下，不尽长江滚滚来"（杜甫《登高》）、"穿花蛱蝶深深见，点水蜻蜓款款飞"（杜甫《曲江》）、"漠漠水田飞白鹭，阴阴夏木啭黄鹂"（王维《积雨辋川庄作》）、"新霜浦溆绵绵白，薄晚林峦往往青"（王安石《雨花台》）以及前面举过的"梨花院落溶溶月，柳絮池塘淡淡风"（晏殊《寓意》）等等，都因用了叠字而使所描绘的画面分外鲜活生动；所以我们学诗，自然也要学习使用叠字。

12 律诗的谋篇布局

LV SHI DE MOU PIAN BU JU

因为是谈律诗，所以前几讲所举近体诗例证以对偶句为多；而据说不少人作律诗，也都惯于先写颔联、颈联，把对仗弄妥后再去“安装”头尾；然而律诗是一个整体，首联、尾联的重要性并不亚于中间两联。也许正是察觉到只重对仗而轻忽全篇的毛病，严羽曾经指出：“对句好可得，结句好难得，发句好尤难得。”（《沧浪诗话·诗法》）明代王世贞也说过类似的话：“七言律不难中二联，难在发端及结句耳。”（《艺苑卮言》）而近人陶明濬更以杜诗为例，谈到律诗通篇的安排——

> 少陵为诗中之圣，而七律尤为秀出班行者。其对句往往参伍错综以见气力，屈盘幽奥，才力奇特，不尽如后人专讲死对也。其所以出人头地而卓乎不可及者，则结句与起句，一加点染，全篇生色。发句好者如“群山万壑赴荆门，生长明妃尚有村”之类是也。结句好者如“出师未捷身先死，长使英雄泪满襟”者是也。一结一发，均非他人所能及。（《诗说杂记》卷十一）

下面先分别谈谈起句与结句的写法，再谈整首诗的谋篇布局。

第5讲中曾提到曹植诗的开头“气象宏阔，出语不凡”。这种富于气势的开头在后世古风中也不乏来者，如李白的“明月出天山，苍茫云海间”(《关山月》)，多么雄浑！而对律诗来说，以奇伟磅礴的起句来振起全局，也是值得追求的。试看杜甫《秦州杂诗》之七——

莽莽万重山，孤城山谷间。
无风云出塞，不夜月临关。
属国归何晚？楼兰斩未还。
烟尘一长望，衰飒正摧颜。

关于该诗首联，刘逸生《唐诗小札》有很形象的解说：“这首诗一开头就点出秦州的险要形势：山岭重叠回环，抱着一条峡谷，在峡谷之中，矗立起一座孤城，好像就是中外通道上放置的一重关钥。开头两句起得很有气势，整首诗的精神都从这里振起。我们读了，仿佛听到一出戏的开场，一阵洪亮的锣鼓铙钹，使人精神一振，预感到一个不寻常的场面即将开始了。”

类似的开头在不少名篇中都可读到。如“高岭逼星河，乘舆此日过”(宋之问《夏日仙萼亭应制》)、“万壑树参天，千山响杜鹃”(王维《送梓州李使君》)、“岧峣太华俯咸京，天外三峰削不成”(崔颢《行经华阴》)、“风急天高猿啸哀，渚清沙白鸟飞回”(杜甫《登高》)等等，均属此类。而雄肆的起句也不限于自然界景物的呈现，抒发内心感受、内在激情，同样可以写得气势不凡。龚自珍的若干诗作便有此种特色，如“秋心如海复如潮，但有秋魂不可招”(《秋心三首》)，何等浩茫！又如“沉沉心事北南东，一睨人材海内空”(《夜坐》)，何等自负！

诗的开头应与全篇内容、风格相一致。内容、风格不同，写法当然也各异，不会也不必拘于以上一格。譬如，有些诗的首联虽不像前述例证那样气势磅礴，却十分奇警。杜甫的《春望》，脱口就是“国破山河在，城春草木深”，一个国难当头、非常时期的春天顿时展现在你面前。韩愈的《自咏》，起句就是一个强烈的对比：“一封朝奏九重天，夕贬潮阳路八千。”这样的命运突变岂不令人惊骇？李渔在《闲情偶寄·大收煞》中说：“开卷之初，当以奇句夺目，使人一见而惊，不敢弃去。”他以“场中作文”为譬，来谈戏曲，戏称此乃“倒骗主司入彀之法”。其实对于作诗来说，奇警、突兀的起句也有同样的功效。

此外，前人关于常见的律诗开头还有明起式、暗起式、反起式、呼问式、颂扬式、感叹式等种种说法。下面也略作介绍——

明起式。这是指首联就将诗的题旨明白道出。如张九龄的“海上生明月，天涯共此时”(《望月怀远》)，李白的“蜀僧抱绿绮，西下峨眉峰”(《听蜀僧濬弹琴》)，陆游的“西楼遗迹尚豪雄，锦绣笙箫在半空”(《宴西楼》)，都是开门见山、直截了当地点明题意。

暗起式。指的是虽未明说，但已暗含题旨。如元代谢宗可的《睡燕》，首联是：“补巢衔罢落花泥，困顿东风倦翼低。”既因衔泥补巢而致困顿倦飞，那么接下去的酣睡入梦也就顺理成章。

反起式。指的是从题目反面说起。如陆游晚年所作《书愤》，先不说壮志销磨的“愤”，却从“早岁那知世事艰，中原北望气如山”落笔。

呼问式。这是以设问开头引出下文的写法。如“夫子何为者？栖栖一代中”(李隆基《经鲁祭孔子而叹之》)、“凉风起天末，君子意如何”(杜甫《天末怀李白》)、“天涯尊酒与谁开？风外徂春挽不回”（贺铸《海楼西陵寓目》）、“迎霜破雪是寒梅，何事今年独晚开”（朱熹《叔通老友探梅得句》）等均属此类。

颂扬式。如李白的“吾爱孟夫子，风流天下闻”（《赠孟浩然》）、杜甫的“白也诗无敌，飘然思不群”（《春日忆李白》）、“诸葛大名垂宇宙，忠臣遗像肃清高”（《咏怀古迹》）都是以赞美对方或称颂古人为起句。这种写法并不限于对人物，而是咏各种事物皆可。如林逋咏梅的名篇《山园小梅》便也采用颂扬式的首联：“众芳摇落独暄妍，占尽风情向小园。”

感叹式。这是指以感喟的语句开头，如孟浩然的《与诸子登岘山》，首联便是一句慨叹：“人事有代谢，往来成古今。”

律诗还有种种不同的起句，只要能顺利地引出下文，就不失为一个可取的开头。

律诗的收尾同样非常重要。王士禛说：“为诗结处，总要健举。如王维：‘回看射雕处，千里暮云平。’何等气概！”（《然镫记闻》）的确，一首诗如果前面三联都写得不错，唯独结句贫弱，给人以匆忙、凑合之感，那是很可惜的。结句也有各种各样的写法。下面也略举数种——

收题式。指结尾处将题目收住，这是最常见的写法。如崔颢《黄鹤楼》的尾联是：“日暮乡关何处是？烟波江上使人愁。”王湾《次北固山下》的尾联是：“乡书何处达？归雁洛阳边。”因为二诗都是写客游中的景致，所以很自然地以思乡之情收束全篇。但也并非一切客游之作都要以思乡作结。如祖咏的《望蓟门》，通篇写的是青春年少的诗人来到北方军事重镇纵目所见的壮伟景色，这样的瞭望所引发的就不是乡思，而是报国立功的豪情，所以结尾乃以“少小虽非投笔吏，论功还欲请长缨”收题。

宕开式。指的是尾联看似与本题无关，而是宕开去以别一意境作结，从而留下一串余味让读者去咀嚼、去思索。如王维的《酬张少府》："君问穷通理，渔歌入浦深。"表面看来没有回答对方的提问，实际上却以渔歌入浦的画面表明自己的心思已超越世俗的穷通得失。宕开后的结语仍与开头的"晚年惟好道，万事不关心"相呼应。

转出式。指的是在前三联的基础上笔锋一转，另出一层新意。如杜甫的《画鹰》，前三联都是对画上之鹰外形神态的刻画，尾联忽视对象为真鹰而发出"何当击凡鸟，毛血洒平芜"的寄语，这就是转折。经此一转，诗的现实感突然增强，诗人的精神人格也就此闪现出来。这是很高明的结尾。类似的写法在杜诗中屡有运用，试看《登岳阳楼》——

昔闻洞庭水，今上岳阳楼。
吴楚东南坼，乾坤日夜浮。
亲朋无一字，老病有孤舟。
戎马关山北，凭轩涕泗流。

这是杜甫晚年出峡流寓湖南时所作。那时他的境遇穷愁困苦，又兼老病相侵，心情的悲凉可想而知，故而诗的前三联于写景之余对自身遭际也发出叹息。出人意料的是，尾联没有继续缠绕在这样的情绪上，而是放开眼界，想到了西北的战局、国家的安危，个人的伤感瞬息转化成忧国忧民的怀抱，不觉涕泗横流。这里涉及的就不仅是技法问题，而且与作者的思想境界密切相关了。只须将此诗与孟浩然的名作《临洞庭上张丞相》放在一起，品读一下后者的尾联（"坐观垂钓者，徒有羡鱼情"），就会看出两者明显的差异。

上述三种写法在沈德潜《说诗晬语》中都曾提及而被分别称为“本位收住”、“宕开远神”和“放开一步”，后二法所举例子正是《酬张少府》和《画鹰》。

此外，还有以映衬方式结尾的，如杜甫《秋兴八首》之三，在以“匡衡抗疏功名薄，刘向传经心事违”比喻自身的怀才不遇后，尾联乃以“同学少年多不贱，五陵衣马自轻肥”作为反衬，从而形成鲜明的对比。

也有以议论方式结尾的，如宋初李昉的《禁林春直》，以春天在翰林院值班为题，前面三联于写景之中歌颂升平，结尾则联系自身：“岂合此身居此地，妨贤尸禄自知非。”这样带有自警口吻的议论对于身为降官而受重用的李昉来说十分自然，不过因为缺少含蓄，又兼价值观不同，所以今天读来觉得诗味不多。比较而言，同样是“颂圣”，同样是议论，高适的《送李少府贬峡中王少府贬长沙》就高明多了——

嗟君此别意如何，驻马衔杯问谪居。
巫峡啼猿数行泪，衡阳归雁几封书。
青枫江上秋帆远，白帝城边古木疏。
圣代即今多雨露，暂时分手莫踌躇。

诗人对两位遭贬远行的朋友充满同情，却又不能把话说得太露，只好通过对被贬之地景物的描绘来表达依依惜别之意。尾联则以“圣代多雨露”的议论来宽慰对方。但仔细品味，又能从他的宽慰话中读出一种无奈、一种脆弱的假设、一种无言的怅惘。这是一个诗味浓郁的结尾。

又有以疑问句作结的，如：“已似长沙傅，从今又几年？”（刘长卿《新年作》）“今夕遥天末，清光几处愁？”（钱起《裴迪南门秋夜对月》）等等。其优点是容易引起思索与回味。

我们已分别谈过律诗的对仗与首尾二联的写法，但在一首诗中各联之间还须妥为搭配，前后照应，才能成为一个整体，这就是通常说的谋篇布局。布局并无一定之规。以前有一种较流行的说法是“起承转合”，认为首联是“起”，是开端；颔联是“承”，是承接上联予以发挥；颈联是“转”，是通过转折翻出新意；尾联是“合”，是对全篇的收合。元代范亨甫《诗法》即谓：“作诗有四法：起要平直，承要春容，转要变化，合要渊永。”这一说法符合某些律诗的实际，却难以概括所有的律诗，因此又不免遭到质疑和反对。清人何焯就说过，如要将“起承转合”四字放在胸中，“便看不得大历以前诗”（见王应奎《柳南随笔》）。大历是唐代宗的年号。按他的观点，则中唐以前的诗都不符合“起承转合”的结构了。是否如此呢？且以两首大家熟知的杜诗为例——

花近高楼伤客心，万方多难此登临。
锦江春色来天地，玉垒浮云变古今。
北极朝廷终不改，西山寇盗莫相侵。
可怜后主还祠庙，日暮聊为《梁甫吟》。

剑外忽传收蓟北，初闻涕泪满衣裳。
却看妻子愁何在，漫卷诗书喜欲狂。
白日放歌须纵酒，青春作伴好还乡。
即从巴峡穿巫峡，便下襄阳向洛阳。

前一首题为“登楼”。首联写登临的时代背景与作者心境，颔联接着写登楼后所见的风景，颈联忽由眺望转而想到北边的朝廷和西边的形势，尾联谈到历史遗迹，以追怀诸葛亮作结。大致说来此诗与“起承转合”的布局要求并不相违，足见何焯之言有夸张不失之处。

后一首题为“闻官军收河南河北”，是杜诗中少见的情调欢悦的作品。该诗写于763年。上年冬天，官军收复洛阳；这年春天，叛将史朝义自杀，河南河北的乱事皆告平定。杜甫在西川忽闻喜讯，于无比兴奋中写下此诗。全篇八句一气呵成，由初闻消息时的激动流泪，写到自己的种种反应：忽而去看妻子的表情，忽而将正在翻阅的诗书收拾起来，忽而想到要饮酒高歌以示庆祝，忽而又想到可以结伴回乡了，并进而想到出川前往洛阳的路线。整首诗展现的是一个欢情洋溢的场面，却与“起承转合”的套路毫不相干。

上述二例说明，对于初学诗者说来，“起承转合”是一种可以参考的谋篇方式，至少在你有了诗题而不知如何布局时可以循此途径一试，但它绝非律诗唯一可取的结构。

另有一些与结构相关的见解也不妨在此作简单介绍。一种见解是就首联与颔联的关系而言，认为两联之间的衔接宜紧凑，忌松泛。譬如清人宋聚业的《题南阳旅壁》——

真人白水生文叔，名士青山卧武侯。
水自奔腾趋汉口，山犹层叠枕城头。
时来一夕收铜马，事去经年运木牛。
叹息兴亡千载上，荒村野庙总悠悠。

此诗首联有“白水”、“青山”，颔联就接着由“水”与“山”展开描述，衔接得十分紧密。虽然这不是唯一高明的写法，但值得一提。

又一种见解是关于第三联的“转”法。有人特别主张“反转”，认为这比在前二联的基础上进一层“转”或推一层“转”更具效果。譬如李商隐的《隋宫》——

紫泉宫殿锁烟霞，欲取芜城作帝家。
玉玺不缘归日角，锦帆应是到天涯。
于今腐草无萤火，终古垂杨有暮鸦。
地下若逢陈后主，岂宜重问后庭花。

此诗前二联着力渲染隋炀帝的荒淫，颈联忽写炀帝死后的场景，情调与前文完全相反，但读来又十分自然。大家或许记得《红楼梦》中的《好了歌》及甄士隐的“注解”，二作均以生死荣枯、吉凶祸福的强烈对比为特色，而此诗虽不以出世求仙为主题，其在对比手法的运用上则与前者有异曲同工之妙。

还有一种见解是认为中间二联应让景语与情语交替出现。这在不少名作中都可得到印证。拿杜诗来说，前面所举五律《登岳阳楼》、七律《登楼》以及上一讲所举五律《泊岳阳城下》便都具此种特色。但也有不少杜律并不采用这一写法，如著名的《秋兴八首》、《咏怀古迹》便均非一景一情的安排。王维的不少山水诗也不采用此法，如《终南山》（“太乙近天都”）、《山居秋暝》（“空山新雨后”）、《过香积寺》（“不知香积寺”）诸作的中间二联便都只见景语，未见情语，只是景语中寄寓着悠然出世的情愫罢了。

不论“起承转合”还是其他各种见解，一个共同点是都主张律诗的布局宜有变化，各联之间宜有起伏，即使一气呵成，也应富于层次，即使皆为景语，也应迭起波澜。

13 绝句的特点与作法

JUE JU DE TE DIAN YU ZUO FA

绝句与律诗同为近体诗的两大体裁之一，若就格律而言，除了篇幅不同之外，在押韵和平仄的规则方面，两者是完全一样的。就是说，在首句可押邻韵、平仄须防失对失黏以及拗救等问题上，前几讲中有关律诗的解说都同样适用于绝句。也许正是基于这一点，一些前辈曾说，学诗入门，不必将绝句作为一个专门阶段。

可是既然篇幅只有律诗的一半，绝句就必然会有一些独具的特点与作法。对学诗者来说，了解这些独特之处恐怕还是有益的。

且以押韵为例。我们知道，同一首近体诗中，韵脚应尽量避用同义字，而这一要求对绝句来说就格外突出。因一首绝句只有两个或三个韵脚，一旦这两三个韵脚用的竟是“六麻”韵的“花”与“葩”，或“七阳”韵的“芳”与“香”，或“十一尤”韵的“忧”与“愁”，或诸如此类的别的同义字，其给人的感觉必然极其单调和雷同，几乎可以肯定它不会是一首佳作，因此这样的押韵在绝句是必须避免的。

再谈对仗。绝句既不要求也不排斥对仗。无论一、二句，三、四句，或全篇，使用或不使用对仗均无不可。但即使通篇对仗，其

与律诗的中间二联还是有所不同。且看下面的诗例——

岁岁金河复玉关，朝朝马策与刀环。
三春白雪归青冢，万里黄河绕黑山。

似逐春风知柳态，如随啼鸟识花情。
谁家独夜愁灯影，何处空楼思月明。

这是唐人柳中庸的作品。前一例是他的七绝《征人怨》。全诗皆用对偶句，其中“岁岁”对“朝朝”、“三春白雪”对“万里黄河”、“青冢”对“黑山”甚为工稳。同时题旨的表达也很完整，无论前二句的言情还是后二句的写景，均含有“怨”意。如果再给它添加句子，就不啻画蛇添足，显得多余。后一例是他的七律《听筝》的颔联与颈联，虽然对仗工稳，我们读了却不知所云，无法与“筝”联系起来。只有读过全诗，知道前面还有首联“抽弦促柱听秦筝，无限秦人悲怨声”，后面还有尾联“更入几重离别恨，江南歧路洛阳城”，我们才明白原来中间二联是对秦筝音乐的形容，句中融入了作者听筝时的情感与联想。

这就说明，绝句虽短，却是一个完整的作品，而非律诗的一部分；律诗的一部分，也不能随便抽出来变成一首绝句。

既完整，又短小，决定了表现手法的凝练含蓄。无论叙事、写景、抒情，绝句都须用最简省的笔墨，写出对象最精彩的一节，由一斑而窥全豹。这里，不妨举两首同样写“听筝”的绝句，便可看出与上述七律《听筝》的区别。一首是白居易的《夜筝》——

紫袖红弦明月中，自弹自感暗低容。
弦凝指咽声停处，别有深情一万重。

此诗的开首，是一幅图画。如水的月光下，一个紫衣人正在弹拨朱弦。弹的是什么乐曲？引起了听者怎样的情感与想象？诗中都没有明说。但是随着“镜头”的推移，我们看到了弹筝者脸部的特写。由那愈来愈忧郁的脸容，我们可以猜到，她弹的定是悲哀忧愁的乐曲，而且“自弹自感”——这乐曲一定触动了她的身世之感。由此又可想见，她的经历大概也很坎坷，很不幸，怕是有过一段不堪回首的往事。当弦凝指咽，乐曲戛然而止时，一旁静静聆听的诗人似乎没有觉得弹奏已经结束，反而于一片静穆之中体会到“别有深情一万重”。

另一首是鲁迅的《赠人》之二——

秦女端容理玉筝，梁尘踊跃夜风轻。
须臾响急冰弦绝，但见奔星劲有声。

此诗寥寥四句，从弹筝者的神情、筝曲的生动感人到忽然间的“响急冰弦绝”，几乎写了演奏的全过程，而笔墨却是那样洗练，末句营造的“奔星劲有声”的意象更给人以深沉的联想。据《鲁迅日记》所载，此诗当作于1933年7月21日，而一个月前的6月18日，中国民权保障同盟的执委杨铨被蓝衣社特务暗杀，所以略知背景的读者往往会将流星坠落的悲壮刚劲与当时的政治形势相联系，从而领略到筝曲之外的深刻意蕴。

类似的例子不胜枚举。如上一讲中谈律诗的“反转”技法时曾以李商隐的七律《隋宫》为例。而同样写“隋宫”，李益的《隋宫燕》手法就蕴藉得多——

燕语如伤旧国春，宫花欲落旋成尘。
自从一闭风光后，几度飞来不见人。

诗中没有对宫殿及史事作任何铺叙，只是通过燕子的飞来飞去，就含蓄地抒发了一种兴亡之感。

那么，精练、含蓄在绝句中是怎样实现的呢？其与诗的结构有无关系？当然有关系。如果说，律诗通常以“一联”即两句为一个单位，那么绝句是以一句为一个单位的。唯其如此，绝句虽不排斥对仗，但事实上绝大多数绝句都不讲究对仗。原因很简单，对仗可能会使四个单位变成两个单位，从而限制诗意的表达。初学绝句者倘非正好有合适的对仗可用，一般情况下也不宜多用对偶句。

由于以一句为一个单位，有人曾主张把前一讲中所说律诗“起承转合”的布局套用于绝句，即以首句为“起”、第二句为“承”、第三句为“转”、末句为“合”。不过从具体作品看，或许有些绝句符合这一要求，而许多名篇的构架则根本与此不合。譬如——

松下问童子，言师采药去。
只在此山中，云深不知处。（贾岛《寻隐者不遇》）

重重叠叠上瑶台，几度呼童扫不开。
刚被太阳收拾去，却教明月送将来。（苏轼《花影》）

上引第一首的后三句全是童子的回答，第二首通篇描绘花影，可说均与“起承转合”毫不相干；足见体裁不同，结构方式也有别。倘说“起承转合”在习作律诗时不妨作为参考，则在习作绝句时就不必多加考虑了。记得胡适论短篇小说，曾以树的横截面为譬，认为它虽不像纵剖面那样可以让人从头看到尾，却能显示树的年轮，从而以一个精彩的局部代表全部。这一譬喻也适用于绝句，在极短的篇幅中，怎么可能有很复杂、很周全的布局呢？

关于绝句写作的另一种说法叫做“第三句用力”。如清人田雯认为，“转换之妙，全在第三句，若第三句用力，则末句易工”（《古欢堂集》）。施补华也说过，“七绝用意，全在第三句”，“第三句是转柁（舵）处，求之古人，虽不尽合，然法莫善于此也”（《岘佣说诗》）。如前所述，绝句一共只有四句，不可能有太多变化，而第四句一般须留作推宕或点题之用，故要体现转换之妙，必须重视第三句。这一说法比“起承转合”之说来得合理、灵活，也符合许多作品的实际，是值得参考的。下面来看些例子——

白日依山尽，黄河入海流。
欲穷千里目，更上一层楼。（王之涣《登鹳雀楼》）

众鸟高飞尽，孤云独去闲。
相看两不厌，只有敬亭山。（李白《独坐敬亭山》）

烟笼寒水月笼沙，夜泊秦淮近酒家。
商女不知亡国恨，隔江犹唱后庭花。（杜牧《秦淮夜泊》）

应嫌屐齿印苍苔，十扣柴扉九不开。

春色满园关不住，一枝红杏出墙来。(叶绍翁《游小园不值》)

以上数首都是众所熟悉的名篇。可以看出，第三句在诗中的确起着关键作用，因为“转舵”得宜，末句才开出一种新境界。

当然，诗是一个整体，“第三句用力”绝不意味着另外几句就无须着力。事实上前人关于起句和结句也有过多方探讨。一桩有趣的掌故是，明代谢榛因对起句和结句别有一套见解而将晚唐郑谷的名篇《淮上与友人别》作了次序上的修改。现将郑作与谢的改作并录如下——

扬子江头杨柳春，杨花愁杀渡江人。

数声风笛离亭晚，君向潇湘我向秦。(《淮上与友人别》)

凡起句当如爆竹，骤响易彻；结句当如撞钟，清音有余。郑谷淮上送友诗“君向潇湘我向秦”，此结句如爆竹而无余音。余易为起句，足成一首曰：“君向潇湘我向秦，杨花愁杀渡江人。数声长笛离亭外，落日空江不见春。”(《四溟诗话》)

对于谢榛这一自鸣得意的修改，后人多不认同。王士禛在回答刘大勤的相关提问时不客气地说：“四溟诗说，多学究气，愚所不喜。此段亦不谓然。”(《诗友诗传续录》)沈德潜《唐诗别裁集》于郑作下面也有一段评语：“落句不言离情，却从言外领取，与韦左司《闻雁》诗同一法也。谢茂秦尚不得其旨，而欲颠倒其文，安问悠悠流俗！”韦的《闻雁》是一首五绝：“故园眇何处？归思方悠哉。淮南秋雨夜，高斋闻雁来。”沈德潜认为该诗的优点在于“归思后乃说闻雁，其情自深。一倒转说，则近人能之矣”。沈的说法很有道理。我们仔细品读一下，不难发现，郑作的手法确与《闻雁》相类，因为前面已经说过“愁杀渡江人”，故以“君向潇湘我向秦”作为结句，将无限离情深藏于一幅各奔东西的画面之中，遂有“含不尽之意见于言外”的效果。比较起来，谢的改作逊色多了。

其实，绝句的起、结并无固定法则，一切都要从诗题出发，来构成一个精巧的框架。它可以用景语开场，然后缘景生情，引出下句，如“映门淮水绿”（王昌龄《送郭司仓》）、“沅湘流不尽”（戴叔伦《三闾庙》）、“朱雀桥边野草花”（刘禹锡《乌衣巷》）、“山外青山楼外楼”（林升《题临安邸》）等等，可以说是最常见的手法。它也可以用情语或议论开局，直抒胸臆，如“怀君属秋夜”（韦应物《秋夜寄邱员外》）、“咫尺愁风雨”（钱起《江行望匡庐》）、“春宵一刻值千金”（苏轼《春宵》）、“不受尘埃半点侵”（王淇《梅》）之类。至于结尾，手法亦多，而总以有余味者为佳。张炎曾说：“词之难于令曲，如诗之难于绝句，一句一字闲不得。末句最当留意，有有余不尽之意始佳。”（《词源》）试以李白《玉阶怨》为例——

玉阶生白露，夜久侵罗袜。
却下水精帘，玲珑望秋月。

四句诗中，并无一个“怨”字。我们看到的只是一个失眠的女子，在夜晚的玉阶上久久伫立。白露浸湿了罗袜，她都没有觉察。回到

房内，放下水精帘，她又望向帘外，望着玲珑的秋月。这无声的画面将女子的一腔幽怨逼真地刻画出来，其效果丝毫不亚于张九龄的五律《望月怀远》，而笔墨则更其简洁，末句“玲珑望秋月”的意象也比“不堪盈手赠，还寝梦佳期”更为含蓄，更有余味。

此外，前一讲中介绍的有关律诗起句与结句的种种写法，虽是针对五律和七律而言，但如明起式、暗起式的开头及以疑问句作结之类，对于学写绝句也是有借鉴意义的。

现代学者对绝句也从各种角度做过探讨。20世纪30年代，陈钟凡撰《中国韵文通论》，内有《绝句之章法》一节，将绝句的表现方式分为六类：一、关于设譬者；二、关于空间者；三、关于时间者；四、对照；五、问答；六、句调。另有洪为法撰《绝句论》，从渊源、特质、制作、品藻等四个方面对绝句作系统的研究。他在绝句的表现方式上将陈钟凡所提六类合并为三类，在我看来也是比较切合实际的。现将他的分类及所举例证转述如下。

其一，设譬。如李白《赠汪伦》——

李白乘舟将欲行，忽闻岸上踏歌声。
桃花潭水深千尺，不及汪伦送我情。

这是直接用潭水来比喻友情，可以称为直喻。又如韩翃《寒食》——

春城无处不飞花，寒食东风御柳斜。
日暮汉宫传蜡烛，轻烟散入五侯家。

这是讽刺意味甚浓的诗。以“汉宫”比喻唐宫，以“五侯”比喻宦官，以“轻烟散入”其“家”比喻宦官得势，但这一切都未明说，可以称为隐喻。

其二，对照。如崔国辅《怨词》——

妾有罗衣裳，秦王在时作。
为舞春风多，秋来不堪著。

此诗以“罗衣”喻人，借衣裳在春秋两季遭到的不同对待来发泄人的怨气，可以称为时间对照。又如杜甫《江南逢李龟年》——

岐王宅里寻常见，崔九堂前几度闻。
正是江南好风景，落花时节又逢君。

乐工李龟年在唐玄宗朝曾供奉内廷，经常出入王府、权贵之门；安史之乱后流落江南。此诗通过今与昔的时间对照，对世变、对人生际遇发出了深沉的慨叹。

再看两首空间对照的诗——

强欲登高去，无人送酒杯。
遥怜故园菊，应傍战场开。（岑参《九日思长安故园》）

独在异乡为异客，每逢佳节倍思亲。
遥知兄弟登高处，遍插茱萸少一人。（王维《九月九日忆山东兄弟》）

以上二作都是通过重阳节对故乡的牵念来抒发感情，尤其后一首将“独在异乡”的孤寂对照故乡“兄弟登高”的热闹，成为千古传诵的名篇。

其三，设问，即以疑问句作结。这里又分三种类型。一是真有问答，如前文举过的贾岛的《寻隐者不遇》。二是假设一问以抒发感慨，如——

葡萄美酒夜光杯，欲饮琵琶马上催。
醉卧沙场君莫笑，古来征战几人回？（王翰《凉州词》）

显然，末句的问题并不需要回答。三是故作疑问以见余韵。如——

山中相送罢，日暮掩柴扉。
春草明年绿，王孙归不归？（王维《山中送别》）

诗的三、四句典出《楚辞·招隐士》：“王孙游兮不归，春草生兮萋萋。”这是人所皆知的熟典，在王维的五律名作《山居秋暝》中亦曾用过：“随意春芳歇，王孙自可留。”不过此处的运用仍有独到之处。由于是赠别之作，对象刚刚离开，主人已在想着他明年春草绿时能否归来，这就使离情的表达更加深沉感人而余韵不绝。诚如明代唐汝询在《唐诗解》中所说：“扉掩于暮，居人之离思方深；草绿有时，行人之归期难必。”而“归期难必”，正是“离思方深”的一个原因。

《绝句论》中还有“品藻”两章，对唐宋绝句的分野有所探讨，又对王维、李白、王昌龄、李益、王安石、苏轼、黄庭坚、陆游等人的绝句作重点评介，持论也大都平允切实，这里就不多谈了。

14 七古的特点与作法

QI GU DE TE DIAN YU ZUO FA

近体诗因其形制的精巧、声调的抑扬而广受学诗者喜爱，可是，当你希望表现更丰富的内容，或试图写成叙事诗，或追求非圆润谐和的声韵效果时，律诗和绝句就不能胜任了。这时，古体诗就成为体裁的首选。关于唐以前的五言古诗，本书第 3 至 5 讲已约略作过介绍。当然，要写好五古，唐及唐以后的名篇佳构也需要浏览和借鉴，那不妨凭各人的时间和兴趣去加以选读。本篇要介绍的则是七言古诗。其所以在谈过律绝后再来谈七古，一是因为长篇七古较难作，从先易后难出发，将它放到最后；二是因为七古采用律句的情况远较五古为普遍，在了解律句的相关知识后再来介绍较为方便。

七古的体裁特点，在字数、韵脚、平仄、对仗诸方面均有表现。

从字数说，五古通篇都是五言句。七古顾名思义，似应通篇都是七言句，但实际上却可杂有三、四、五、六乃至十数言句，只是必以七言为主而已。譬如下面这些诗句便都摘自唐人七古——

董夫子，通神明，深松窃听来妖精。（李颀《听董大弹胡笳》）

海客谈瀛洲，烟涛微茫信难求。越人语天姥，云霞明灭或可睹。（李白《梦游天姥吟留别》）

安能摧眉折腰事权贵，使我不得开心颜。（同上）

君不见走马川行雪海边，平沙莽莽黄入天。（岑参《走马川行》）

此类例子甚多，它说明七古文体表达的自由度超过了近体诗和五古。

从韵脚说，七古与五古的相同之处是，可以邻韵通押。不同的是，五古以首句不入韵而通篇一韵者较为常见；七古刚好相反，其首句大都入韵，而通常每隔数句就要换韵。譬如——

北风卷地白草折，胡天八月即飞雪。
忽如一夜春风来，千树万树梨花开。
散入珠帘湿罗幕，狐裘不暖锦衾薄。
将军角弓不得控，都护铁衣冷难着。
瀚海阑干百丈冰，愁云惨淡万里凝。
中军置酒饮归客，胡琴琵琶与羌笛。
纷纷暮雪下辕门，风掣红旗冻不翻。
轮台东门送君去，去时雪满天山路。
山回路转不见君，雪上空留马行处。

这是岑参的《白雪歌送武判官归》。诗中每二句或四句换一次韵，共换六次，涉及平水韵的七个韵部。次序为：“九屑”(入声)、“十灰”(平声)、“十药”(入声)、“十蒸” (平声)、“十二锡”(入声)、“十三元”(平声)、“六御”(去声，“路”在平水韵中属“七遇”，但在古体诗中可与邻韵“六御” 通押)。如此频繁地换韵固然是出于内容需要，同时也因交错押韵的入声、平声和去声具有不同的声韵效果而给全诗增添了起伏之致、变化之美。

此诗由于多次换韵，而换韵又由出句开始，所以全诗十八句，有十六句都押韵，在出句的末一字中，只有“控”、“君”二字不是韵脚。

如果一首七古，换韵次数较少，或全诗一韵到底，这时出句的末一字既非韵脚，其在声调安排上就有所讲究。一般情况下，应避免末一字全是平声或全是仄声，否则会显得单调。在斟酌句意的前提下，末一字最好有平有仄，平仄相间。譬如——

少陵野老吞生哭，春日潜行曲江曲。
江头宫殿锁千门，细柳新蒲为谁绿？
忆昔霓旌下南苑，苑中景物生颜色。
昭阳殿里第一人，同辇随君侍君侧。
辇前才人带弓箭，白马嚼啮黄金勒。
翻身向天仰射云，一箭正坠双飞翼。
明眸皓齿今何在？血污游魂归不得！
清渭东流剑阁深，去住彼此无消息。
人生有情泪沾臆，江水江花岂终极？
黄昏胡骑尘满城，欲往城南望城北。

这是杜甫的《哀江头》。全诗二十句，除开头四句的“哭”（“一屋”）、“曲”、“绿”（“二沃”）三字为邻韵通押外，后面的韵脚均属“十三职”。也就是说，通篇只换了一次韵。这样，出句的末一字就大都不是韵脚，而安排上则是一平一仄，即：门、人、云、深、城为平声，苑、箭、在、臆为仄声。其中较特别的是“臆”，因属“十三职”，故也可视为韵脚。

从平仄说，第3讲中曾经谈到，五古的出句和对句都不拘平仄，怎么写都可以；而在近体诗产生后，人们为了使所作五古与五言律绝相区分，还有意避写律句。七古的情形则有所不同。据王力《汉语诗律学》统计，全唐诗中，“五古及一韵到底的七古入律的最少，七古转韵诗入律的最多”。譬如白居易的《长恨歌》是一首不断换韵的七古，全诗120句，入律者便有70句。白氏的《琵琶行》也是转韵七古，全诗 88 句，入律者也有 30 句。所谓入律，指的是采用律句。《长恨歌》与《琵琶行》因为很长，所以对律句的采用显得比较随意；而在一些篇幅较短或一韵到底的七古中，采用律句的诗往往喜押仄韵。这是因为，近体诗绝大部分都押平韵，甚至有人根本否认仄韵律绝的存在，认为那不过是入律的古风而已。既然如此，七古中采用仄韵律句，就不至于被误认为七言近体。譬如——

清溪一道穿桃李，演漾绿蒲涵白芷。
溪上人家凡几家，落花半落东流水。
蹴鞠屡过飞鸟上，秋千竞出垂杨里。
少年分日作遨游，不用清明兼上巳。

这是王维的《寒食城东即事》，与某些七古采用部分律句不同，此诗通篇均用律句，其格式为——

平平仄仄平平仄，仄仄仄平平仄仄。
平仄平平平仄平，仄平仄仄平平仄。
仄仄仄平平仄仄，平平仄仄平平仄。
仄平平仄仄平平，仄仄平平平仄仄。

由于第五句与第四句之间失粘，而三、四两句又不成对仗，并且又押仄声韵，所以此诗历来被视为七古，在《王右丞集》中也被归入古诗类。

我年轻时看见老前辈们偶或在一组近体诗中夹上一首仄韵律绝或入律的古风以求得变化，自己便也试着模仿。20世纪70年代末，我曾为程十发先生的历史人物画题诗。人物之一是李贺笔下的箜篌演奏家李凭。李贺的《李凭箜篌引》本已写得奇峭瑰丽，而十发先生更大胆地替李凭换了性别，将这位梨园弟子画成天真的少女模样。我于是在一组七律中也特地夹一首仄韵七古以记此事——

李生鬼句惊风雨，程公神笔添佳趣。
欲使箜篌光彩生，遂令李凭男化女。
石破天惊纸上声，龙奔蛇走毫端舞。
一夕清辉月满楼，观君斯画俗尘去！

此诗通篇采用律句，但二、三句和六、七句之间均失粘，而三、四句也不成对仗，所以不会被误当成七律。诗当然不值一提，举这个例子只是为了说明，如果学写七古而又偏偏采用律句，那么，为了

与七律相区分，上述几条都不失为可取的手段。

七古毕竟以拗句为主。拗句是否也有什么讲究呢？据说清代的赵执信曾向王士禛请教古诗声调问题，未获回答，于是自行钻研，写成《声调谱》。之后王门弟子也拿出了王氏遗稿《古诗平仄论》，翁方纲加以考订后，编入《小石帆亭著录》。这段故事，郭绍虞在《清诗话·前言》中作过简述。他认为："大抵古诗重在自然之音节，原无所谓声律，但自唐代律体盛行之后，则古诗音节，自不宜参用律调。因此，唐宋名家可能有故意避忌律调之处，不过不曾定作规律，所以也不需要立谱。自从明人论诗，讲究格调，于是注意到声律问题……他们……感觉到古诗中多用律调，反使音节不响。于是窥到唐、宋名家于有意无意间避免律调之秘……士禛早年可能听到前辈绪论……此后再加钻研，渐发其秘，自有可能。只因这种规律，时多例外，不易成为定论，所以也不轻易示人。" 郭氏还引崔旭《念堂诗话》的话说："'王阮亭之《古诗平仄》、《律诗定体》，赵秋谷之《声调谱》，不见以为秘诀，见之则无用。'妙语解颐，一针见血。"其实，律诗是确有一定的格律要求的，所以《律诗定体》自有其价值。至于古体诗，本无规律性的平仄可言，举凡近体诗所要避免的孤平、三平调、三仄尾乃至更拗的句子，在它都不避忌，为了显示古拙，前人甚至故意不用律句，多用拗句，所以，对初学诗者来说，《古诗平仄论》、《声调谱》之类的书暂时不读也罢。

谈到对仗，七古既不要求也不回避对仗。一个有趣的现象是，对仗常常与律句相偕而行。就是说，一首既有律句也有拗句的诗中，对仗往往与律句同步。由于转韵七古较之一韵到底的七古更多地采用律句，因而使用对仗的情形也较后者为多。且以选入《唐诗三百首》的两首七古为例——

汉家烟尘在东北，汉将辞家破残贼。
男儿本自重横行，天子非常赐颜色。
摐金伐鼓下榆关，旌旆逶迤碣石间。
校尉羽书飞瀚海，单于猎火照狼山。
山川萧条极边土，胡骑凭陵杂风雨。
战士军前半死生，美人帐下犹歌舞。
大漠穷秋塞草腓，孤城落日斗兵稀。
身当恩遇恒轻敌，力尽关山未解围。
铁衣远戍辛勤久，玉箸应啼别离后。
少妇城南欲断肠，征人蓟北空回首。
边庭飘飖那可度，绝域苍茫更何有。
杀气三时作阵云，寒声一夜传刁斗。
相看白刃血纷纷，死节从来岂顾勋。
君不见沙场征战苦，至今犹忆李将军。

今我不乐思岳阳，身欲奋飞病在床。
美人娟娟隔秋水，濯足洞庭望八荒。
鸿飞冥冥日月白，青枫叶赤天雨霜。
玉京群帝集北斗，或骑骐驎翳凤凰。
芙蓉旌旗烟雾乐，影动倒景摇潇湘。
星宫之君醉琼浆，羽人稀少不在旁。
似闻昨者赤松子，恐是汉代韩张良。
昔随刘氏定长安，帷幄未改神惨伤。
国家成败吾岂敢，色难腥腐餐风香。
周南留滞古所惜，南极老人应寿昌。

美人胡为隔秋水，焉得置之贡玉堂。

前一首是高适的《燕歌行》，诗中多次换韵，并大量采用律句，对仗也相应地大量出现（除一、二句、五、六句和最后四句外，其余二十句均构成对仗）。后一首是杜甫的《寄韩谏议》，全诗一韵到底，均为拗句，与之相应的便是完全不用对仗。当然，这种对应的情况不是绝对的，但比较普遍，所以对学诗者来说值得参考。此外还须说明的是，同样是对仗，古体诗的要求不像近体诗那么严。近体诗追求的是工稳，古体诗追求的是古拙。我们只须将高适《燕歌行》以及前文所引岑参《白雪歌送武判官归》中的对仗与前几讲举过的七律对仗放在一起略加品味，立刻就能发现两者的差异。

上面从字数、韵脚、平仄、对仗等方面介绍了七古的主要特点。那么，学写七古，究竟应当从何入手呢？七古由于篇幅可短可长，短者只有几句，长者可达百多句，既可抒情，亦可叙事，外加字数、韵脚、平仄、对仗等方面的种种变化，很难笼统地说出一种作法。对于初学诗者来说，还是应当从短小的篇幅起步，从模仿着手，比较容易入门。譬如第 2 讲中举过的《石鱼湖上醉歌》之类的形式，就不难学会和把握。又如下面的短诗形式，也可以借鉴——

风吹柳花满店香，吴姬压酒劝客尝。
金陵子弟来相送，欲行不行各尽觞。
请君试问东流水，别意与之谁短长？

送君灞陵亭，灞水流浩浩。
上有无花之古树，下有伤心之春草。

我向秦人问路歧，云是王粲南登之古道。
古道连绵走西京，紫阙落日浮云生。
正当今夕断肠处，骊歌愁绝不忍听。

这是李白的《金陵酒肆留别》和《灞陵行送别》。李白与杜甫的区别在于，李以天分见长，杜以功力见长。功力可学，天分不可学，所以历来学杜者多而学李者少。但像上述两首小诗，一首写的是自己要离开某地，另一首写的是送友人离开某地；一首是七言六句，自然得就像脱口而出，另一首长短参差，句法奇特，同样显得朴素而自然。应当说，此类离别场景我们都会碰到，而这样的七古形式也是可以学习的。

学会短小的七古后，接着可尝试写作篇幅较长、换韵次数较多的诗。题材不拘，总以自己熟悉的、有亲身感受的为宜。行文至此，我想起了2003年的首届黄鹤楼诗词大赛。在那次大赛中获一等奖的是一首题为《庐山雾》的七古。作者是一位年届九旬的退休女教师，写的是自己游庐山时对雾的观察与感受。该诗虽然也有微疵，如“疾”与“急”是同义词，不宜作为韵脚连续出现；“泣”作为入声字，不宜与去声字“气”、“地”通押；但整体看来仍是一首富于气势、富于想象力的佳作——

我入庐山来，最喜庐山雾。
阴晴变化恣万态，聚散生灭不可度。
东方沉沉天地昏，群峰隐约识难真，
仿佛藐姑冰射子，轻罗薄縠覆其身。
须臾环峦耀朝日，美人一笑蛾眉新。

夏昼晴明好天气，碧嶂朱楼相映丽。
时时几片若轻毛，冉冉游移来谷底，
尔追我逐相戏嬉，恍若儿童承色喜。
黄昏月出群山高，明灯烁烁街鼓敲，
不知白雾何方出，一霎迷蒙如浪潮。
路人行游若浮水，肘腋几欲生风涛。
最是阴天云幂幂，轻雷隐隐来欲疾，
千岩万壑吐寒烟，万马奔腾情势急，
高低远近自茫茫，宇宙浑涵同一气。
忽然暴雨已倾盆，万丈飞涛急入地，
金戈铁马击纷纷，虎啸龙吟山鬼泣。
古人曾有庐山憾，太息庐山难识面。
岂知造物忌显彰，故遣云烟时蔽掩。
我今对此心神清，尘氛涤荡瘦骨轻。
寻幽探胜晚归去，一天凉雾湿寒星。

我想，学诗者如能就自己的生活体验，写出类似《庐山雾》这样的作品，那么你在七古领域就不仅入门，而且已经登堂入室了。

15 从白居易看叙事诗

CONG BAIJU YI KAN XU SHI SHI

律诗和绝句因受篇幅限制，宜于抒情而不宜于叙事；古体诗的长处则在于既能抒情又能叙事。对于学诗者来说，在学会抒情古风之后，如有兴趣，也不妨到叙事诗领域一试身手。叙事诗的题材可以各种各样，其在字数、韵脚、平仄、对仗诸方面的要求与抒情诗也无区别。只是因为叙事常常涉及人物外貌举止、性格心理的刻画，或涉及事件的铺叙、环境的描写，因此在不同诗人笔下，在不同作品中，又往往具有独特的审美风貌、异样的艺术特色。第4讲中曾以《陌上桑》为例，约略谈过汉乐府民歌中的五古叙事诗。考虑到白居易的《长恨歌》、《琵琶行》、《卖炭翁》等久为读者熟悉，本篇拟从美学、文艺心理学等角度对这三部作品略作分析，借以看出七古叙事诗的若干特征。

下面先看《长恨歌》——

汉皇重色思倾国，御宇多年求不得。
杨家有女初长成，养在深闺人未识。
天生丽质难自弃，一朝选在君王侧。

回眸一笑百媚生，六宫粉黛无颜色。
春寒赐浴华清池，温泉水滑洗凝脂。
侍儿扶起娇无力，始是新承恩泽时。
云鬓花颜金步摇，芙蓉帐暖度春宵。
春宵苦短日高起，从此君王不早朝。
承欢侍宴无闲暇，春从春游夜专夜。
后宫佳丽三千人，三千宠爱在一身。
金屋妆成娇侍夜，玉楼宴罢醉和春。
姊妹弟兄皆列土，可怜光彩生门户。
遂令天下父母心，不重生男重生女。

静与动，何者为美？这一在西方美学史上曾引起争论的问题，在中国诗人笔下似乎早已有了答案。从《诗经·卫风·硕人》中的“巧笑倩兮，美目盼兮”开始，历代高明的作家都懂得化静为动，化美为媚。白居易更是深谙此理。

唐玄宗对杨妃的爱，建立在后者的特殊魅力上。如果作者只是静止地罗列她的五官肌肤之美，那给读者的印象将极其平淡，人们也难以相信一个呆木的佳人能够独邀宠幸。而现在站在我们面前的这位丽人，却是如此富于动感，富于鲜活的生命气息。她压倒六宫粉黛，不是因为桃腮杏眼，而是因为百媚频生的回头一笑。她的肌肤不是静态的呈露，而是在碧波洗浴中显示全部的丰腴晶莹。她的举止由于娇无力而益显柔美，她的云鬓花颜也在颤动的金步摇的映衬下倍增妩媚。

她的活跃，其实是性格的反映。《唐书》说她能先意承旨。我们从那“春从春游夜专夜”、“从此君王不早朝”的描述中，已经可以猜透其性格的消息。莱辛说过，美可以借它产生的效果来暗示。同样，由美和性格结合而形成的魅力不也可以借助效果来表现么？

我们批判、否定唐玄宗后期的昏聩误国，但读罢长诗，我们对他所以日薄西山又似乎并非不可理解。

骊宫高处入青云，仙乐风飘处处闻。
缓歌慢舞凝丝竹，尽日君王看不足。
渔阳鼙鼓动地来，惊破霓裳羽衣曲。
九重城阙烟尘生，千乘万骑西南行。
翠华摇摇行复止，西出都门百余里。
六军不发无奈何，宛转蛾眉马前死。
花钿委地无人收，翠翘金雀玉搔头。
君王掩面救不得，回看血泪相和流。
黄埃散漫风萧索，云栈萦纡登剑阁。
峨嵋山下少人行，旌旗无光日色薄。
蜀江水碧蜀山青，圣主朝朝暮暮情。
行宫见月伤心色，夜雨闻铃肠断声。
天旋日转回龙驭，到此踌躇不能去。
马嵬坡下泥土中，不见玉颜空死处。
君臣相顾尽沾衣，东望都门信马归。
归来池苑皆依旧，太液芙蓉未央柳。
芙蓉如面柳如眉，对此如何不泪垂。
春风桃李花开日，秋雨梧桐叶落时。
西宫南内多秋草，落叶满阶红不扫。
梨园弟子白发新，椒房阿监青娥老。

夕殿萤飞思悄然，孤灯挑尽未成眠。
迟迟钟鼓初长夜，耿耿星河欲曙天。
鸳鸯瓦冷霜华重，翡翠衾寒谁与共。
悠悠生死别经年，魂魄不曾来入梦。
临邛道士鸿都客，能以精诚致魂魄。
为感君王展转思，遂教方士殷勤觅。

杨妃死后，唐玄宗朝思暮想，陷入了深深的忧郁和悲伤之中。

忧郁，按心理学解释，是一种由“丢失”引起的复合型负情绪。它以痛苦为核心，同时包含内疚、恐惧、敌意等多种成分。唐玄宗失去了最宠爱的贵妃，他的痛苦无以复加，以至于在四川行宫，见月而伤心，闻铃而肠断。回到长安，物是人非，更是无边的怅惘压在心头。那么，在那“孤灯挑尽”的不眠之夜，“夕殿萤飞”的寂寥之中，他是否有过愧疚之情、恐惧之感，或萌发过某种敌意呢？诗中没有明说，全留给读者去想象了。

悲伤是一种负情绪，通常发生在生离死别、失败、遭遇不公等情境中。倘若唐玄宗永远独守深宫默默咀嚼苦果，他可能会由一般的忧郁发展为病态的忧郁症。然而他的性格显然还有颇为外向的一面。他要痛哭，要追怀，要让举世都知悉他的悲哀。马嵬坡前，他的悲恸引得群臣也为之泣下。太液池畔，未央宫中，他又对着芙蓉杨柳一挥涕泪。终于，连外界方士都知道了他的忧伤、他的辗转的思念。于是，他心中的郁积在宣泄中得到释放，诗的浪漫色彩的后半段也因而有了合理的铺垫。

排空驭气奔如电，升天入地求之遍。

上穷碧落下黄泉，两处茫茫皆不见。
忽闻海上有仙山，山在虚无缥缈间。
楼阁玲珑五云起，其中绰约多仙子。
中有一人字太真，雪肤花貌参差是。
金阙西厢叩玉扃，转教小玉报双成。
闻到汉家天子使，九华帐里梦魂惊。
揽衣推枕起徘徊，珠箔银屏迤逦开。
云鬓半偏新睡觉，花冠不整下堂来。
风吹仙袂飘飖举，犹似霓裳羽衣舞。
玉容寂寞泪阑干，梨花一枝春带雨。
含情凝睇谢君王，一别音容两渺茫。
昭阳殿里恩爱绝，蓬莱宫中日月长。
回头下望人寰处，不见长安见尘雾。
唯将旧物表深情，钿合金钗寄将去。
钗留一股合一扇，钗擘黄金合分钿。
但教心似金钿坚，天上人间会相见。
临别殷勤重寄词，词中有誓两心知。
七月七日长生殿，夜半无人私语时。
在天愿作比翼鸟，在地愿为连理枝。
天长地久有时尽，此恨绵绵无绝期。

如果说，诗的前段和中段是依据史实的想象，那么后段所描述的就纯然是一个虚无缥缈的故事了。

艺术离不开虚构。《长恨歌》倘只写到马嵬坡为止，其“长恨”的主题很难得到深化。唯有通过临邛道士的寻访，将太真的海上仙山的精神生活点染出来，爱情的刻骨铭心、生死不渝才得到充分体现。原来，她并没有忘记过去，忘怀人间。她同唐玄宗一样苦苦思念着对方。当获知使者驾临时，她徘徊片刻，来不及梳妆，就“云鬟半偏”、“花冠不整”地赶下堂来。她脸上挂着泪珠，感激唐玄宗的一片痴情。由于无法随使者一道回返，她只得托道士将信物带给对方。由此又想到那难忘的七夕，想到双方在长生殿发下的美好的盟誓……

这是对爱情诗化的表现，带着理想的悲剧的色彩，超越了低级趣味。透过虚诞的背景和帝王的外衣，人们从中领略到的是人间真挚爱情的恒久与可贵。凡属真正恋爱过的人，都会由这样的情景联想到自身一段或许甜蜜或许苦涩却决难淡忘的经历，从而引发深深的共鸣。曾有注家对先前委地无人收的花钿何以又作为信物出现提出质疑，这真是胶柱鼓瑟的学究式见解。

再来看《琵琶行》——

浔阳江头夜送客，枫叶荻花秋瑟瑟。
主人下马客在船，举酒欲饮无管弦。
醉不成欢惨将别，别时茫茫江浸月。
忽闻水上琵琶声，主人忘归客不发。
寻声暗问弹者谁？琵琶声停欲语迟。
移船相近邀相见，添酒回灯重开宴。
千呼万唤始出来，犹抱琵琶半遮面。
转轴拨弦三两声，未成曲调先有情。
弦弦掩抑声声思，似诉平生不得志。
低眉信手续续弹，说尽心中无限事。
轻拢慢捻抹复挑，初为霓裳后六幺。

大弦嘈嘈如急雨，小弦切切如私语。
嘈嘈切切错杂弹，大珠小珠落玉盘。
间关莺语花底滑，幽咽泉流冰下难。
冰泉冷涩弦凝绝，凝绝不通声暂歇。
别有幽愁暗恨生，此时无声胜有声。
银瓶乍破水浆迸，铁骑突出刀枪鸣。
曲终收拨当心画，四弦一声如裂帛。
东船西舫悄无言，唯见江心秋月白。

音乐是最重表现的艺术。一个无端遭贬的官，用什么来寄托他的苦闷和不平呢？音乐。只是，白居易没有去直接演奏，而是借助一个琵琶女之手，抒发了自身的忧愁。

据说音乐之美是无法用文字形容的，然而在白氏笔下，我们听到了仅仅属于琵琶的演奏。琵琶是最富颗粒感的器乐，那么，还有什么譬喻能比“大珠小珠落玉盘”更贴切呢？它显然不是箫声、笛声、二胡声，而只能是滚动的琵琶声。同时那演奏又是多么富于变化和起伏啊！它有时如急雨嘈嘈，有时如私语切切，有时如莺语从花底滑出，有时又如泉流冰下滞涩难进。它还有过霎时的静谧，那是为了让人对先前的流动作一番品味，对未来的流动作一番想象。果然，乐曲又似银瓶乍破、铁骑突出般地开始了；随后才在众人屏息、邻舟无言的肃穆中以一声裂帛结束全曲。

《琵琶行》无疑是迄今描写琵琶演奏最为成功的诗作。这成功尤其表现在笔墨之间浸透了主体的感受。当诗人聆赏琵琶时，作品已透入人心与主体合而为一。

沉吟放拨插弦中，整顿衣裳起敛容。
自言本是京城女，家在虾蟆陵下住。
十三学得琵琶成，名属教坊第一部。
曲罢常教善才伏，妆成每被秋娘妒。
五陵年少争缠头，一曲红绡不知数。
钿头云篦击节碎，血色罗裙翻酒污。
今年欢笑复明年，秋月春风等闲度。
弟走从军阿姨死，暮去朝来颜色故。
门前冷落车马稀，老大嫁作商人妇。
商人重利轻别离，前月浮梁买茶去。
去来江口守空船，绕船月明江水寒。
夜深忽梦少年事，梦啼妆泪红阑干。
我闻琵琶已叹息，又闻此语重唧唧。
同是天涯沦落人，相逢何必曾相识。
我从去年辞帝京，谪居卧病浔阳城。
浔阳地僻无音乐，终岁不闻丝竹声。
住近湓江地低湿，黄芦苦竹绕宅生。
其间旦暮闻何物？杜鹃啼血猿哀鸣。
春江花朝秋月夜，往往取酒还独倾。
岂无山歌与村笛？呕哑嘲哳难为听。
今夜闻君琵琶语，如听仙乐耳暂明。
莫辞更坐弹一曲，为君翻作琵琶行。
感我此言良久立，却坐促弦弦转急。
凄凄不似向前声，满座重闻皆掩泣。
座中泣下谁最多，江州司马青衫湿。

德国美学家立普斯将移情作用分为“审美的”与“实用的”两类。有意思的是,《琵琶行》中,两类作用都出现了。当白氏聆听琵琶之际,很可能有过一种内模仿的感觉,也就是对演奏产生过审美的移情。而当演奏结束,倾听对方自述身世时,产生的则是实用的移情了。这种移情,指的是个体对他人的情感产生的情绪性反应。

你看,“我闻琵琶已叹息,又闻此语重唧唧。”原来,在音乐的氛围中,素昧平生的诗人与商人妇已经有过心灵的共振。等到听罢对方所述由“名属教坊第一部”到“门前冷落车马稀”的坎坷身世,不由更加触动心怀,体验到自身由京官而“谪居卧病浔阳城”的不幸。心理学把直接联想视为移情发生的重要途径之一。在上述描写中,正是通过彼此生平的直接联想,引发出了“同是天涯沦落人”的深沉感慨。

如果作品叙述到此为止,那么移情仍然是单方面的。作者的匠心,在于他又通过对自身的谪居生活的描述,引起对方的共鸣。于是当琵琶再度响起时,整个场面经由双向移情达到了悲剧的高潮,艺术的高度真实赋予了作品以不朽的生命。

在白居易诗作中,有50首新乐府是非常贴近现实的作品,其中如《卖炭翁》、《杜陵叟》、《缭绫》、《新丰折臂翁》等篇从不同方面对统治者做了揭露和讽谕,对民生疾苦则怀有深切的同情与关怀。请看《卖炭翁》——

卖炭翁,伐薪烧炭南山中。
满面尘灰烟火色,两鬓苍苍十指黑。
卖炭得钱何所营,身上衣裳口中食。
可怜身上衣正单,心忧炭贱愿天寒。
夜来城上一尺雪,晓驾炭车碾冰辙。
牛困人饥日已高,市南门外泥中歇。

翩翩两骑来是谁，黄衣使者白衫儿。
手把文书口称敕，回车叱牛牵向北。
一车炭，千余斤，宫使驱将惜不得。
半匹红纱一丈绫，系向牛头充炭直。

美国心理学家马斯洛将人的需要从低到高分为五个层次。如果说，在白居易的其他新乐府作品如《上阳白发人》中，人物缺乏的主要是精神的满足，那么，卖炭翁则连最低层次的需要——温饱的需要，都很难得到满足了。

翁，是老年男子的别称。垂老之年，为什么还要辛辛苦苦地“伐薪烧炭南山中”呢？为的是“身上衣裳口中食”。即使如此辛苦，他仍然饥寒交迫。三九隆冬，身上只有单衣。为了卖个好的炭价，却宁愿天气更加严寒。这是多么可怜！

中国美学，历来讲究逶迤，讲究曲折。园林要曲径通幽，小说要一波三折。而在优秀诗人笔下，一咏一叹，也总能“曲”尽其妙。你看，烧炭卖炭的不是青壮年，竟是“两鬓苍苍”的老翁。这种角色的倒错，不正是曲笔的表现么？“心忧炭贱愿天寒”则反映了人物心理的扭曲和苦涩。最令人不平的是故事的后半段。就在冰封雪压的清晨，当“牛困人饥”的老翁满怀希冀驾车来到城外时，千余斤炭竟被太监用不等价的交换给夺走了。这里，情节的突变引发出强烈的共鸣，带来了最佳的审美效应。

当然，艺术的曲折变化须以生活为依凭。中唐时期，宫廷对民间的巧取豪夺是真实的存在。如韩愈所说：“名为宫市，其实夺之。”（《顺宗实录》）所以，“宫使驱将惜不得”的结局，既在意料之外，又在情理之中。

16 各种各样的诗体

GE ZHONG GE YANG DE SHI TI

到上一讲为止，有关古体诗和近体诗的体裁特点和作法已大体谈过；但是，翻开前人诗集，你可能还是会碰到一些罕见的诗体，如回文诗，如一字至七字诗，等等。从一般性说，这些诗体都可归为古体或近体；而从特殊性说，每种诗体又有其各个不同的规定。鉴于写作是一种创造性劳动，一些诗友也许正希望在陌生的疆域驰骋，本篇拟对以前未曾谈及的各种各样的诗体作一番浮光掠影的介绍。

先从排律谈起。近体诗于律诗、绝句之外，另一重要的体裁就是排律，或称长律。五言排律简称五排，七言排律简称七排。排律在押韵、平仄、对仗、句式等一切方面均与律诗的要求相一致，唯一的区别在于它比律诗长。律诗要求中间两联必须对仗，排律则除首联和尾联之外，中间不论有多少联，都必须对仗。譬如钱起的《省试湘灵鼓瑟》——

善鼓云和瑟，常闻帝子灵。
冯夷空自舞，楚客不堪听。

苦调凄金石，清音入杳冥。
苍梧来怨慕，白芷动芳馨。
流水传湘浦，悲风过洞庭。
曲终人不见，江上数峰青。

有关此诗的评价，鲁迅与朱光潜有过一番商榷，此处不暇细论。可以看出的是，中间四联均成对仗，只是诗的末二句较之前面的对仗更为人传诵而已。顺便须指出的是，这是一首应试诗。中唐以后，试帖诗都是五排，并规定要作十二句。不知是否由于这一原因，诗歌史上五排的数量远远多过七排。后世的联句活动，也大都采用五排。五排的首句通常不入韵，全诗的韵数则没有限制，从试帖诗的六韵到十韵、几十韵、一百韵都有。

由于篇幅较长，排律的结构就比律诗复杂。看一首排律的优劣，不仅要看中间各联的对仗是否工稳，更要看全篇的布局是否合理、层次是否分明。譬如杜甫的《冬日洛城北谒玄元皇帝庙》便是一首结构严整的十四韵五排——

配极玄都閟，凭虚禁御长。
守祧严具礼，掌节镇非常。
碧瓦初寒外，金茎一气旁。
山河扶绣户，日月近雕梁。
仙李盘根大，猗兰奕叶光。
世家遗旧史，道德付今王。
画手看前辈，吴生远擅场。
森罗移地轴，妙绝动宫墙。

五圣联龙衮，千官列雁行。
冕旒俱秀发，旌旆尽飞扬。
翠柏深留景，红梨迥得霜。
风筝吹玉柱，露井冻银床。
身退卑周室，经传拱汉皇。
谷神如不死，养拙更何乡。

老子在唐代地位崇隆。唐太宗自认是老子后裔。唐高宗追封老子为玄元皇帝，诏《道德经》为上经。唐玄宗时，诏各州府广置庙宇。此诗所写乃洛阳的玄元皇帝庙。第一韵总括全局。第二韵言祭祀庄严。第三韵点明节令兼建筑。第四韵写出殿宇之高峻华缛。以上属于铺垫，尚未落到本题。接着用“仙李”、“猗兰”等词藻带出老子，与前数句即不致脱节。“世家”句说司马迁为老子列传，有疑词。“道德”句说玄宗崇奉老子，注《道德经》。这两句是重笔，也是全篇最着力处。以下专写吴道子壁画。“画手”句改用轻笔，生出波澜。“森罗”一韵虚描五圣。以下两韵实写，“秀发”、“飞扬”宛然如见吴画之生动姿态。“翠柏”、“风筝”两韵于无形中表明作者在看画后出殿门细玩庭中物色，且再点明是冬寒之景。“身退”二句又回到老子本人。杜意盖谓老子确有其人，成一学派，但并非神仙。末韵直斥不死之诞。由上述简略的分析，可见全诗的布局极有讲究。如果你想学写篇幅稍长的排律，则此诗的结构安排可资借镜。

以前我们谈古风的字数时，曾说过，七古可杂有三、四、五、六乃至十数言句，只是必以七言为主。然而也有一些字数特别的诗，无法归入七古，只能称为杂言诗或直接以字数称之。这些诗颇像文字游戏，如题咏得当，则让人抚掌解颐之际，也能获得新奇的

美感。譬如下面两首咏物诗便都写出了对象的特征——

茶。
香叶，嫩芽。
慕诗客，爱僧家。
碾雕白玉，罗织红纱。
铫煎黄蕊色，碗转麴尘花。
夜后邀陪明月，晨前命对朝霞。
洗尽古今人不倦，将知醉后岂堪夸。

竹，竹。
森寒，洁绿。
湘江滨，渭水曲。
惟幔翠锦，戈矛苍玉。
心虚异众草，节劲逾凡木。
化龙杖入仙陂，呼凤律鸣神谷。
月娥巾帔静苒苒，凤女笙竽清蔌蔌。
林间饮酒，碎影摇樽；石上围棋，轻阴覆局。
屈大夫逐去，徒悦椒兰；陶先生归来，但寻松菊。
若论檀栾之操，无敌于君；欲图潇洒之姿，莫贤于仆。

前一首是元稹的一字至七字诗，通篇咏的是茶，前五韵重在描摹，后四句别有寄托，读来是有意味的。后一首是文同的一字至十字诗，通篇咏的是竹。文同原是画竹高手，所谓“胸有成竹”，便是他的故事；此诗通篇看来也是切题的。古人写诗均为竖式，这里改为横书，更可看出其金字塔式的奇异结构。学诗者如有兴趣，当然也可一试。实际上前人便有类似的各种戏作。《儒林外史》第二回中，新进学的梅玖揶揄周进，就念过一首一字至七字诗：“呆，秀才，吃长斋，胡须满腮，经书不揭开，纸笔自己安排，明年不请我自来。”

诗歌史上，除广为流行的四言、五言、七言诗外，也有过每句二言、三言、六言、八言、九言的诗。二言诗可追溯到《吴越春秋》所载“断竹，续竹；飞土，逐肉”，但后来似无仿作。现将三言、六言、八言、九言诗各举一首如下——

李东阳《为罗仲明题扇，限树、处二韵》

扬风帆，出江树。家遥遥，在何处？

皮日休《胥口即事六言二首》之二

拂钓清风细丽，飘蓑暑雨霏微。
湖云欲散未散，屿鸟将飞不飞。
换酒帩头把看，载莲艇子撑归。
斯人到死还乐，谁家刚须用机。

卢群《在吴少诚席上作歌》

祥瑞不在凤凰麒麟，太平须得边将忠臣。
但得百僚师长肝胆，不用三军罗绮金银。

杨慎《梅花诗》

元冬小春十月微阳回，绿萼梅蕊早傍南枝开。
折赠未寄陆凯陇头去，相思忽到卢仝窗下来。

歌残水调沉珠明月浦，舞破山香碎玉凌风台。
错认高楼三弄叫云笛，无奈二十四番花信催。

从这四首诗看，第一首简短而平庸；另三首也都不太高明，尽管采用对偶句，效果似不能与五律、七律相比，可见这类诗体未能流行不是偶然的。不过另有一种六言四句的诗，倒出过一些佳作。《全唐诗》中收有韦应物的两首《三台》，形制颇似六言绝句。因为该诗是入乐的，所以后来被列为词调，就称为《三台》或《三台令》；后因沈括所填该词中有“玉笛一天明月，翠华满陌东风”之句，遂又名《翠华引》。沈词共四首，另有“寒食轻烟薄雾，满城明月梨花”句，也写得很美。

行文至此，不由想起一件趣事。当年与瞿蜕园先生合著《学诗浅说》的周紫宜，名炼霞，是上海画院最擅诗词的女画家。她有两句诗曾在圈内传诵一时：“但得两心相印，无灯无月何妨。”我最初获闻时因未睹全篇，还以为是《清平乐》下阕中的句子，后来才从网上得窥全貌——

几度声低语软，道是轻寒夜犹浅。
早些归去早些眠，梦里和君相见。
叮咛后约毋忘，星华滟滟生光。
但使两心相照，无灯无月无妨。

据知这是一首自度曲，而末二句与我最初听说的也有所出入。不过联系到《翠华引》、《清平乐》一类词牌，可以看出，虽然六言诗在诗坛从未成为主流，但只要运用得当，在相关词调中，六言句还是很有魅力的。

第11讲中，我曾举过以重字为特色的诗。而前人诗中，还有故意重句的例子。这又可分为几类。一类称为辘轳体，其特点是让同一句诗在五首律诗中依次出现，第一首出现在首句，后面四首分别出现在二、四、六、八句。至于那像辘轳般出现五次的诗，一般不用自己的句子，而会选一句古人的诗，或选一句当代较为著称的诗。譬如1957年国庆时，《新民晚报》登过一组辘轳体七律，而贯穿五首的诗句即为毛泽东的“风物长宜放眼量”。2003年以来，历届黄鹤楼诗词大赛中也都有辘轳体诗参赛，只是佳作不多。此外，蜕园先生曾告诉我，《鹧鸪天》的首句、第四句和末句均为“仄仄平平仄仄平”，因此可以连作三首，而将前人的一句诗分别放在这三个地方，其形式类似辘轳体而读来甚有趣味。他举例说，清末诗人樊增祥宿临潼时就曾将白居易的“露似真珠月似弓”衍为《鹧鸪天》三阕。后来我曾仿照这种形式，用鲁迅的“时至将离倍有情”、朱德的“咱就人民子弟兵”、米芾的“天下江山第一楼”作成多组《鹧鸪天》。现将樊词三首抄录如下——

露似真珠月似弓，无人解与唱玲珑。魂消九月初三夜，身在莲汤第二中。　　灯隐隐，树重重，玉波初上鲤鱼风。新霜落尽黄榆叶，秋思依依满故宫。

九月初三绣岭东，秋阶犹发海棠红。水如碧玉山如黛，露似真珠月似弓。　　临曲槛，俯芳丛，香山俊句许谁同？后来惟有南唐主，解道澄波似玉容。

自送斑骓镜槛东，琐窗无意绣芙蓉。玉阶罗袜徘徊夜，铜辇秋衾寂寞中。　　秋后信，杳难逢，黄花时节盼归鸿。谁知今夜华清馆，露似真珠月似弓。

另一类重句又称颠倒韵，其特点是将两句诗先顺读一遍，再倒读一遍，从而变成一首很奇怪的绝句。譬如梁简文帝有首《咏雪》便是这种写法——

盐飞乱蝶舞，花落飘粉奁。
奁粉飘落花，舞蝶乱飞盐。

与颠倒韵写法相近的是回文诗。不过回文诗不论顺读、倒读，本身都是一首完整的诗，不必也不容许在一首诗中让顺读句与倒读句连续出现。譬如——

旱莲生竭镬，嫩菊养秋邻。
满池留浴鸟，分桥上戏人。

平波落月吟闲景，暗幌浮烟思起人。
清露晓垂花谢半，远风微动蕙抽新。
城荒上处樵童小，石藓分来宿鹭驯。
晴寺野寻同去好，古碑苔字细书匀。

潮随暗浪雪山倾，远浦渔舟钓月明。
桥对寺门松径小，槛当泉眼石波清。

迢迢绿树江天晓，霭霭红霞海日晴。
遥望四边云接水，碧峰千点数鸥轻。

这里，第一首是庾信的《和湘东王后园回文》，第二首是陆龟蒙的《晓起即事因成回文寄袭美》，第三首是苏轼的《题金山寺回文体》。三首诗都能从最后一个字倒着读上去。由于回文诗的正读与倒读常有优劣之分，而作者大都喜欢将较优秀的一首隐藏在倒读中，而将相对拙劣的一首呈现在外，所以当我们倒着读时，往往能领略到比正读更多的诗味。

从下一讲开始，我们将正式转入学词的话题，而本讲业已举到一些词的例证。这里顺便也谈一下词中的回文体。词因其长短句的特征，多数词调都不能正反两读，但也有例外，如《菩萨蛮》即可写成回文体——

下帘低唤郎知也，也知郎唤低帘下。来到莫疑猜，猜疑莫到来。　　道侬随处好，好处随侬道。书寄待何如，如何待寄书。

这是清人丁药园的词。其句法与前述颠倒韵颇为相似，不同的是，词中每句头尾二字都在同一韵部，所以倒读过去，韵部并无改变。

前文谈到，辘轳体中的核心诗句以采用古人之诗或今人名句为宜，而另有一种集句体，是通篇杂采别人的句子，组成一首新诗。该体据说始于王安石（见沈括《梦溪笔谈》），而后世效仿者甚多，在楹联中用得尤为普遍。集句的特点是假他人笔墨歌咏自身感受，借古人杯酒浇自家胸中块垒。好的集句应抛开原有题旨，翻出一层新意来。我早年听先父与蜕园先生闲聊北洋政府时期掌故，曾记下一组集古人句以描写当时形形色色议员的诗，今天读来仍觉生动有趣——

初选之议员

登龙曾入少年场（韦应物），年去年来来去忙（石延年）。
千里江山陪骥尾（张曙），为他人作嫁衣裳（秦韬玉）。

复选之议员

十样鸾笺出益州（韩浦），青灯分坐写蝇头（黄庭坚）。
众中不敢分明语（于鹄），尺璧深藏价未酬（吴融）。

买票之议员

此日居留作款延（张le），散人名号亦充员（陆游）。
莫愁前路无知己（高适），应有囊中子母钱（褚载）。

当选之议员

不将今日负初心（王仁裕），江左苍生望正深（萨都剌）。
却笑张仪夸舌在（王恽），床头已尽结交金（张适）。

缄口之议员

无弦琴亦是沽名（司空图），末路方言少宦情（高启）。
秋月春风等闲度（白居易），鸣鸠乳燕寂无声（苏轼）。

嫖界之议员

十三弦柱雁行斜（李商隐），夜泊秦淮近酒家（杜牧）。
一曲红绡不知数（白居易），春衣醉宿杜陵花（韩翃）。

赌界之议员

夜雨移灯复手谈（权德舆），人非有品不能闲（刘得仁）。
莫嫌月入无多俸（钱起），风物撩人欲破悭（刘迎）。

退职之议员

利欲驱人万火牛（陆游），烟花三月下扬州（李白）。
老兄得此全无用（韩浦），今日多应独自休（姚合）。

续任之议员

不信东风唤不回（孟浩然），但逢佳节约重陪（钱起）。
洛阳亲友如相问（贺知章），前度刘郎今又来（刘禹锡）。

被殴之议员

声利场中白战鏖（范成大），胸中消尽少年豪（何景明）。
劝君不用夸头角（李山甫），似倩麻姑痒处搔（方岳）。

集句的妙处在于贴切。现在每逢从媒体获闻一些海外政界轶事，我还常会想起这组类似拼盘的诗。

最后要介绍的是嵌字体。该诗体的特点是将一个词语或一句话依次嵌在每句诗中。嵌在句首的称“鹤顶格”，嵌在第二至七字处的分别称为“燕颔格”、“鸢肩格”、“蜂腰格”、“鹤膝格”、“凫胫格”

和“凤尾格”。其中以“鹤顶格”为最常见。如《水浒传》“智赚玉麒麟”一回中，吴用曾口占卦诗一首：“芦花滩上有扁舟，俊杰黄昏独自游。义到尽头原是命，反躬逃难必无忧。”四句诗的首字连起来，便成为“芦（卢）俊义反”。

也有人将嵌字体诗称为藏头诗，其实按《诗体明辨》的解释，“藏头诗则每句头字，皆藏于每句尾字也”。如孔平仲《寄贾宣州藏头诗》：“高会当年喜得曹，日陪宴衎自忘劳。力回天地君应惫，心狭乾坤我尚豪。豕亥论书非素学，子孙干禄有东皋。十年旧友相知寡，分付长松荫短蒿。”此诗从第二句开始，每句首字均与上句尾字的下部相同，就像藏在其中。不过从审美效应说，这种写法没有多大意思，在我看来是不值得尝试的。

17 词的押韵方式

CI DE YA YUN FANG SHI

本书所谈“学诗”的“诗”，是个广义词，它兼指诗、词、散曲和诗化的楹联。从本篇开始，我们将进入词的领域。词起源于唐，成长于五代而盛行于两宋，是伴随着新兴音乐而产生的新诗体。它初称“曲”、“杂曲”、“曲子词”，因为合乐歌唱，故又称“乐章”、“乐府”、“琴趣”。依照乐谱撰写新词，叫做“倚声填词”。后来词与音乐逐渐分离，成为一种不能歌唱而对字数、句数、韵脚、平仄有明确规定的格律诗，又称“诗余”和“长短句”。

学词应当从何入手？本书第 2 讲曾从模仿和熟读的角度谈过学诗入门的途径。学词也是一样，唯有经过阅读、体会，心中留存若干范本，才能亦步亦趋，写出比较像词的作品。至于别开异境，自成一家，那应该是入门以后的事。这里，我想引几段晚清词家况周颐的话——

学填词，先学读词。抑扬顿挫，心领神会。日久，胸次郁勃，信手拈来，自然丰神谐鬯矣。

读词之法，取前人名句意境绝佳者，将此意境缔构于吾想望中。然后澄思渺虑，以吾身入乎其中而涵泳玩索之。吾性灵与相浃而俱化，乃真实为吾有而外物不能夺。

两宋人词宜多读、多看，潜心体会。某家某某等处，或当学，或不当学，默识吾心目中。尤必印证于良师友，庶收取精用闳之益。洎乎功力既深，渐近成就，自视所作于宋词近谁氏，取其全帙研贯而折衷之，如临镜然。一肌一容、宜淡宜浓，一经侔色揣称，灼然于彼之所长、吾之所短安在，因而知变化之所当亟。善变化者，非必墨守一家之言。思游乎其中，精骛乎其外，得其助而不为所囿，斯为得之。

初学作词，最宜联句、和韵。始作，取办而已，毋存藏拙嗜胜之见。久之，灵源日浚，机括日熟，名章俊语纷交，衡有进益于不自觉者矣。

况氏所撰《蕙风词话·卷一》对于学词步骤多含经验之谈。以上所引，要而言之就是：一、熟读，尤其要读宋词；二、要领会作品意境；三、选择一位词人作为学习重点；四、寻求变化，不受一家束缚；五、通过联句、和韵等方式，与良师益友共同切磋。

不过，正如学诗必须掌握诗的格律，学词也必须掌握词的格律。只有弄懂词律，才能真正领略前人作品的妙处，也才能真正迈上习作之途。

在谈词的格律之前，先要解释一下相关术语。

一、词调、词牌、词谱

词本合乐而歌，依曲而作，其字句、声律等皆须与乐曲相适应，由此形成各个不同的曲调，称为词调。

词牌是词调的名称。起名的因由甚多：1. 因乐府旧曲而得名，如《采桑子》出于《杨下采桑》；2. 因前人诗赋而得名，如《满庭芳》出自吴融“满庭芳草易黄昏”；3. 以本词中句子为名，如《如梦令》出自唐庄宗“如梦，如梦，残月落花烟重”；4. 取自历史故事，如《沁园春》源于汉代沁水公主的园林；5. 取自作者本事，如《忆余杭》因潘阆忆西湖而作；6. 以人为名，如《祝英台近》；7. 以地域为名，如《梁州令》；8. 以时序为名，如《秋霁》；9. 以字数为名，如《十六字令》；10. 以音节为名，如《声声慢》；11. 因对原有词牌增减字数而得名，如《减字木兰花》。此外，还有调同名异、调异名同、调同句异、调异句同等情况，这里不必细谈。

词谱是词调格式的记录。在合乐而歌的时期，词谱具有乐谱的性质；但随着乐曲湮灭，现存词谱只是标明各个词调的字数、句式、平仄及韵脚的位置而已。清朝流行的词谱有万树的《词律》，计收825调、1670余体；有王奕清等奉敕编纂的《钦定词谱》，计收826调、2306体；有舒梦兰的《白香词谱》，计收100调。当代流行的有龙榆生的《唐宋词格律》，计收150余调；此外，各种有关诗词格律的著作也大都附有词谱。

二、小令、中调、长调

这是按词的字数作的分类。南宋时有部名为《草堂诗余》的词选，明人顾从敬重刻该书时，将58字以内的作品归为“小令”，59字至90字列为“中调”，91字以上则为“长调”。这个分类虽无依据，也有缺陷，但很通行，现已相沿成习。

三、阕、片、叠

词有分段与不分段之别。不分段的称为“单调”。分为两段的称为“双调”,“双调”的前段称为“上半阕”或“上片”,后段称为“下半阕”或“下片”。分为三段、四段的称为“三叠”、“四叠”;其每一段均按次序称“叠”而不称“阕”或“片”。在书写习惯上,上半阕与下半阕之间、一叠与另一叠之间要空一格或二格。如果分行写,则上下阕或两叠之间宜空一行。

此外,与词律相关的,还有“令引近慢”、“过片”、“犯调”、“转调”、“促拍”、“摊破”、“偷声”、“摘遍”种种术语,但对初学者来说,暂时都可不去管它。现在学词,如同学诗,首先要了解的,是词的用韵、平仄与句式。

词的用韵较近体诗用韵为宽。唐宋人“倚声填词”,用韵无严格限制,也没有专供填词用的韵书。清初沈谦通过研究宋词用韵情况,编成《词韵略》。道光年间,戈载又在沈著基础上编成《词林正韵》。从那时以来,人们填词一般都以戈著为押韵的依据。《词韵略》和《词林正韵》都把韵分为十九部,其中第一至十四部为平、上、去声韵,第十五至十九部为入声韵。这十九部韵与平水韵的对应关系如下——

平上去声十四部:

第一部:平声东、冬;上声董、肿;去声送、宋。

第二部:平声江、阳;上声讲、养;去声绛、漾。

第三部:平声支、微、齐、灰(部分);上声纸、尾、荠、贿(部分);去声寘、未、霁、泰(部分)、队(部分)。

第四部:平声鱼、虞;上声语、麌;去声御、遇。

第五部:平声佳(部分)、灰(部分);上声蟹、贿(部分）；去声泰（部分）、卦（部分）、队（部分）。

第六部：平声真、文、元（部分）；上声轸、吻、阮（部分）；去声震、问、愿（部分）。

第七部：平声寒、删、先、元（部分）；上声旱、潸、铣、阮（部分）；去声翰、谏、霰、愿（部分）。

第八部：平声萧、肴、豪；上声篠、巧、皓；去声啸、效、号。

第九部：平声歌；上声哿；去声箇。

第十部：平声麻、佳（部分）；上声马；去声祃、卦（部分）。

第十一部：平声庚、青、蒸；上声梗、迥；去声敬、径。

第十二部：平声尤；上声有；去声宥。

第十三部：平声侵；上声寝；去声沁。

第十四部：平声覃、盐、咸；上声感、俭、豏；去声勘、艳、陷。

入声五部：

第十五部：入声屋、沃。

第十六部：入声觉、药。

第十七部：入声质、陌、锡、职、缉。

第十八部：入声物、月、曷、黠、屑、叶。

第十九部：入声合、洽。

词的用韵虽较近体诗为宽，但因各个词牌的字数、句式不同，押韵方式也有别，所以实际情形远比近体诗为复杂。大致说来，词的押韵有如下几种方式。

一、通首一韵式

晏几道《阮郎归》

旧香残粉似当初，人情恨不如。一春犹有数行书，秋来书更疏。　　衾凤冷，枕鸳孤，愁肠待酒舒。梦魂纵有也成虚，那堪和梦无。

贺铸《点绛唇》

一幅霜绡，麝煤熏腻纹丝缕。掩妆无语，的是销凝处。薄暮兰桡，漾下苹花渚，风留住。绿杨归路，燕子西飞去。

吕本中《踏莎行》

雪似梅花，梅花似雪，似和不似都奇绝。恼人风味阿谁知？请君问取南楼月。　　记得去年，探梅时节，老来旧事无人说。为谁醉倒为谁醒？到今犹恨轻离别。

上举三首词中，《阮郎归》通首押的是平声韵，这在词律上可称为平韵格。类似的词牌极多，如众所熟知的《十六字令》、《忆江南》、《浪淘沙》、《浣溪沙》、《采桑子》、《临江仙》、《鹧鸪天》、《一剪梅》、《水调歌头》、《沁园春》等等，都是通首押平声韵的词牌。从上引《阮郎归》中可以看出，作为韵脚的“初”、“如”、“书”、“疏”、“舒”和“虚”字在平水韵中属“六鱼”，“孤”和“无”属“七虞”，在《词林正韵》中则均属第四部，可见词的用韵较近体诗用韵为宽。

《点绛唇》通首押的是仄声韵，这在词律上可称为仄韵格。此类词牌也极多，如《卜算子》、《忆秦娥》、《醉花阴》、《玉楼春》、《蝶恋花》、《渔家傲》、《苏幕遮》、《满江红》、《念奴娇》、《永遇乐》等皆是。在词中，上声和去声是可以通押的。这首《点绛唇》中，“缕”、“语”、“渚”是上声，“处”、“住”、“路”、“去”是去声，在《词林正韵》中均属第四部。

《踏莎行》也是通首押仄声韵的词牌。这首押的是入声韵，其中除“月”在平水韵中属“六月”外，“雪”、“绝”、“节”、“说”、“别”均属“九屑”，而在《词林正韵》中则属第十八部。

仄韵格的词，究竟押上去声韵还是押入声韵，多数词牌对此并无硬性规定；但也有些词牌，从音乐性出发，规定较为严格。戈载于《词林正韵·发凡》中就曾举出：“用仄韵而必须入声者，则如越调之《丹凤吟》、《大酺》，越调犯正宫之《兰陵王》，商调之《凤凰阁》、《三部乐》、《霓裳中序第一》、《应天长慢》、《西湖月》、《解连环》，黄钟宫之《侍香金童》、《曲江秋》，黄钟商之《琵琶仙》，双调之《雨霖铃》，仙吕宫之《好事近》、《蕙兰芳引》、《六幺令》、《暗香》、《疏影》，仙吕犯商调之《凄凉犯》，正平调近之《淡黄柳》，无射宫之《惜红衣》，正宫、中吕宫之《尾犯》，中吕商之《白苎》，夹钟羽之《玉京秋》，林钟商之《一寸金》，南吕商之《浪淘沙慢》，此皆宜用入声韵者。”关于上去声韵，戈载也举出：“如黄钟商之《秋霄吟》，林钟商之《清商怨》，无射商之《鱼游春水》，宜单押上声。仙吕调之《玉楼春》，中吕调之《菊花新》，双调之《翠楼吟》，宜单押去声。”引文中词牌前面标示的是该词所属的宫调，这留待以后再谈。想说的是，你可以就若干宋人的名作如柳永的《雨霖铃》（“寒蝉凄切”）、秦观的《好事近》（“春路雨添花”）、周邦彦的《兰陵王》（“柳阴直”）、姜夔的《暗香》（“旧时月色”）和《翠楼吟》（“月冷龙沙”）的用韵与戈氏所举作一比照。如果发现两者完全一致，而且这些作品确因择韵讲究而富于声情之美，那么戈氏的话就很值得参考了。

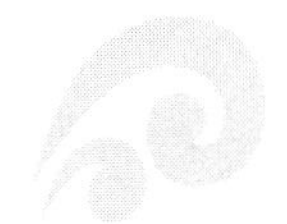

二、平仄韵转换式

晏几道《清平乐》

留人不住，醉解兰舟去。一棹碧涛春水路，过尽晓莺啼处。　　渡头杨柳青青，枝枝叶叶离情。此后锦书休寄，画楼云雨无凭。

秦观《减字木兰花》

天涯旧恨，独自凄凉人不问。欲见回肠，断尽金炉小篆香。　　黛蛾长敛，任是东风吹不展。困倚危楼，过尽飞鸿字字愁。

《清平乐》的上片押仄声韵，下片换押平声。《减字木兰花》则上下片都是前二句押仄声韵，后二句换押平声。从上引二首词看，《清平乐》上片押去声韵，其中“去”、“处”属“六御”，“住”、“路”属“七遇”，词韵中属第四部；下片的“青”、“情”、“凭”分属“九青”、“八庚”、“十蒸”，词韵中则属第十一部。《减兰》上片的“恨”、“问”分属“十四愿”、“十三问”，词韵中属第六部；“肠”、“香”均属“七阳”，词韵中属第二部。下片的“敛”属“二十九艳”，词韵中属第十四部；而“展”属“十六铣”，词韵中属第七部。这说明，沈谦、戈载虽是根据宋词用韵的实际情况编定韵书，但还是有例外。这里，秦观的押韵范围便超出了《词韵略》和《词林正韵》的分部。至于“楼”、“愁”均属“十一尤”，词韵中则属第十二部。

平仄韵转换式的词牌也不少，如《菩萨蛮》、《更漏子》、《喜迁莺》、《忆余杭》、《虞美人》等皆是。

三、平仄韵通押式

刘辰翁《西江月》

天上低昂似旧，人间儿女成狂。夜来处处试新妆，却是人间天上。　　不觉新凉似水，相思两鬓如霜。梦中海底跨枯桑，阅尽银河风浪。

《西江月》上下片的字数、格式完全相同。每片都是先押两个平声韵，再押一个上声或去声韵，而平仄声韵都在同一韵部。如上引词中，“狂”、“妆”、“霜”、“桑”属平声“七阳”，“上”、“浪”属去声“二十三漾”，词韵中则均属第二部。这种平仄韵通押的词牌很少见；长调中《哨遍》、《戚氏》属于此类，但格律较复杂，初学者不宜问津。

四、平仄韵错押式

李煜《相见欢》

无言独上西楼，月如钩。寂寞梧桐深院锁清秋。　　剪不断，理还乱，是离愁。别是一般滋味在心头。

《相见欢》句句押韵，其特点是，第一、二、三、六、七句的“楼”、“钩”、“秋”、“愁”、“头”均属平声“十一尤”，词韵中属第十二部；四、五句的“断”、“乱”却属去声“十五翰”，词韵中属第七部。与前述平仄韵转换式不同的是，这里的平韵与仄韵是交错出现的。类似这样用韵的词牌还有《荷叶杯》、《诉衷情》、《酒泉子》、《定风波》等。

五、仄韵错押式

陆游《钗头凤》

红酥手，黄藤酒，满城春色宫墙柳。东风恶，欢情薄。一怀愁绪，几年离索？错！错！错！　　春如旧，人空瘦，泪痕红浥鲛绡透。桃花落，闲池阁。山盟虽在，锦书难托。莫！莫！莫！

《钗头凤》的特点是，上片的“手”、“酒”、“柳”与下片的“旧”、“瘦”、“透”分属上声“二十五有”和去声“二十六宥”，词韵中均属第十二部；而上片的“恶”、“薄”、“索”、“错”与下片的“落”、“阁”、“托”、“莫”均属入声“十药”，词韵中则属第十六部。两个仄声韵在词中交错出现。

六、叠韵式

白居易《长相思》

汴水流，泗水流，流到瓜州古渡头，吴山点点愁。

思悠悠，恨悠悠，恨到归时方始休，月明人倚楼。

近体诗中，除有人偶尔将同一句诗置于律诗的首尾（如邵雍有首七律的首句和末句均为“尧夫非是爱吟诗”）外，韵脚用字是不容许重复的。词的韵脚一般也不可以重字，但词牌别有规定的除外。《长相思》中“流”、“悠”叠出，便是词牌的要求。此外，李清照的《一剪梅》中，有“才下眉头，又上心头”之句；《采桑子》中，有“阴满中庭，阴满中庭”，“点滴凄清，点滴凄清”，不但重字，而且重句；虽非词谱规定，却也是容许的。

18 词的平仄与句式

CI DE PING ZE YU JU SHI

从上一讲所引各词可以看出，词的句子以律句为主。所谓律句，指的是一句诗中，每两个字形成一节，剩下的一个字单独为一节，节与节之间平声字和仄声字须交替出现。就这一点而论，许多词与近体诗之间没有什么区别。譬如“愁肠待酒舒”（晏几道《阮郎归》）、“燕子西飞去”（贺铸《点绛唇》）分别为“平平——仄仄——平”、“仄仄——平平——仄”，与五言律绝的平仄、句式完全相同；而“老来旧事无人说”（吕本中《踏莎行》）、“断尽金炉小篆香”（秦观《减字木兰花》）分别为“仄平——仄仄——平平——仄”、“仄仄——平平——仄仄——平”，也与七言律绝的平仄、句式别无二致。

但是，当我们读到“梦随风万里”（苏轼《水龙吟》）、“算只有殷勤”（辛弃疾《摸鱼儿》）和“动庾信清愁似织”（姜夔《霓裳中序第一》）一类句子时，虽然也是律句，感觉却与近体诗全然异样，因为句式变了。

近体诗讲究黏对，视失黏失对为大忌；词则全看具体词牌的规定。有些词牌如《西江月》、《鹧鸪天》等也讲究粘对；有些词牌则不然。在规定不黏不对的地方，如果你按近体诗的要求去黏对，那就反而错了。譬如——

> 东城渐觉风光好，縠皱波纹迎客棹。绿杨烟外晓寒轻，红杏枝头春意闹。　浮生长恨欢娱少，肯爱千金轻一笑？为君持酒劝斜阳，且向花间留晚照。

这是宋祁的《玉楼春》，其上下片的二、三句之间都不黏。如果你让它黏起来，那就成为两首仄韵七绝而不是《玉楼春》了。

近体诗有拗救之法；词则有自己的规定。首先，词中除律句之外，还有拗句。拗句读来虽觉拗口，却往往正是音律的紧要处而不可移易，无所谓“救”的问题。北宋周邦彦是非常精通音律的词家，他的词中就每每有拗句出现。如“无限佳丽”、“今年对花太匆匆”(《花犯》)、“斜月远堕余辉”(《夜飞鹊》)、“纤纤池塘飞雨”(《瑞龙吟》)、“驻马望素魄”(《倒犯》)等，都不可改拗为顺，如随便改为律句，那反而不合音律了。南宋姜夔、吴文英也精通音律，他们词中拗句也较多，也同样不可变动。

其次，近体诗中的本句自救也适用干词，但有时诗中的变格在词中会变为正格。譬如第七讲中说过，“平平仄仄平”的第一字如改为仄声，那么全句除韵脚外就只剩下一个平声字，这在格律上称为“犯孤平”。为避免“孤平”，需要将第三字改为平声，使之成为“仄平平仄平”。从诗律说，“平平仄仄平”应是正格而“仄平平仄平”属于变格。可是在《菩萨蛮》这个词调中，我们发现唐宋名家大都将上下片末句安排成“仄平平仄平”和“平平平仄平”。譬如下面三首都是名篇，其上下片末句便是如此安排——

平林漠漠烟如织，寒山一带伤心碧。暝色入高楼，有人楼上愁。　玉阶空伫立，宿鸟归飞急。何处是归程，长亭连短亭。(李白)

小山重叠金明灭，鬓云欲度香腮雪。懒起画蛾眉，弄妆梳洗迟。　照花前后镜，花面交相映。新贴绣罗襦，双双金鹧鸪。(温庭筠)

郁孤台下清江水，中间多少行人泪！西北望长安，可怜无数山！　青山遮不住，毕竟东流去。江晚正愁余，山深闻鹧鸪。(辛弃疾《书江西造口壁》)

唐宋词中也有将《菩萨蛮》末句安排成“平平仄仄平”的，但远不如前者普遍。翻开《花间集》就会发现，在温庭筠的14首《菩萨蛮》中，只有“无聊独倚门”一句为“平平仄仄平”，其余均为“仄平平仄平”或“平平平仄平”；在作过多首《菩萨蛮》的韦庄、牛峤、孙光宪等人笔下，情形也都相仿，说明近体诗中的这一变格在《菩萨蛮》中实为正格，而这在当时必有音律上的考虑。

谈到句型，词与近体诗的最外在的区别是，多数词牌的句子都有长有短，参差不齐，以致现在有些人以为只要作品的句数、字数与规定的词牌一致，就算“填词”了，这当然是莫大的误解。不过长短句的确给词带来了别样的美感、异样的风貌。还是十几岁时，我曾听先父将两首唐人七绝读成长短句，当时就觉得十分新鲜。一首是王之涣的《凉州词》：“黄河远上白云间，一片孤城万仞山。羌笛何须怨杨柳，春风不度玉门关。”改后的断句变成——

黄河远上，白云间一片，孤城万仞山。羌笛何须怨？
杨柳春风，不度玉门关。

另一首是杜牧的《清明》:“清明时节雨纷纷,路上行人欲断魂。借问酒家何处有?牧童遥指杏花村。”改后的读法是——

清明时节雨，纷纷路上行人，欲断魂。借问酒家何处？
有牧童遥指，杏花村。

两首诗的用字丝毫未动，但句型、节奏变了，声情也随之发生差异，吟诵之下，当能领略到长短句所特有的意趣。

那么，词究竟有多少句型？其平仄、句式又有什么特点？下面我们就从一字句开始，逐一加以介绍。

一字句大概有两种形式。一种仅仅在《十六字令》的首句出现，如“天，休使圆蟾照客眠”中的“天”，“归，猎猎西风卷绣旗”中的“归”，都是作为韵脚的一字句。另一种虽系一字，却为加强语气而连续出现，如上一讲所举《钗头凤》中的“错！错！错！”“莫！莫！莫！”便属此类。它也是一字，也是韵脚，但须叠用。

此外，一字可以出现在句首而成为领字。因领字与后面的句子并不断开，所以不能算是一字句；不过由此形成的句式迥别于近体诗，因此不妨介绍一下。领字并不限于一字，而以一字居多。领字所领句子也有多寡之别。如“叹后约丁宁竟何据”（柳永《夜半乐》）、“怕梨花落尽成秋色”（姜夔《淡黄柳》）领的是单句；“念柳外青骢别后，水边红袂分时”（秦观《八六子》）、“把吴钩看了，阑干拍遍”（辛弃疾《水龙吟》）领的是双句；“愿天上人间，占得欢娱，年年今夜”（柳永《二郎神》）领的是三句；“看兔葵燕麦，华清宫里；蜂黄蝶粉，凝碧池边”（刘辰翁《沁园春》）领的是四句排偶句。

二字句较为常见，声调可分“平仄”、“仄平”、“仄仄”、“平平”四种而以“平仄”居多。譬如大家比较熟悉的“团扇，团扇”，“弦管，弦管”（王建《调笑令》），“知否，知否”（李清照《如梦令》），便为“平仄”式，其特点是以叠句出现；而“弦管，弦管”又是对上句“谁复商量管弦”末二字的倒置。这并非文字游戏，在词的合乐时期，一定有其独特的音乐效果。又如——

莫听穿林打叶声，何妨吟啸且徐行。竹杖芒鞋轻胜马，谁怕？一蓑烟雨任平生。　料峭春风吹酒醒，微冷，山头斜照却相迎。回首向来萧瑟处，归去，也无风雨也无晴。

这是苏轼的《定风波》。词中三个二字句均系韵脚所在，其在词意、声情转换中所起的作用值得细细玩味。此外，某些词牌中，二字句可以出现在下片或三叠的开头，如晁补之《黄莺儿》中的“凝伫，既往尽成空”，周邦彦《兰陵王》中的“凄恻，恨堆积”等皆是。同时两个字也可以是领字，如秦观《八六子》中的“那堪片片飞花弄晚，濛濛残雨笼晴”，“那堪”便是领字。

三字句更为常见，形式也更多样。它可以是单句，也可以是连句；声调也多种多样。譬如——

梳洗罢，独倚望江楼。（温庭筠《梦江南》）

林花谢了春红，太匆匆！（李煜《乌夜啼》）

从别后，忆相逢，几回魂梦与君同？（晏几道《鹧鸪天》）

卖花声过尽，斜阳院落，红成阵，飞鸳甃。（秦观《水龙吟》）

转朱阁，低绮户，照无眠。（苏轼《水调歌头》）

立多时，看黄昏，灯火市。（周邦彦《夜游宫》）

靖康耻，犹未雪；臣子恨，何时灭？（岳飞《满江红》）

神奇处，君试看；奠淮右，阻江南。（姜夔《平韵满江红》）

从上述例句可以看出，三字句的出现，有时在篇首，有时在篇中，有时在换头处，有时在篇尾。它有时是韵脚，有时不是。句数由单句到四句不等，声调安排也各各不同。还有一些词牌，则三字句几乎构成词调的主要句型，如《六州歌头》便有22句三字句。该词调有平韵、平仄韵互押、平仄韵递换等几种格式，且以张孝祥的一首平韵词为例——

长淮望断，关塞莽然平。征尘暗，霜风劲，悄边声，黯销凝。追想当年事，殆天数，非人力，洙泗上，弦歌地，亦膻腥。隔水毡乡，落日牛羊下，区脱纵横。看名王宵猎，骑火一川明，笳鼓悲鸣，遣人惊。　　念腰间箭，匣中剑，空埃蠹，竟何成！时易失，心徒壮，岁将零。渺神京，干羽方怀远，静烽燧，且休兵。冠盖使，纷驰骛，若为情？闻道中原遗老，常南望、翠葆霓旌。使行人到此，忠愤气填膺，有泪如倾。

《六州歌头》是声情特色极其鲜明的词调，正如程大昌所说，该词“音调悲壮……闻其歌，使人慷慨，良不与艳词同科”（《演繁露》）；而其急管繁弦、声声迫促的效果与大量三字句的运用是分不开的。此外，词牌中也有以三字作领字的，如“更能消”、“更那堪”、“又却是”之类，就不多谈了。

四字句是词的基本句型之一。它在各种词牌中出现之多，不胜枚举。它以上二下二的句式、“仄仄平平”、“平平仄仄”的声调为最常见，如“一幅霜绡”（贺铸《点绛唇》）、“天涯旧恨”（秦观《减兰》）、“山抹微云，天黏衰草”（秦观《满庭芳》）、“淮左名都，竹西佳处”（姜夔《扬州慢》）等，均属此类。它也有些特殊声调与句式，如《八声甘州》倒数第二句的声调为“仄平平仄”，柳永、吴文英、张炎曾分别写成“倚阑干处”、“上琴台去”、“有斜阳处”。因为名词在中间，句式便显得奇特。又如《水龙吟》末句亦为“仄平平仄”，苏轼曾写成“是离人泪”、“有盈盈泪”，辛弃疾曾写成“揾英雄泪”，句式变成上一下三，而首字成为领字。四字句还常以偶句和排句形式出现。如《鹊桥仙》、《踏莎行》上下片的首二句通常都成对仗，而《沁园春》上下片领字下面的四句排偶也已成为通例。读过秦观《淮海词》的人，大都记得“纤云弄巧，飞星传恨”、“柔情似水，佳期如梦”（《鹊桥仙》）、“雾失楼台，月迷津渡”、“驿寄梅花，鱼传尺素”（《踏莎行》）一类名句；接触过毛泽东诗词的人，一般也会对“望长城内外，惟余莽莽；大河上下，顿失滔滔”、“惜秦皇汉武，略输文采；唐宗宋祖，稍逊风骚”（《沁园春·雪》）留有印象；而这里都显示出词中四言对仗及排句的独特魅力。

五字句的平仄、句式大都与近体诗中的五言句相同。且以通首五言的《生查子》为例——

> 去年元夜时，花市灯如昼。月上柳梢头，人约黄昏后。
> 今年元夜时，月与灯依旧。不见去年人，泪湿春衫袖。
> （朱淑真）

这首词中，若非上下片的三、四句之间失对，则读来就像两首完全合律的仄韵五绝。五字句也有迥异于近体诗的，如“有暗香盈袖”（李清照《醉花阴》）虽是韵脚，却为上一下四句式。至于“把吴钩看了”、“望长城内外”之类则为带领字的上一下四句式。此外，五字句中也有拗句，如带领字的“正江令恨别”（刘辰翁《兰陵王》）声调为“仄平仄仄仄”，一望而知不是律句。

六字句是有别于近体诗的句型。第16讲谈到六言诗时已约略提到若干相关词牌。就句式而言，通常为上二下四或上四下二，声调则为“仄仄平平仄仄”、“平平仄仄平平”。但凡近体诗的可平可仄处和拗救方式，一般也都适用于六字句。如“梦后楼台高锁，酒醒帘幕低垂”（晏几道《临江仙》）的声调虽为“仄仄平平平仄，仄平平仄平平”，但“高”、“酒”、“帘”均处在可平可仄的字位上，所以仍是律句；同时从上例还可看出六字句的对仗效应。

除第16讲举过的《三台》、《清平乐》外，六字句较多的词牌有《河满子》、《谪仙怨》等，《西江月》则是最常用的词牌之一。该调上下片格式相同，均由两句六言开头，并不规定对偶，而词人们常爱写成对偶句，如辛弃疾《夜行黄沙道中》是大家熟悉的作品，其中六字句的对仗便很工稳——

明月别枝惊鹊，清风半夜鸣蝉。稻花香里说丰年，听取蛙声一片。　　七八个星天外，两三点雨山前。旧时茅店社林边，路转溪桥忽见。

六字句中也有特殊句式，如“但目送芳尘去”（贺铸《青玉案》）之类，但不普遍。

七字句以律句为多，句式大都与七言律绝相同，却也有例外。如周邦彦的“东风竟日吹露桃”（《忆旧游》）以及前文举过的“今年对花太匆匆”就是拗句；而有些词中出现的上三下四句如“杨柳岸晓风残月”（柳永《雨霖铃》）、上一下六句如“念桥边红药年年”（姜夔《扬州慢》）等也与近体诗句式迥别。

七字句的使用极普遍，有些词调如《杨柳枝》、《浣溪沙》、《玉楼春》、《瑞鹧鸪》等通篇由七字句组成。七字句也常构成对仗，如《浣溪沙》换片后的前二句、《鹧鸪天》的三、四句几乎以对仗为通例；《满江红》上下片各有七言二句，也可写成对偶句。凡此只须留意前人作品，便不难掌握。不久前我因替友人罗辉先生的《四维吟稿》作序，将他的诗词通读一遍，发现其中五十多首《鹧鸪天》，首首都能体现上述特征。如“一身硬骨经风雨，万朵柔情寄夏秋”（《棉花》），“枝头余卉争新艳，路上残红了旧情”（《早春霁色》），“书中自有清心剂，身上终无嗜欲嗟”（《读书感怀》），“风前冷艳邀红叶，霜后清芬沐紫光”（《木芙蓉》）等，都对得工稳而有韵味。多首《满江红》中的入声对仗，如“饮得清泉消旧虑，迎来春雨生新碧”（《人生旅怀》），“五彩缤纷甘与苦，四时佳韵梅和雪”（《重阳菊展》），“岁月难无霪雨季，人生总有香醪约”（《智利圣地亚哥观光》）等，也是既符合词牌特征，又富于时代气息。

七字以上的长句在词中相对说来较为少见。其中八字句以上三下五句式居多，如柳永《八声甘州》中的“对潇潇暮雨洒江天”、“误几回天际识归舟”便是这种句式；而《洞仙歌》下片中的八言拗句如 “又莫是东风逐君来”（苏轼）、“更携取胡床上南楼”（晁补之）、“早占取韶光共追游”（李元膺）等也都是上三下五式。八字句也有别的句式，如“应是良辰好景虚设”（柳永《雨霖铃》）、“但知临水登山啸咏”（苏轼《哨遍》）、“英雄无觅孙仲谋处”（辛弃疾《永遇乐》）等，平仄、句式各各不同。如选填这些词牌，则最好能多读几首前人作品，加以对照。

九字句的句式也很多。倘将《蝶恋花》上下片的二、三句连读，那就构成一种上四下五的句式，如“望极春愁黯黯生天际”（柳永）、“柳眼梅腮已觉春心动”（李清照）等皆是。《虞美人》中的九字句只能连读，以尽人皆知的“故国不堪回首月明中”、“恰似一江春水向东流”（李煜）来说，则呈现的是上六下三句式。此外，如“便吹散眉间一点春皱”（苏轼《洞仙歌》）、“指神京非雾非烟深处”（柳永《竹马子》）、“无奈朝来寒雨晚来风”（李煜《乌夜啼》）等，分别为上五下四、上三下六、上二下七式，细品之下，当能领略词的句式的多样之美。

词中还有十字句，如“最好是一川夜月光流渚”（晁补之《摸鱼儿》）、“昨日春如十三女儿学绣”（辛弃疾《粉蝶儿》）之类，因仅仅出现在个别词牌中，这里就不多介绍了。

19 调的声情与词的文情

DIAO DE SHENG QING YU CI DE WEN QING

弄懂词的押韵方式和平仄、句式后，即可进入填词阶段。这时碰到的第一个问题是择调，就是根据自己所要歌咏的题材、抒发的情感选择一个合适的词调。在词的合乐时期，人们择调时除斟酌长短句式外，也会考虑宫调与腔调的声情。所谓宫调，是一个音乐名词，即依十二律的次序，定宫、商、角、徵、羽、变宫、变徵为七声，这是乐律之本。凡以宫声为主的调式称宫，以其他各声为主的称调。以七声配十二律，可得十二宫、七十二调，共八十四宫调，但俗乐多不全用。隋唐燕乐以琵琶四弦定律，每弦七调，实际使用的只有二十八调。南宋时则仅用七宫十二调（见张炎《词源》）。每种词调都有所属的宫调。元人周德清撰《中原音韵》，曾对北曲所用六宫十一调的声情作过介绍，如“仙吕宫清新绵邈”、“黄钟宫富贵缠绵”、“商调凄怆怨慕”、“角调呜咽悠扬”等。宋词估计也与此相近。不过宋人填词，似乎并不完全依据宫调声情，将某种宫调的宋词与周德清所说加以对照，会发现两者并不全然一致。如今词的曲调已经失传，我们知道有周氏之说即可，择调时没有必要再去考虑词的宫调。

宫调其实是对音的高低范围的限定，许多词调可以同属一个宫调而各具不同腔调，腔调的声情才是择调时更须注意的问题。南宋杨守斋认为作词有“五要”：“第一要择腔，腔不韵则勿作，如《塞翁吟》之衰飒、《帝台春》之不顺、《隔浦莲》之寄煞、《斗百花》之无味是也。”“不韵”大概与“不美”同义，而即使同为“美”的词调，由不同旋律、节奏、音高形成的不同腔调仍会表现出丰富多样的声情。既然词要合乐而歌，那么所选腔调的声情自然应与词的文情相谐和。譬如上一讲中曾谈到《六州歌头》是急管繁弦、音调悲壮、“良不与艳词同科”的词调，倘若你写一首婉转缠绵的“艳词”，却选了《六州歌头》来填，文情与声情就南辕北辙了。

现在词的歌法早已失传，但每一种词调所包含的情感、情绪并非不可捉摸。这是因为，语言的音调、音色原本具有巨大表现力；从一个人说话的声调可以很容易地辨别出他的情绪。而在一首词中，通过对平仄、韵脚、句度的巧妙安排，更可以使语言本身的音乐美与曲调所表露的感情一致起来。在词的合乐时期，词人们总是使腔调的声情与语言本身的乐感以及词的文情三者趋向统一。现在，我们通过一首词句度的或长或短、语调的或疾或徐、韵脚的或疏或密，特别是平仄的或律或拗、种种变化，仍然可以揣度出它原来的声情是风流蕴藉，还是典雅沉重；是慷慨激昂，还是旖旎妩媚……

且以《满江红》为例。凡读过岳飞“怒发冲冠”一词的人，大概都能体会其情调的激昂慷慨。事实上这个词调的确宜于抒发一种激越的情绪。词史上其他词人的《满江红》也大都具有劲挺悲壮的色彩，譬如——

六代豪华，春去也，更无消息。空怅望，山川形胜，已非畴昔。王谢堂前双燕子，乌衣巷口曾相识。听夜深寂寞打孤城，春潮急。　　思往事，愁如织；怀故国，空陈迹。但荒烟衰草，乱鸦斜日。玉树歌残秋露冷，胭脂井坏寒螀泣。到如今只有蒋山青，秦淮碧。

这是萨都剌的《金陵怀古》。如果你再读一下戴复古的《赤壁怀古》、刘克庄的“金甲雕戈”，会发现几首作品都含有深沉的悲慨、激切的声情。倘若剖析词谱，则会发现，该调以入声韵最为多见，又几乎每句都是仄声收尾，这就使其节奏显得甚为迫促，而上下阕分别安排一组七言仄收的对句，更为全阕平添出一种劲拔的色彩，之后又紧接一个上三下五的八字句并以一个三字句收尾，遂给人以斩钉截铁的感觉。所以，如果你希望表现壮怀激烈的感情，那么《满江红》这个词牌无疑值得一选。

与《满江红》腔调有别而同样劲健激越的词牌也不少，如属于小令的《忆秦娥》、中调的《渔家傲》、长调的《念奴娇》都具有或苍劲或豪壮的声情。以《渔家傲》而论，由于句句押韵，又押的是仄声韵，一句一转，因此情调十分劲峭、紧凑。我们来看两首词——

塞下秋来风景异，衡阳雁去无留意。四面边声连角起。千嶂里，长烟落日孤城闭。　　浊酒一杯家万里，燕然未勒归无计！羌管悠悠霜满地。人不寐，将军白发征夫泪。

天接云涛连晓雾，星河欲转千帆舞。仿佛梦魂归帝所，

> 闻天语，殷勤问我归何处？　　我报路长嗟日暮，学诗谩有惊人句。九万里风鹏正举。风休住，蓬舟吹取三山去。

前一首是范仲淹的名作。上片描绘边塞秋色，以北雁南飞、角声四起、千嶂高耸、长烟落日渲染出一派肃杀的戍地景象。下片刻画处于艰苦和寂寞中的将士既无限思乡又不忘守边重任的复杂心境。整首词的格调是既衰飒又峭拔，苍凉中透着坚挺，透着悲壮。范仲淹存词不多，而此作独能流传千古，至今仍为读者喜爱，一个重要原因便是调的声情与词的文情达到了高度统一。后一首是李清照的词。《漱玉词》大都情调婉约，偏偏此首气势磅礴，异于常作。原因并不是她选了《渔家傲》感情才变得豪放，而在于她精通音律，为了抒发彼时那种开阔的胸臆才选用了这个适宜的词调。

以上所举皆为声情激越的词牌，而词中更常见的是柔婉的篇章。“晓风残月”的低唱远较“大江东去”的高歌为多。西方美学关于美的表现形态有优美与壮美之分。就词的腔调而论，大概多数可归为优美一类。譬如《一剪梅》，随便翻一首，都很难与壮美相联系。试看蒋捷的《舟过吴江》——

> 一片春愁待酒浇，江上舟摇，楼上帘招。秋娘渡与泰娘桥，风又飘飘，雨又潇潇。　　何日归家洗客袍？银字笙调，心字香烧。流光容易把人抛，红了樱桃，绿了芭蕉。

将这首词与前文所举《满江红》、《渔家傲》放在一起，立刻可以感受到两种情调的鲜明差别。《一剪梅》60字，属于“中调”中押平声韵的短篇，而同样婉丽的词调在仄韵词、在“长调”中也很多。譬如《暗香》、《疏影》是姜夔应范成大之请按“清新绵邈”的“仙吕宫”作的两首咏梅的自度曲，虽押入声韵，却无丝毫慷慨激昂之气——

> 旧时月色，算几番照我，梅边吹笛？唤起玉人，不管清寒与攀摘。何逊而今渐老，都忘却春风词笔。但怪得竹外桃花，香冷入瑶席。　　江国，正寂寂。叹寄与路遥，夜雪初积。翠尊易泣，红萼无言耿相忆。长记曾携手处，千树压西湖寒碧。又片片吹尽也，几时记得？（《暗香》）

> 苔枝缀玉，有翠禽小小，枝上同宿。客里相逢，篱角黄昏，无言自倚修竹。昭君不惯胡沙远，但暗忆江南江北。想佩环月夜归来，化作此花幽独。　　犹记深宫旧事，那人正睡里，飞近蛾绿。莫似春风，不管盈盈，早与安排金屋。还教一片随波去，又却怨玉龙哀曲。等恁时重觅幽香，已入小窗横幅。（《疏影》）

姜夔是精通音律的词家。据他在词前小序中自述，两曲作成后，“石湖（范成大）把玩不已，使工妓隶习之，音节谐婉”。可惜我们今天已无法领略其讴歌之美，然而吟诵之下仍不难体会词调声情的“谐婉”。二作历来被视为词中赋梅的千古绝唱。这固然与作品的立意、用典及文采分不开，即所谓“寄情遥远”、“怨深文绮”，但无疑也与其优美的音节相关。后来张炎曾倚二词腔调，填成咏荷花、荷叶的词二首，题为《红情》、《绿意》。所咏对象变了，而情调依然缠绵流美。所以，如果你想以婉曼的笔调来歌咏某一对象，那

么《暗香》、《疏影》当不失为可选的词牌。

词调的声情并不仅限于阳刚阴柔或壮美优美的划分，许多词牌在上述划分中可能带有中性色彩，而因平仄、韵脚、句读的不同而造成的别的表情特征也许更为突出。拿平仄韵换押或错押的词牌来说，随着韵脚变化，声情必会发生转折或起伏。掌握这些变化，对于文思的运作至关重要。像《减字木兰花》这一词调，在声情上就既非雄壮高昂，亦非悲伤婉转。它是一句四言，接一句七言，七言句往往是对四言句的说明和发挥。它的韵脚则是两句仄声，两句平声；这样的平仄安排使这个词调在声情上富有一种特殊的层层转换、层层递进的色彩。毛泽东有首《广昌路上》，便选用该调来表现红军在行军中一程又一程的情景。其豪迈的感情与第17讲中举过的秦观的一首《减兰》（“天涯旧恨”）判然而别，但在词调特征的把握上二作都运用得十分熟练。

谈起毛泽东，不由想起20世纪60年代曾有不少人为他的诗词谱曲。其中有成功之作，也有不太高明的作品。不高明的原因之一是未能领会词调的声情特点。譬如《清平乐》这一词牌，我们虽不知道它原来的曲调该怎么唱，但从平仄、韵脚、句式可以看出：其上半阕句子参差不齐，又句句押韵，而且都押仄声韵，因此节奏显得十分紧促，犹如急管繁弦；下半阕则是一首平韵的六言诗，节奏变得舒缓悠长，袅袅不尽。毛泽东填的几首《清平乐》大都具有这种先紧凑后徐缓的特点。如《蒋桂战争》，上半阕着意渲染“风云突变，军阀重开战”的紧张气氛，下半阕抒发“收拾金瓯一片，分田分地真忙”的胜利欢乐的感情，文情与声情相当谐和。《会昌》、《六盘山》也都一样。可是，我听过几首为《清平乐》谱曲的歌，却都是上半阕十分缓慢，含有抒情色彩；下半阕反而一变而为快速、激烈。这样的音乐设计显然与作品本身的感情恰好相反。这一方面说明作曲者对原作不够理解，另一方面也说明他们不懂词的声律。

这是题外话。由此可能引出一个问题，即择调时如果不善于对平仄、韵脚、句读进行分析，或对自己的判断缺乏把握，怎么办？我想，一个简单的办法是将古代名家同一词牌的作品多选几首来加以比较。只要多数名作的情调趋向一致，你选择该调来抒发类似的情愫就不会失误。譬如《小重山》，唐人一般用来表现“宫怨”，声情是寂寥幽怨的。后人即使不以“宫怨”为题，所作情调也都比较低抑凄悲，绝不会用它来表现兴高采烈的情绪。假设你对《小重山》发生兴趣，而对分析该调声情感到困难，那就不妨选两首前人的词作来品读一番——

> 一闭昭阳春又春。夜寒宫漏永，梦君恩。卧思陈事暗销魂。罗衣湿，红袂有啼痕。　　歌吹隔重阍。绕庭芳草绿，倚长门。万般惆怅向谁论？凝情立，宫殿欲黄昏。

> 昨夜寒蛩不住鸣。惊回千里梦，已三更。起来独自绕阶行。人悄悄，帘外月胧明。　　白首为功名。旧山松竹老，阻归程。欲将心事付瑶筝。知音少，弦断有谁听。

这里，前一首系韦庄所作，写的正是“宫怨”，其情调的感伤自不待言。后一首出自岳飞笔下。据《历代诗余》所引陈郁《话腴》说，岳飞反对和议，担心自己的主张得不到理解和支持，因此有“欲将心事付瑶筝。知音少，弦断有谁听”之叹，全篇意境也是清幽孤寂。它迥异于《满江红》的激情喷涌，却同样真实地反映出人物的爱国

情怀和复杂心境。它的文情与声情也融为一体。如果你欲抒发低沉的情绪，则选《小重山》不会有误。

有朋友喜欢按词牌的文字含义来猜测声情，作出选择。这对部分词调来说是适用的，因为正如第17讲所说，词调的起名都有一定的因由和背景，有些名称确与声情相关。譬如《调笑令》的确具有调笑特色，用它来表现庄重肃穆的题材肯定不适宜。不过多数词牌并不体现声情含义，随便地望文生义反而会导致误选。如《念奴娇》就一点也不“娇”，而是“须关西大汉，铜琵琶，铁绰板，唱‘大江东去’”（俞文豹《吹剑录》）的词调。又如《贺新郎》，从字面看，似乎应具欢天喜地的庆贺色彩，实则大谬不然。该调押上、去声韵时，声情大都抑郁惆怅，而押入声韵时，则颇为悲壮激烈。譬如——

张元干《送胡邦衡待制赴新州》

梦绕神州路。怅秋风，连营画角，故宫离黍。底事昆仑倾砥柱，九地黄流乱注？聚万落千村狐兔。天意从来高难问，况人情老易悲难诉，更南浦，送君去。　　凉生岸柳催残暑。耿斜河，疏星淡月，断云微度。万里江山知何处？回首对床夜语。雁不到，书成谁与？目尽青天怀今古，肯儿曹恩怨相尔汝？举大白，听金缕。

辛弃疾《别茂嘉十二弟》

绿树听鹈鴂。更那堪，鹧鸪声住，杜鹃声切。啼到春归无寻处，苦恨芳菲都歇。算未抵人间离别。马上琵琶关塞黑，更长门翠辇辞金阙。看燕燕，送归妾。　　将军百战身名裂。向河梁，回头万里，故人长绝。易水萧萧西风冷，满座衣冠似雪。正壮士悲歌未彻。啼鸟还知如许恨，料不啼清泪长啼血。谁共我，醉明月？

这是两首格局开张、气度不凡的送别之作。二词的声情文情都与前述分析较为吻合，而与喜庆氛围毫不相干。再如《寿楼春》，从名称很容易引起对祝寿题材的联想，实际刚好相反。它原是史达祖所作悼亡题材的自度曲，情调悲抑、凄凉。你不一定用它来悼亡，但若用来贺寿，则声情的选择肯定是错误的。

最后想说的是，文艺的生机在于变化，在于创新，词也不例外。“摊破”、“减字”、“偷声”一类词牌的出现，自度曲的产生，都反映了词人在句式和音节上的求新求变。现在词的歌法虽已无人知晓，但可以肯定，《浣溪沙》与《摊破浣溪沙》，《木兰花》与《减字木兰花》、《偷声木兰花》的音乐效果不会一样。此外，即使选用同一词牌，平仄、韵脚、句式都不变，不同作品的声情也可能大相径庭。试看三首《破阵子》——

四十年来家国，三千里地山河。凤阁龙楼连霄汉，琼枝玉树作烟萝，几曾识干戈？　　一旦归为臣虏，沈腰潘鬓销磨。最是苍惶辞庙日，教坊犹奏别离歌，垂泪对宫娥。（李煜）

燕子来时新社，梨花落后清明。池上碧苔三四点，叶底黄鹂一两声，日长飞絮轻。　　巧笑东邻女伴，采桑径里逢迎。疑怪昨宵春梦好，元是今朝斗草赢，笑从双脸生。（晏殊）

醉里挑灯看剑，梦回吹角连营。八百里分麾下炙，五十弦翻塞外声，沙场秋点兵。　　马作的卢飞快，弓如霹雳弦惊。了却君王天下事，赢得生前身后名，可怜白发生！（辛弃疾）

唐代《秦王破阵乐》是有二千人登场、声势极其壮观的大型乐舞，《破阵子》系从该乐舞中截取一段而成，所以应是声容激壮的词调。从这一点说，三首词中唯辛弃疾一首最符合原调声情，辛本人也在标题上点明了是《为陈同父赋壮词以寄之》。李煜一首写的是国破之日苍惶辞庙的情景。作为被“破阵”的一方而选填该调，颇有讽刺意味，却因起句气势不凡，全阕情调悲怆，故而读来倒也很自然。最与原调声情相悖的是晏殊的一首，从场景、人物到整个画面都显得和婉清丽，没有一点激昂之情。经过这样的颠覆之后，晏词的歌法是否与辛词、李词相同，声情与文情是否仍相一致，现已无从考证。单就文辞而论，该词似可推为温润秀洁的佳作。当然，像这样词调相同而文情绝异的例子在词史上比较少见。

既重视词调的声情，又懂得变化；既了解一般，又看到例外；或许这才是选择词调时应有的态度。

20 词的结构与作法

CI DE JIE GOU YU ZUO FA

原中央大学教授吴梅的《词学通论》有“作法”一章，开头便说：“作词之法，论其间架构造，却不甚难。至于撷芳佩实，自成一家，则有非言语可以形容者。所谓能与人规矩，不能使人巧也。有一成不变之律，无一定不易之文。”本书只是为初学诗词者介绍入门途径，还是要从一些“不甚难”的作法谈起。

选择词牌，除了斟酌声情，一定会就题材的大小来考虑框架，确定是写小令、中调还是长调。南宋张炎说过一段话——

> 大词之料，可以敛为小词；小词之料，不可展为大词。若为大词，必是一句之意引而为两三句，或引他意入来捏合成章，必无一唱三叹。如少游《水龙吟》云“小楼连苑横空，下窥绣毂雕鞍骤”，犹且不免为东坡见诮。(《词源》)

这个道理很浅显。所写内容丰富，再经压缩提炼，当然会更精粹；内容贫乏，偏要拉长，必然废话连篇。秦观《水龙吟》是辞情相称的动人之作，而“小楼连苑横空，下窥绣毂雕鞍骤” 二句，在苏轼

看来，仍嫌不够简洁，“十三个字只说得一个人骑马楼前过”（《高斋诗话》）。话说得很风趣，但从洗炼的要求去看，值得重视。

词的结构有单调、双调、三叠、四叠之分。三叠、四叠较长，初学者暂可不必问津。单调篇幅短小，犹如诗中绝句。第13讲中所谈绝句的特点与作法诸如由小见大、凝炼含蓄之类都适用于单调小令。单调小令的魅力绝非双调所能随便取代。我们来看两首词——

西塞山前白鹭飞，桃花流水鳜鱼肥。青箬笠，绿蓑衣，斜风细雨不须归。

西塞山边白鹭飞，散花洲外片帆微。桃花流水鳜鱼肥。自庇一身青箬笠，相随到处绿蓑衣。斜风细雨不须归。

前一首是张志和的《渔歌子》。它比七绝还少一字，却寥寥几笔就勾出了一幅生动的春江垂钓图。后一首是苏轼据原词加长的《浣溪沙》，其实也不长，但添加的语句怎么读都有蛇足之感，“未若原词之妙通造化也”（刘熙载《艺概》），看来东坡做这件事时忘了自己对秦观的批评。

再来看一首——

昨夜雨疏风骤，浓睡不消残酒。试问卷帘人，却道海棠依旧。知否？知否？应是绿肥红瘦。

这是李清照的《如梦令》，其中“绿肥红瘦”因用语新奇已成千古名句。而据清人黄了翁《蓼园词选》中的评语，则认为作者的“一问”

极带感情，“卷帘人”的“依旧”一语却“答得极淡”。这是因为女词人独处闺中，伤离念远的情怀让她借酒浇愁，一夜的“雨疏风骤”之后，“试问”中含有难言的复杂心情，“卷帘” 的丫环自然无法体会。于是“跌出‘知否’二句来。而‘绿肥红瘦’，无限凄婉，却又妙在含蓄。短幅中藏无数曲折，自是圣于词者”。通过简单的一问一答，表现难以道出的思妇伤春的幽情，其对单调小令的运用可说已入化境。

词谱中最多的是双调，不仅中调全为双调，而且大部分小令和长调亦为双调。探讨词的结构，主要是探讨双调的间架构造。双调分上片和下片。两片内容应当既连为一体，又有所区分；既各有侧重，又前后照应。古今名家的分片方式甚多，这里举出两种，姑称之为“场景转换式”和“情景分片式”。前者指的是通过场景转换来形成映衬与对比。且看柳永的《雨霖铃》——

寒蝉凄切，对长亭晚，骤雨初歇。都门帐饮无绪，留恋处、兰舟催发。执手相看泪眼，竟无语凝噎。念去去、千里烟波，暮霭沉沉楚天阔。　　多情自古伤离别，更那堪冷落清秋节！今宵酒醒何处？杨柳岸、晓风残月。此去经年，应是良辰好景虚设。便纵有千种风情，更与何人说！

这是一首著名的留别词，因逼真地描绘男女之间难分难舍的浓情而具有强烈的感染力。其结构上的主要特点是展示了两个场景。上片写离别，地点在都门外饯行帐中，时间是雨后黄昏。登场的有男女二人。他们紧握着对方的手，泪眼相看，已难过得说不出话来。下片写男子离开后，拂晓时分船行至一处陌生的杨柳岸边。晓风残月

中，他想到未来一年，不论有多少良辰好景，都将形同虚设，即使有千种风情，又能向谁倾吐呢？上片侧重于外在的即景式描写，但也有心理活动的折射；下片侧重于内心世界的呈示，但也有外景的陪衬。正是通过一前一后既相衔接又递进一层的场景，作者成功地赋就了一曲秋天的骊歌。

《雨霖铃》中两个场景是连续出现的，而下面这首词中，两个场景之间隔了二十余年——

忆昔午桥桥上饮，坐中多是豪英。长沟流月去无声。杏花疏影里，吹笛到天明。　　二十余年如一梦，此身虽在堪惊。闲登小阁看新晴。古今多少事，渔唱起三更。

这是陈与义的《临江仙》，标题是：“夜登小阁，忆洛中旧游。”陈是洛阳人，上片展开的是回忆中的画卷。那还是南迁之前，他同友人们在洛阳南郊的午桥上宴饮。夜色是那么美好，兴致是那么高昂，他们竟然在笛声中玩了一个通宵！下片写的是当下的情景。二十多年来，时势巨变，汴京陷落，二帝被掳，自己虽还活着，但也惊魂未定。当他登上小阁闲眺，不禁感慨万端。这里，作者借由场景的对比，写出了深沉的今昔之感。

所谓“情景分片式”，指的是上片写景，下片抒情。触景生情是人所常有的心理，这一手法既为古人所熟谙，也为现当代词人所乐于采用。毛泽东的词便经常运用这一方式来布局，譬如——

独立寒秋，湘江北去，橘子洲头。看万山红遍，层林尽染；漫江碧透，百舸争流。鹰击长空，鱼翔浅底，万类霜天竞自由。怅寥廓，问苍茫大地，谁主沉浮？　携来百侣曾游，忆往昔峥嵘岁月稠。恰同学少年，风华正茂；书生意气，挥斥方遒。指点江山，激扬文字，粪土当年万户侯。曾记否，到中流击水，浪遏飞舟。

大雨落幽燕，白浪滔天，秦皇岛外打鱼船。一片汪洋都不见，知向谁边？　往事越千年，魏武挥鞭，东临碣石有遗篇。萧瑟秋风今又是，换了人间。

前一首是《沁园春·长沙》，上片描绘湘江烂漫的秋景，下片抒发“指点江山，激扬文字”的豪情。后一首是《浪淘沙·北戴河》，上片描写秦皇岛外“白浪滔天”、一望无际的海景，下片以怀古带出“换了人间”的主题。类似的结构也体现在《念奴娇·昆仑》、《沁园春·雪》等名篇中。

“场景转换式”和“情景分片式”，因为两片之间区隔分明，所以对于初学词者来说，比较容易借鉴；而实际上名家笔下的场景往往不受分片限制，写景与抒情也常常融为一体，就像王国维说的：“一切景语，皆情语也。”（《人间词话》）譬如贺铸的《青玉案》是有名的怀人之作，当时就曾引来不少人步韵唱和，作者本人也因“梅子黄时雨”一句而得了“贺梅子”的雅号，而这首词的结构与上述各例明显不同——

凌波不过横塘路，但目送、芳尘去。锦瑟华年谁与度？月桥花院，琐窗朱户，只有春知处。　飞云冉冉蘅皋暮，彩笔新题断肠句。试问闲愁都几许？一川烟草，满城风

絮，梅子黄时雨。

词中说的是，“我”曾在苏州横塘守候一位年轻女子，但她没有出现；“我”试图追寻她的背影，看到的只是一路烟尘。她同谁在一起？会住在什么地方？只有（春）天知道！苦念中不觉飞云冉冉、暮色已临，“我”又一次拿起笔来抒写愁肠。要问“我”相思之愁究竟有多深，就像那一川的烟草、满城的风絮、黄梅时节无尽的蒙蒙细雨！词中没有场景的转换，也没有写景抒情之分。上片写的只是回想中的一次等待及由此而生的失望、猜测；下片则以一句“试问”将自己的愁绪化为形象的比喻。通首表现的不过是一种怅惘的相思，然而就是这样的心理呈示深深打动了读者。

以前谈律诗的谋篇布局，曾谈过起句与结句的写法，填词时均可参酌。词的特殊之处，在于双调有一“过片”问题。就是说，词的上片也有结句，下片也有起句，它与全首词的起结颇不相同。全首的结尾犹如泉流归海，上片的结尾则像奔马收缰。它只是暂停一下，接着还要奔腾。下片的起句也不同于开头，它既是新局的展开，又是对上片的承续。高明的词家处理过片，不会上下脱节，也不会有硬黏的痕迹。前面举过的几首词例，过片都相当出色。譬如《雨霖铃》上片的结句是：“念去去千里烟波，暮霭沉沉楚天阔。”就相别而言，写到这里已告一段落；对别后情景，则又留下继续挥洒的空间。下片的开头是一句议论：“多情自古伤离别”，很自然地就将上下片的两个场景连接起来。再看《沁园春·长沙》，上片的结尾是一个问句：“问苍茫大地，谁主沉浮？”这是在看了山、林、江、船、鹰、鱼生机勃勃的表现之后引出的总结性提问，同时也把答案留给了下片。作者的回答是要由富于理想和朝气的青年一代来掌握未来世界，所以下片的开头是“携来百侣曾游，忆往昔峥嵘岁月稠”。“百侣”便是“指点江山”、“粪土当年万户侯”的新一代。而一个“游”字，又是对上片写景的呼应，两片之间可谓衔接得紧密而自然。

《雨霖铃》和《沁园春》都是长调，过片显得相对从容。小令双调则因受篇幅限制，两片之间的连接、照应需要更加紧凑。上引《临江仙》和《浪淘沙·北戴河》的共同手法是以一句时间用语将两片区隔开来。一句“二十余年如一梦”，清楚地表明上下片所述情景发生在两个完全不同的时间和地点。一句“往事越千年”，便将现实的写景引向历史的怀想。手法都很简捷，也很高妙。《青玉案》是较短的中调。贺铸全词一气呵成，而过片也很讲究。它是以一句“飞云冉冉蘅皋暮”的景语结束上片充满忧思的回想，继而引出下片那三句倾倒了无数读者的比喻。

词的作法当然不限于间架构造，一些作诗中面临的问题，填词时也同样会碰到。譬如咏物历来是诗的一大题材，无论古体或近体，都有许多咏物名篇。词兴起后，这类题材也被引入词的领域，如何写咏物词就成为一个新的话题。一般认为，好的咏物词应当收纵联密，形神兼备，既摹写逼真，又不留滞于物，而形制的多样、句式的长短参差则给词人提供了一片灵活挥洒的新天地。词史上脍炙人口的咏物佳篇不少，如苏轼《水龙吟·次韵章质夫杨花词》即为人所熟知，不过该词拟留待以后谈唱和之作时再说。这里，想先从两位南宋作者的名篇来看咏物词的作法与特色。一为姜夔，一为史达祖。

姜夔的《齐天乐》是与友人张镃会饮时因闻促织（蟋蟀）之声而相约同赋。张的《满庭芳》先填成，上片写秋深时节蟋蟀的“寒

声断续”、“殷勤劝织”，下片回忆儿时玩蟋蟀的情景，而以“今休说，从渠床下，凉夜听孤吟”作结，写得十分清隽幽美。姜读后“徘徊茉莉花间，仰见秋月，顿起幽思，寻亦得此”（见词前小序）——

庾郎先自吟愁赋，凄凄更闻私语。露湿铜铺，苔侵石井，都是曾听伊处。哀音似诉。正思妇无眠，起寻机杼。曲曲屏山，夜凉独自甚情绪？　西窗又吹暗雨。为谁频断续，相和砧杵？候馆迎秋，离宫吊月，别有伤心无数。豳诗漫与。笑篱落呼灯，世间儿女。写入琴丝，一声声更苦。

他没有重复张词的细致刻画，而是另辟蹊径，着重表现听者的感情，将蟋蟀的鸣声与骚人、思妇的反应糅合起来，将自身的愁怀灌注到对象中去，从而使一片怨情弥漫全篇。郑文焯曾在所校《白石道人歌曲》中就此评议：“白石别构一格，下阕托寄遥深，亦足千古已！”陈廷焯也曾称道其写作的技巧：“全篇皆写怨情，独后半云：‘笑篱落呼灯，世间儿女。’以无知儿女之乐，反衬出有心人之苦，最为入妙。”（《白雨斋词话》）

史达祖是咏物高手，所撰《东风第一枝·春雪》、《绮罗香·咏春雨》、《双双燕·咏燕》等素为人所赞赏。试看《双双燕·咏燕》——

过春社了，度帘幕中间，去年尘冷。差池欲住，试入旧巢相并。还相雕梁藻井，又软语商量不定。飘然快拂花梢，翠尾分开红影。　芳径，芹泥雨润。爱贴地争飞，竞夸轻俊。红楼归晚，看足柳昏花暝。应自栖香正稳，便忘了天涯芳信。愁损翠黛双蛾，日日画阑独凭。

春天祭祀土神叫作“春社”。此词写的就是社日之后一双归来的燕子的活动。上片写它们来到积满尘灰的冷巢，盘算着是否再住进去，于是细看房屋的雕梁藻井（带藻饰的顶棚），又柔声商量一番，这才轻捷地穿过花间，飘然飞去。下片写它们在“柳昏花暝”中快活地争飞，回到“红楼”甜稳地栖息。最后笔触转入人事：在双燕安乐生活的反衬下，“画阑独凭”的少妇显得格外孤寂。这可能是迄今描写燕子最成功的词作。其中“还相雕梁藻井，又软语商量不定”一类拟人化写法，简直令人叫绝。除编《词林正韵》的戈载曾指出该词“美则美矣，而其韵庚青，杂入真文”（《七家词选》），有出韵的微疵外，后世词家论及该词，都是一片赞誉。

咏物之外，在学词程序、虚实关系、借景言情以及用事、选料等方面，也有诸多与作法相关的问题，前人也做过各种探讨。譬如——

> 词学程序，先求妥帖、停匀，再求和雅、深秀，乃至精稳、沉著。（况周颐《蕙风词话》）

> 词要清空，不要质实；清空则古雅峭拔，质实则凝涩晦昧。（《词源》）

> 初学词，求空，空则灵气往来；既成格调，求实，实则精力弥满。（周济《介存斋论词杂著》）

> 言情之词，必藉景色映托，乃具深婉流美之致。（吴衡照《莲子居词话》）

词用事最难，要体认著题，融化比涩。(《词源》)

作词必先选料。大约用古人之事，则取其新僻，而去其陈因；用古人之语，则取其清隽，而去其平实；用古人之字，则取其鲜丽，而去其浅俗。不可不知也。(《金粟词话》)

与上引各条相同、相近或相异、相反的见解甚多。倘若你有闲暇，最好是在阅读中将各种说法与名篇佳什加以对照。但凡符合创作实际的主张不妨借鉴、采纳；而对陈腐、无用、乖谬的观点自然就不必重视了。

21 散曲的形制

SAN QU DE XING ZHI

本篇开始，将介绍格律诗家族的另一成员：散曲。

文学史上，素有汉赋、唐诗、宋词、元曲之称。元曲又分杂剧和散曲。杂剧是一种戏曲，杂剧剧本属于戏剧文学，本书不作探讨。散曲仅供清唱，其文本与词相似，富于诗的特征。尽管现在写散曲的人很少，但似乎不该让它的作法就此湮灭。历届黄鹤楼诗词大赛都将散曲与古风、近体诗、词并列为参赛体裁，本书也准备以两讲的篇幅来简介它的形制与格律。

具体介绍散曲之前，要先谈一下南北曲的概念。

北曲是金元时期流行于北方的杂剧与散曲所用各种曲调的统称。它在唐宋大曲、诸宫调、宋词、鼓子词、唱赚、转踏等基础上，与北方民间音乐融会而成。用韵以《中原音韵》为准，无入声。音乐用七声音阶，以弦乐器伴奏，故有“弦索调”之称。《九宫大成南北词宫谱》计收北曲曲牌581个。元杂剧中，北曲必须具有四组套曲的完整结构；在散曲中则既可是单乐章的小令，亦可是多乐章的套数。

南曲是南宋以来流传于南方各地的戏曲、散曲所用各种曲调的统称。它以南方民间曲调为基础，与传统音乐如唐宋大曲、诸宫调、宋词等融会而成。结构形式为联曲体。用韵以今江浙一带语音为标准，有平上去入四声，明中叶后亦兼从《中原音韵》。音乐用五声音阶，以箫、笛伴奏。《九宫大成南北词宫谱》计收南曲曲牌（包括集曲）1513个。宋元南戏和明清传奇以南曲为主（明清传奇偶亦采用部分北曲唱法）。

流传至今的金元散曲有三千余首，几乎全为北曲；我们今天介绍散曲的格律，也仅限于谈北曲。

散曲有小令与套数两种形式。

小令又称“叶儿”，与前几讲所谈词中的小令是两个不同的概念。其主要区别在于：词中的小令都在58字以内，有单调也有双调，可以按规定换韵；散曲小令通常较短，长的则达60字以上，还可加衬字，却都是单调，不分片，且通首一韵。譬如——

关汉卿《南宫·四块玉·别情》

自送别，心难舍，一点相思几时绝，凭栏袖拂杨花雪。溪又斜，山又遮，人去也。

白朴《双调·沉醉东风·渔父》

黄芦岸白苹渡口，绿杨堤红蓼滩头。虽无刎颈交，却有忘机友，点秋江白鹭沙鸥。傲煞人间万户侯，不识字烟波钓叟。

马致远《越调·天净沙·秋思》

枯藤老树昏鸦，小桥流水人家，古道西风瘦马。夕阳西下，断肠人在天涯。

可以看出，这是三支独立的小曲，中间不分段，也不换韵。标题包含三个内容。“南宫”、“双调”、“越调”指的是各自所属的宫调。有关宫调的常识，第19讲中曾作过简要说明，而据前人考证，元代北曲只使用17个宫调，即：正宫、中吕宫、道宫、南吕宫、仙吕宫、黄钟宫、大石调、双调、小石调、歇指调、商调、越调、般涉调、高平调、宫调、角调、商角调。在散曲用于清唱的时代，曲子前面必须标明宫调，否则无法演唱。今天散曲已脱离音乐，成为一种诗体，写作时就只需标明曲牌，没有必要再写上宫调名称。

《四块玉》、《沉醉东风》、《天净沙》 指的是所用的曲牌。曲牌俗称“牌子”，同词牌一样，是曲调的名称。有些曲牌直接取名于词牌，如《点绛唇》、《醉花阴》、《沁园春》等，但字句、声律方面大都另成体式。更多的曲牌来自民间：有以人为牌名的，如《鲍老儿》；以鸟为牌名的，如《鸳鸯煞》；以花木为牌名的，如《红芍药》、《梧桐树》；以器物为牌名的，如《剔银灯》、《净瓶儿》；以时序为牌名的，如《十二月》；以地域为牌名的，如《小梁州》；以北方少数民族词语为牌名的，如《阿纳忽》；直接以音节或体式特征为牌名的，如《节节高》；等等。

牌名与作品内容没有关系，所以许多散曲都另加一个说明内容的提示，《别情》、《渔父》、《秋思》便是。但也有些小令只写曲牌，没有另外的提示。

如内容较多，单调不能容纳，又不想写成套数，则常见的方法是将宫调相同而音律恰能衔接的两三支曲调连起来写，称为“带过曲”，简称“带”、“过” 和“兼”，一般限于三调以内。譬如——

张养浩《中吕·醉高歌带喜春来》

诗磨的剔透玲珑，酒灌的痴呆懵懂。高车大纛成何用，一部笙歌断送。　　金波潋滟浮银瓮，翠袖殷勤捧玉钟。对一缕绿杨烟，看一弯梨花月，卧一枕海棠风。似这般闲受用，再谁想丞相府帝王宫。

这首曲中，前四句是《醉高歌》(又名《最高楼》)，后七句是《喜春来》。两支曲牌的宫调均属“中吕”。因为小令都是一韵到底，所以带过曲的几支曲调也要同韵，这首押的便是“东钟”韵。

另须说明的是，带过曲并不是任何两三支曲都可搭配在一起，除宫调必须相同外，在音律衔接的问题上，尽管今天我们已不甚了然，但在当时必定是有讲究的。就留存至今的元代散曲来看，带过曲的形式只有二十多种，大部分小令之间都不相“带过”。有“带过”的，所“带”的曲调也很固定。以《雁儿落》来说，除“带”《得胜令》外，仅有《雁儿落带过清江引》、《雁儿落带过清江引碧玉箫》两种。此外，也有些曲调只以带过曲形式存在，如《十二月带过尧民歌》是常见的带过曲，而单用《十二月》和《尧民歌》的小令却极其罕见。

除不同的曲调互相衔接构成带过曲外，同一曲调也可重复填写。这又分两种形式：一为“幺篇”，一为“重头”。

如小令或套数中连续使用同一曲牌，则后出的曲子称为“幺篇”或“幺”。其用韵必须与前曲相同，而字句可以有所变化。譬如——

落花无数满汀洲，转眼春休。绿阴枝上杜鹃愁，空拖逗，白了少年头。[幺]朝朝寒食笙歌奏，百年间有限风流。玳瑁筵，葡萄酒，殷勤红袖，莫惜捧金瓯。

这是任昱的《正宫·小梁州·春怀》，前五句为主调，后六句为幺篇。这一主调加幺篇的形式在前人散曲中十分常见，我也试着作过。那是将近30年前，老画家程十发先生嘱我为他的一本《舞台艺术》作序，因程老酷爱昆曲，该画册作品又以戏曲题材为主，我便以散曲配文的形式来写序，共作了10首散曲。第一首谈程老儿时经历，标题是《小梁州·闲逛庙会》，形式则与上例相同——

诸般杂耍荟松江，庙会风光。你方演罢我登场，吐清响，妙谛入笙簧。

[幺]孩提心事英雄样，羡须眉七尺昂藏。愿效他，舞枪棒，童声高唱，豪杰兴飞扬。

“重头”是指在小令创作中，用同一曲调填写多遍直至几十遍、上百遍，每遍韵脚可以变换，但句式必须相同或基本相同。譬如——

徐再思《商调·梧叶儿·春思》

芳草思南浦，行云梦楚阳，流水恨潇湘。花底春莺燕，钗头金凤凰，被面绣鸳鸯。是几等儿眠思梦想！

鸦鬓春云亸，象梳秋月攲，鸾镜晓妆迟。香渍青螺黛，盒开红水犀，钗点紫玻璃。只等待风流画眉。

这是重复次数最少的“重头”。作者用《梧叶儿》连续作了两首，第一次用的是“江阳”韵，第二次用的是“齐微”韵。重复次数最多的，可能是明代王彦贞的《摘翠百咏小春秋》。“摘翠”是摘取精粹的意思。元人称《西厢记》为“春秋”，“小春秋”即“小《西厢》”

之谓。作者采用百首《小桃红》的曲调，将《西厢记》故事重新叙述了一遍。原作太长，聊引几首如下——

三、生游普救

客中适闷访禅扃，散步穿松径，金碧楼台紫霞映。伴山僧，往来观看添吟兴。爱清幽胜境，把功名懒竞，待听讲三乘。

四、生遇红娘

淹淹润润走将来，举止真堪爱，四鬓挣挣剪花额。本乖乖，低言多道“夫人拜，使贱妾禀白，望尊师择派，何日好修斋？”

五、生见莺莺

给孤园里遇神仙，掩映芙蓉面，缟素衣裳越罗扇。蹴金莲，只疑南海观音现。把花枝笑捻，向柳阴闲串，引得俺似风颠。

六、生私扣红

暂辞长老出禅门，惹下漫天闷，特向小娘问一问：“恁佳人，夜来见了心中印；咱先善文，更多丰韵，倩你把情伸！”

七、红娘答生

咬文嚼字卖查梨，作耍无真意，口是心苗暗越地。笑迷嬉，知书何故不知礼。若夫人得知，请小哥恕罪，闲话儿快休提！

八、莺自嗟叹

闷来倚遍画阑干，懒把花英看；手托香腮暗长叹，泪淹淹，寻春自恨逢春晚。盼得眼干，引得魂散，蹙损远春山。

小令形制短小，长于抒情而短于叙事；一旦采用重头形式，篇幅不受限制，它就具备了叙事功能。上述《小桃红》便通过100次咏唱，以新的形式将《西厢记》完整地复述出来。不仅如此，其中43至46诸曲还依据董解元《西厢记诸宫调》的情节而不同于王实甫《西厢记》杂剧；40（《张生自缢》）、41（《僧劝张生》）、42（《生答法聪》）三曲更与董、王二作并异，似乎别有所本，因而百咏《小桃红》对《西厢记》版本和情节的研究也有一定意义。

写到这里，不由想到，词的形制也短于叙事，而前人为了弥补短处，也曾采用类似重头的联章形式，而且也曾以元稹《莺莺传》的故事为题材，这便是赵令畤的《蝶恋花鼓子词》。考虑到前几讲中未谈及词的叙事功能，同时为了让大家对词与曲的语言风格作一比较，特将该词也摘引数阕如下——

丽质仙娥生月殿，谪向人间，未免凡情乱。宋玉墙头流美盼，乱花深处曾相见。　密意浓欢方有便，不奈浮名，旋遣轻分散。最是多才情太浅，等闲不念离人怨。

《传》：“余所善张君”至“终席而罢”。奉劳歌伴，再和前声。

锦额重帘深几许，绣履弯弯，未省离朱户。强出娇羞都不语，绛绡频掩酥胸素。　　黛浅愁深妆淡注，怨绝情凝，不肯聊回顾。媚脸未匀新泪污，梅英犹带春朝露。

《传》："张自是惓惓愿致其情"至"立缀春词二首以授之"。奉劳歌伴，再和前声。

懊恼娇娘情未惯，不道看看，役得人肠断。万语千言都不管，兰房跬步如天远。　　废寝忘餐思想遍，赖有青鸾，不比凭鱼雁。密写香笺论缱绻，春词一纸芳心乱。

《传》："是夕红娘复至"至"疑是玉人来"。奉劳歌伴，再和前声。

庭院黄昏春雨霁，一缕深心，百种成牵系。青翼蓦然来报喜，花笺微谕相容意。　　待月西厢人不寐，帘影摇光，朱户犹慵闭。花动拂墙红萼坠，分明疑是情人至。

《传》："张亦微喻其旨"至"于是绝望矣"。奉劳歌伴，再和前声。

各种有关张生与崔莺莺的作品俱本于唐传奇《莺莺传》。在赵撰《蝶恋花鼓子词》之前，已有《会真诗》、《崔娘诗》、《莺莺歌》等同一题材的诗出现，而赵作是首次以合乐歌咏的鼓子词来演唱这一故事。从每首《蝶恋花》后面的说明可以看出其内容与《莺莺传》逐节对应，而"奉劳歌伴，再和前声"一句则是对伴奏的提示。将《蝶恋花》与《小桃红》作一比较是颇有意思的。就演唱特点说，鼓子词主要以鼓伴奏，而《小桃红》作为北曲，大概以弦乐器伴奏，只是我们现已无从欣赏二者的音乐之美。

我们能够看出的审美差异是在篇幅和词采方面。《蝶恋花》只10首，叙事必然简约；《小桃红》达100首，叙事就详细得多。从语言风格说，《蝶恋花鼓子词》可能是赵令畤写得最俚俗的作品，然而当它与《小桃红》放在一起时，立刻显得书卷气太浓，因为后者更为直白，更为浅显！李渔《闲情偶寄》论“曲文之词采”，认为好的曲文应当“话则本之街谈巷议，事则取其直说明言”，“意深词浅，全无一毫书本气”。他说的虽是戏曲，但对散曲也大体适用。看看本篇所举例子，不难领略由生动、浅显、通俗带来的艺术魅力。

套数又称“套曲”、“散套”，是散曲的又一重要形式。它由多种互相连贯的曲调组成，独立成套。其特点为：相联的曲子必须是同一宫调；如宫调互异，必须管色相同；全套无论长短，必须首尾一韵。北曲的套数，除正曲外，多数作品都有尾声，尾声也是一首小令，因套数所用宫调不同而可有“煞尾”、“赚煞”、“收尾”等各种各样的称呼，简称“煞”和“尾”。套数中也可有 “幺篇”。下面来看马致远的一组套曲——

《双调·夜行船·秋思》

百岁光阴如梦蝶，重回首往事堪嗟。今日春来，明朝花谢。急罚盏夜阑灯灭。

[乔木查]　想秦宫汉阙，都做了衰草牛羊野。不恁渔樵无话说。纵荒坟横断碑，不辨龙蛇。

[庆宣和]　投至狐踪与兔穴，多少豪杰。鼎足三分半腰折，魏耶？晋耶？

[落梅风] 天教富，莫太奢。无多时好天良夜。看钱奴硬将心似铁，空辜负锦堂风月。

[风入松] 眼前红日又西斜，疾似下坡车。晓来清镜添白雪，上床与鞋履相别。莫笑鸠巢计拙，葫芦提一向装呆。

[拨不断] 利名竭，是非绝。红尘不向门前惹，绿树偏宜屋角遮，青山正补墙头缺，竹篱茅舍。

[离亭燕煞] 蛩吟一觉方宁贴，鸡鸣万事无休歇。争名利，何年是彻？密匝匝蚁排兵，乱纷纷蜂酿蜜，闹攘攘蝇争血。裴公绿野堂，陶令白莲社。爱秋来那些：和露摘黄花，带霜烹紫蟹，煮酒烧红叶。人生有限杯，几个登高节。嘱咐俺顽童记者：便北海探吾来，道东篱醉了也。

这个套曲由同属双调的《夜行船》、《乔木查》、《庆宣和》、《落梅风》、《风入松》、《拨不断》、《离亭燕煞》等七首小令组成，没有“幺篇”，通首押的是“车遮”韵。我举这篇作品，是因为前面已举过同一作者的《越调·天净沙·秋思》。题目相同而一为小令，一为套曲，由此可以看出两者的区别。小令只有寥寥28个字，作者于是通过对“枯藤”、“老树”等景物的精巧排列，在几乎不用动词的语境中，构织出一幅苍凉的晚秋夕照图，浓郁的“秋思”借由景致表现出来。而套曲的篇幅却使作者可以用许多笔墨去揭示王侯将相、功名富贵的虚幻短暂，讽刺争名逐利之徒的丑恶愚昧，最后才点出自己要及时赏玩秋色的情怀。

从传世的元代散曲看，小令的留存数量和艺术成就都超过套数。今天学写散曲，也宜从小令入手。

22 散曲的格律

SAN QU DE GE LV

从诗的角度介绍散曲的格律，要谈的仍然是押韵、平仄、对仗、句式等老问题，句式中一个新增的问题则是衬字。

元曲产生的时代，入声在北方语音中已基本消失。人们写曲，不是依据诗韵和词韵，而是按当时的实际语音来押韵。元朝中叶，周德清以北方语音为基础，通过总结大量元曲作品，写成《中原音韵》一书。从此人们写北曲，便以该书为押韵依据。

《中原音韵》把北曲用韵分为十九部，每部以两个平声字为标识。其与诗韵和词韵的最大区别是，没有入声韵部，所有的入声字都按语音实际被分别归入平、上、去三声中。现将曲韵韵部及其与平水韵的对应关系列举如下——

一、东钟：平声东、冬；上声董、肿；去声送、宋。

二、江阳：平声江、阳；上声讲、养；去声绛、漾。

三、支思：平声支；上声纸；去声寘；入声质、职、缉。

四、齐微：平声微、齐、灰；上声纸、尾、荠；去声寘、未、霁；入声质、陌、锡、职、缉。

五、鱼模：平声鱼、虞；上声语、麌；去声御、遇；入声屋、沃、物、月。

六、皆来：平声佳、灰；上声蟹、贿、智；去声泰、卦；入声陌、职。

七、真文：平声真、文、元；上声轸、吻、阮；去声震、问、愿。

八、寒山：平声元、寒、删；上声阮、旱、潸；去声愿、翰、谏。

九、桓欢：平声寒、删；上声旱；去声翰。

十、先天：平声元、先；上声阮、铣；去声愿、霰。

十一、萧豪：平声萧、肴、豪；上声篠、巧、皓；去声啸、效、号；入声觉、曷、药。

十二、歌戈：平声歌；上声哿；去声箇；入声觉、曷、药、合。

十三、家麻：平声佳、麻；上声马；去声祃；入声曷、黠、洽。

十四、车遮：平声歌、麻；上声马；去声祃；入声月、屑、陌、叶。

十五、庚青：平声庚、青、蒸；上声梗、迥；去声敬、径。

十六、尤侯：平声尤；上声有；去声宥；入声屋、沃。

十七、侵寻：平声侵；上声寝；去声沁。

十八、盐咸：平声覃、咸；上声感、豏；去声勘、陷。

十九、廉纤：平声盐；上声俭；去声艳。

从上表可以看出，平水韵中同一韵部的字在曲韵中常分属不同韵部，如“一屋”、“二沃”就有一部分归为第五部，另一部分归入第十六部，这是我们写曲押韵时需要注意的。由于《中原音韵》没有入声韵部，现在推广的普通话也没有入声，而《中原音韵》所依据的北方语音与今天的普通话读音又颇多出入，所以也有人主张写曲干脆按普通话押韵，这是值得参考的意见。

除韵部不同之外，曲的押韵还有诸多讲究。

其一，除了前一讲中提及的“重头”可以变换韵脚外，无论小令（包括“带过曲”）还是套数，都必须通篇一韵，这与许多以转韵、错韵（平仄韵错押、仄韵错押）为特色的词调之间形成明确的分界。

其二，曲韵可以平仄通押，这与近体诗和大多数词牌的要求截然不同。只是何处为韵脚，韵字应为平声还是上声或去声，在曲谱中都有规定，不能想当然地处理。譬如——

张可久《双调·殿前欢·离思》

月笼沙，十年心事付琵琶。相思懒看帏屏画，人在天涯。春残豆蔻花，情寄鸳鸯帕，香冷荼蘼架。旧游台榭，晓梦窗纱。

张养浩《中吕·山坡羊·潼关怀古》

峰峦如聚，波涛如怒，山河表里潼关路。望西都，意踟蹰。伤心秦汉经行处，宫阙万间都做了土。兴，百姓苦；亡，百姓苦。

前一首曲押的是第十三部“家麻”韵，其中“沙”、“琶”、“涯”、“花”、

“纱”为平声，“画”、“帕”、“架”为去声。后一首曲押的是第五部“鱼模”韵，其中“都”、“蹰”为平声，“土”、“苦”为上声，“聚”、“怒”、“路”、“处”为去声。

其三，如同近体诗和词不能重韵，曲的韵脚用字也不宜重复。一般说来，小令因形制短小，韵脚不多，要做到这点不难。小令中如出现重韵，通常都有修辞上的特殊追求。譬如——

汤式《双调 · 庆东原 · 京口夜泊》

故园一千里，孤帆数日程。倚篷窗自叹飘泊命。城头鼓声，江心浪声，山顶钟声。一夜梦难成，三处愁相并。

《庆东原》的中间三句有多种押韵方式，如白朴“青春过了，朱颜渐老，白发髟骚”的韵脚为“上上平”，薛昂夫“老来自羞，学人种柳，笑杀沙鸥”为“平上平”，张可久“袖中六韬，鬓边二毛，家里箪瓢”为“平平平”，但都不重韵。唯上引汤式之作则连续用了三个“声”字为韵脚，这显然是有意运用重叠的手法来增强审美效果。又如—

周文质《正宫 · 叨叨令 · 白叹》

筑墙的曾入高宗梦，钓鱼的也应飞熊梦，受贫的是个凄凉梦，做官的是个繁华梦。笑煞人也么哥，笑煞人也么哥，梦中又说人间梦。

《叨叨令》规定第五、六句末三字须作“也么哥”或“也波哥”，对韵脚只规定须用去声。而周文质此篇却通篇押一“梦”字，当然也是故意为之。

犯重的现象大都出现在有幺篇的套曲中。李渔《闲情偶寄》有篇《合韵易重》专谈这个问题，并希望作者能避犯重韵的毛病——

> 故作前腔之曲，而有合前之句者，必将末后数句之韵脚紧记在心，不可复用；作完之后，又必再查，始能不犯此病。

他谈的是戏曲，但提出的注意之点也适用于散曲创作。简单地说，就是作完之后应检查一遍，发现重韵，则设法换一个字。

其四，散曲虽规定一韵到底，却存在邻韵通押的现象，有时甚至并非邻韵亦可通押。譬如——

> 邓玉宾《双调·雁儿落带过得胜令·闲适》
>
> 乾坤一转丸，日月双飞箭。浮生梦一场，世事云千变。万里玉门关，七里钓鱼滩。晓日长安近，秋风蜀道难。休干，误杀英雄汉。看看，星星两鬓斑。

这是一首带过曲。前四句是《雁儿落》，作为韵脚的“丸”字押的是“桓欢”韵，“箭”、“变” 押的是“先天”韵；后八句是《得胜令》，作为韵脚的“关”、“滩”、“难”、“干”、“看”、“斑”均押“寒山”韵。不但两支曲调不在同一韵部，而且前一支本身也出韵，不过所有这些字的韵母均为an或ian，读来并无不谐之感。这似乎说明，元曲作者在某些时候，从实际效果出发，押韵是比较从宽的。而这一点，对今天学写散曲的人来说，也是一个借鉴。

散曲的平仄，与近体诗和词的不同之处是：一、没有入声；二、从演唱的要求出发，对某些平声字要区分阴阳，对仄声字要区分上去。其与近体诗和词的共同之处是：基本上采用律句。换句话说，第7讲中谈过的“每两个字形成一节”、“节与节之间平声字和仄声字须交替出现”的原则也大体适用于散曲。下面且以周德清的《正宫 · 塞鸿秋 · 浔阳即景》为例——

长江万里白如练，淮山数点青如淀，江帆几片疾如箭，山泉千尺飞如电。晚云都变露，新月初学扇，塞鸿一字来如线。

这是一首不带衬字的《塞鸿秋》，其平仄格式如下——

（平）平（仄）仄平平仄，（平）平（仄）仄平平仄，（平）平（仄）仄平平仄，（平）平（仄）仄平平仄。（平）平平仄仄，（仄）仄平平仄，（平）平（仄）仄平平仄。

可见，此调通篇都是律句，其中五句均为“（平）平（仄）仄平平仄”。吟惯诗词的人，读到“白如练”、“疾如箭”、“初学扇”时，可能会觉得拗口，因为这里的“白”、“疾”、“学”三字已派归平声，你仍按入声来读，自然觉得不对劲儿了。此外，本调通篇宜押去声韵。

再看本篇涉及的另外几个曲调。《叨叨令》除两句“也么哥”外，四句七言均为“（平）平（仄）仄平平仄”，与《塞鸿秋》完全相同。而《殿前欢》、《山坡羊》、《庆东原》和《雁儿落带过得胜令》等也无不采用律句。譬如《殿前欢》的格式即为——

> 仄平平，（平）平（仄）仄仄平平。（平）平（仄）仄平平仄，（仄）仄平平。平平仄仄平，（仄）仄平平仄，（仄）仄平平仄。平平仄仄，（仄）仄平平。

该调还有其他格式，如不少作品的第六句为三言的“平平仄”，但也同样是律句。

散曲中也有拗句，如上一讲中曾谈过明代王彦贞的百咏《小桃红》，而按规定，《小桃红》的第三句必须是“（仄）仄平平仄平仄”。这是一种特殊的平仄形式，在七言近体诗中常用来取代“（仄）仄平平平仄仄”而被王士禛视为拗救方法之一（见第8讲）。不过在《小桃红》中，它不是拗救方法，而是一种定式，是韵脚所在，而且限用去声。不但王彦贞必须遵循，而且昔人《小桃红》的第三句莫不如此安排平仄。如“今日樽前且休唱”（周文质）、“汉水秦关古今恨”（任昱）等等皆是。除“（仄）仄平平仄平仄”外，曲中还有更拗的句子，如“人海从教斗张罗”（马致远《四块玉》）、“西风信来家万里”（张可久《清江引》）之类，这里就不多谈了。

关于平声字区分阴阳、仄声字区分上去的问题，对于演唱来说非常重要，前人对此颇多经验之谈。李渔《闲情偶寄》中有篇《慎用上声》，便讲了一番道理——

> 平上去入四声，惟上声一音最别：用之词曲，较他音独低，用之宾白，发扬之曲又较他音独高。填词者每用此声，最宜斟酌。此声利于幽静之词，不利于发扬之曲；即

> 幽静之词，亦宜偶用间用，切忌一句之中连用二三四字。盖曲到上声字，不求低而自低，不低则此字唱不出口。如十数字高而忽有一字之低，亦觉抑扬有致；若重复数字皆低，则不特无音，且无曲矣。至于发扬之曲，每到吃紧关头，即当用阴字，而易以阳字尚不发调，况为上声之极细者乎？……

他说的“填词”就是指写戏曲。他认为不善于区分阴阳上去、乱用上声是当时文人作品不适于演出的主要原因，“此文人妙曲利于案头，而不利于场上之通病也”。在散曲已成为案头文学的今天，我们似乎不必再过分拘泥于这类讲究。倒是刘熙载《艺概》在谈同一问题时，将重点放在尾句末字，对初学者来说或许更容易理解：“曲辨平仄，兼辨仄之上、去。盖曲家以去为送音，以上为顿音，送高而顿低也。辨上、去，尤以煞尾句为重；煞尾句，尤以末一字为重。”我们写曲时，对尾句末字的声调稍加注意是不难办到的。

谈到散曲的对仗，首先要指出的是，散曲是讲究对仗的，从三言到十言以上，当上下句字数相同时都以对仗为宜。譬如——

> 簪玉折，菱花缺。（曾瑞《南吕·四块玉·闺情》）

> 疏慵在我，奔竞从他。（乔吉《双调·殿前欢·里西瑛号懒云窝自叙有作奉和》）

> 邵圃无荒地，严陵有顺流。（薛昂夫《双调·庆东原·自笑》）

范蠡归湖是也，子牙发迹迟些。（张可久《双调·折桂令·题壁》）

路逢饿殍须亲问，道遇流民必细询。（张养浩《中吕·喜春来》）

五柳庄月朗风清，七里滩浪稳潮平。（鲜于必仁《越调·寨儿令》）

搅柔肠离恨病相兼，重聚首佳期卦怎占。（乔吉《双调·水仙子·为友人作》）

恰离了绿水青山那搭，早来到竹篱茅舍人家。（卢挚《双调·沉醉东风·闲居》）

上面举了从三言到九言的对仗，其中七言举了“上四下三”、“上三下四” 两种句式。至于十言以上的句子原本不多，这里从略。

曲的对仗除用语俚俗之外，还有一些特点。一是宽对较多，工对较少。二是有时可以平对平、仄对仄，如虞集有首《折桂令》，采用两字一韵的“短柱体”，其中“天数盈虚，造物乘除”两句，便属于同声同韵相对。三是有时上下句出现重字，变成同字相对，这在有衬字的句式中更为常见，如“舒心儿”对“哑谜儿”、“张玩着”对“拨剌着”、“学不得”对“赶不上”之类。四是在某些曲牌中可安排三句对，如“涨一竿春水，带一抹寒烟，棹一只渔船”便是。我年轻时以曲配文的形式为《程十发书画·舞台艺术》作序，也学着写过三句对，如“赖阿堵传神，有水袖通神，写人物精神”，又如“看一眼翠霞裾，挥一笔意自如，呈一幅好画图”，都对得不工，但尚觉新鲜。此外还有各种特例，兹不赘述。

谈到曲的句式，最突出的便是运用衬字。所谓衬字，指的是在曲牌规定之外增填的字，一般用于助长语气或描摹情态，在演唱时不占重拍子。衬字的字数可多可少，声调可平可仄，但只能用在句首或句中，不能用在句末或停顿处，更不能作为韵脚。衬字用于北曲较多，南曲较少；用于杂剧较多，散曲较少；用于套数较多，小令较少。衬字是出于歌唱的需要而增填的，因此很难说明它应在某个曲调的第几句、以多少字数出现。初学者选定曲牌后，可先不考虑衬字；初稿写成后，如想增填衬字，最好的办法还是选读几首前人同一曲调的作品作为参照。下面且就本篇已举过的曲牌，另选几首带衬字的作品为例。凡衬字均用黑体字，这样，通过与前面所举不带衬字的作品的比较，或许能有所体会，有所收益——

宋方壶《中吕 · 山坡羊 · 道情》

青山相待，白云相爱，**梦不到**紫罗袍共黄金带。一茅斋，野花开。**管甚**谁家兴废谁成败，陋巷箪瓢亦乐哉。贫，气不改；达，志不改。

白朴《双调 · 庆东原》

忘忧草，含笑花，劝君闻早冠宜挂。**那里也**能言陆贾？**那里也**良谋子牙？**那里也**豪气张华？千古是非心，一夕渔樵话。

贯云石《正宫·塞鸿秋·代人作》

战西风几点宾鸿至，感起我南朝千古伤心事。展花笺欲写几句知心事，空教我停霜毫半晌无才思。往常得兴时，一扫无瑕疵。今日个病恹恹刚写下两个相思字。

马谦斋《正宫·叨叨令·道情》

一个空皮囊包裹着千重气，一个干骷髅顶戴着十分醉。为儿女使尽了拖刀计，为家私费尽了担山力。你省的也么哥，你省的也么哥，这一个长生道理何人会？

需要说明的是，前引周文质那首通篇押一“梦”字的《叨叨令》中，四个“的”也是衬字。

23 诗化的楹联

SHI HUA DE YING LIAN

我在武大国学班开诗词写作课时，曾有学生希望能顺便讲讲楹联，但因受课时限制而未果，现在就此稍作弥补。

楹联是一种独立的文体，自来不被视为诗歌。《沧浪诗话》谈诗体，认为"有两句之歌"，而所举《易水歌》、《女儿子》之类，皆非对偶句，当然也不是楹联。然而，楹联又与诗有着密切关系；特别是当楹联遵循诗的格律、采用诗的技法、富于诗的韵味时，它已无疑具有诗的特质。本篇便拟从诗律、诗法、诗味的角度来谈诗化的楹联。

正如学诗需要诵读，学写楹联也需要诵读，而懂诗律与不懂诗律的人在诵读中的体会可能很不相同。譬如谈到春联的初始之作，一般都会提及五代西蜀孟昶的"新年纳余庆，嘉节号长春"。不懂诗律的人从中获闻的可能只是一个关于桃符的故事。懂诗律的人则会明白上联的"平平仄平仄"是近体诗中常见的拗救形式（或称特殊的平仄形式），它同样适用于楹联；也会轻易辨出"纳"、"节"两个入声字，知道不能将"节"读成平声，否则下联就成了拗句。此外，有的书中将"新年"写成"新春"，那在懂诗律的人看来也错得离谱，因为律诗的对仗中，上下联不能重字。在一副短短的五言联中，冒出两个“春”字，岂非硬伤？

当楹联以五言和七言形式出现时，它与律诗的区别是：五言楹联可带“领字”而出现“上一下四”句式，如“藏古今学术，聚天地精华”；七言楹联则可采用“上三下四”句式，如“十年前龙门灯火，万里外鹏路风云”；凡此在律诗中都不可能出现。不过这类句式在楹联中并不多见，绝大多数五七言楹联均与律诗格律无异，所以会作律诗也就必然会作五七言楹联。

第16讲中介绍过集句体诗，而楹联中集句的现象更为普遍。翻一下各大博物馆和艺术品拍卖市场的图录，就会发现集句体在楹联中占的比例远超过其在诗中占的比例。下面略举数例——

学业醇儒富（杜甫）；文章大雅存（韩愈）。

溪静云生石（姚合）；窗虚日弄纱（李商隐）。

枫叶荻花秋瑟瑟（白居易）；闲云潭影日悠悠（王勃）。

单影可堪明月照（吴映）；贞心独有老松知（戎昱）。

以上各例都是将两位作者的诗句集为一联；也有的楹联则是将同一作者不同作品中的诗句集为对仗。我年轻时书房中挂过一副郑孝胥书写的楹联，集的就是陆游的两句诗：“数卷隐书忘世味；半瓯春茗过花时。”既然集的是五七言诗，这类楹联的诗化特征也就可以不言而喻。

但楹联并不限于五七言，集句体楹联也不限于集五七言诗。实际上楹联的篇幅没有限制，只是其优劣工拙与长短之间并无必然联系，所以人们没有必要为争吉尼斯纪录而去撰写“世界第一长

联”。对于初学者来说，需要掌握的是在字数超出七言后，如何安排平仄。

以前谈律句的概念时，曾简要地提出一个原则，即以每两个字为一节，节与节之间平声字和仄声字须交替出现。从三字句到十字句以上，凡是符合这一原则的皆为律句；而楹联不论多长，都是长短不等的律句的组合，只是上下联的平仄需要相对而已。下面试举二例，并标出平仄，凡加括号的字，则代表可平可仄——

昔贤整顿乾坤，缔造多从江汉起；
今日交通文轨，登临不觉亚欧遥。

（仄）平（仄）仄平平，（仄）仄（平）平平仄仄；
（平）仄（平）平（平）仄，（平）平（仄）仄仄平平。

引袖拂寒星，古意苍茫，看四壁云山，青来剑外；
停琴伫凉月，予怀浩渺，送一篙春水，绿到江南。

（仄）仄仄平平，（仄）仄平平，（平）（仄）仄平平，（平）平仄仄，

平平仄平仄，（平）平仄仄，（仄）（仄）平仄仄，（仄）仄平平。

前一副系张之洞题奥略楼的楹联，因为具有开放的视野而素为人所称道。该联由六言律句和七言律句组成，其中“乾”与“文”虽同为平声，但因“文”处在可平可仄的位置上，故并不影响声律

之美，至于别的字在上下联中完全做到了平仄相对。

后一副系顾复初题崇丽阁的楹联，因文辞清丽、意境幽美而流传甚广。该联由四言律句和五言律句组成，其中“停琴伫凉月”与“新年纳余庆”一样，用了“平平仄平仄”这一特殊形式。“看四壁云山”和“送一篙春水”则是带“领字”的五言句，其平仄关系体现在后四字中。第18讲中曾谈过词的“领字”及从一字到十字的各种句式，而在学过词的句式后，对此类楹联句式自然也能把握。

楹联的产生，除受律诗滋养之外，也明显受到骈文影响。姜书阁《骈文史论》就指楹联为“骈文的余裔”。他说：楹联“超过七言的，其作法则同于骈四俪六的隔句对，因此，我们便认为它是骈文的余裔。而一切长联，也可以看作一篇异形的骈体文”。既称“异形”，说明两者还是有所差异。事实上楹联的句式搭配可以稀奇古怪，非“骈四俪六”所能涵盖；而骈文上下句中经常重出的“之”、“而”、“于”、“其”等虚字，在楹联的上下联中则不宜重出。不过，多读几篇骈文，对于学写楹联肯定是有帮助的。譬如人所皆知的“十旬休假，胜友如云；千里逢迎，高朋满座”（王勃《滕王阁序》）、“入门见嫉，蛾眉不肯让人；掩袖工谗，狐媚偏能惑主”（骆宾王《代李敬业传檄天下文》）之类，除以仄声收尾显得不同于楹联外，无论句式、平仄、对仗均与楹联别无二致。即使是带“之”、“而”等虚字的骈文，如“潦水尽而寒潭清，烟光凝而暮山紫”、“老当益壮，宁移白首之心；穷且益坚，不坠青云之志”（《滕王阁序》）等，只要去掉重字，对撰写楹联仍有启发意义和参考价值。

熟悉诗词和骈文的人，写楹联时会习惯使然地运用律句，写他种文字时也会不经意地加以运用。譬如由民间评话发展而来的章回小说，其回目最初只是为了标明内容，但到了文人手中，就不仅注

重对偶，而且讲究平仄。翻一下《红楼梦》、《儒林外史》，特别是《镜花缘》，马上就能发现作者对律句的爱好。这种风气一直延续到张恨水、还珠楼主这辈作家。1956年，还珠楼主在上海《新闻日报》连载章回体武侠小说《剧孟》，所有的回目都是律句。我那时刚刚开始接触诗律，看了不禁非常佩服。如今五十多年过去了，我还记得第一回的回目是——

匝地起黄云，天外三峰连沃野；

孤身飞白刃，盘中一掷迸明珠。

懂格律者一看就明白这是由五七言律句组成的回目，读来非常和谐美听。现在仍有人写章回小说，但随着还珠楼主那一代作家谢世，合律的回目恐怕已成绝响。

楹联也不是非用律句不可。当内容与平仄不能兼顾时，用拗句来代替律句也是容许的；但懂诗律者的权变与不懂诗律者的乱写不可同日而语。譬如，1904年西太后70岁生日时，林白水曾撰一“寿联”予以嘲讽——

今日幸西苑，明日幸颐和，何日再幸圆明园，四百兆骨髓全枯，只剩一人何有幸？

五十失琉球，六十失台海，七十又失东三省，五万里版图弥蹙，每逢万寿必无疆。

此联在格律上是有瑕疵的：1．上下联的前三句未能平仄相对；2．第三句均为大拗句；3．上联的尾字“幸”与前三句的“幸”字有呼应，下联的尾字“疆”却与前三句的“失”字无呼应；4．下联

“万”字重出。但这些毛病都不影响它成为名联。这是因为，首先，内容极富现实感和针对性；其次，作者在手法上另有讲究：1. 全联对仗非常巧妙；2. 前三句的尾字依然平仄相对（苑、和、园为仄、平、平，球、海、省为平、仄、仄）；3. 上下联的后二句均合律，且平仄相对。该联能传诵一时不是偶然的。

此类例子甚多。如张伯驹挽陈毅的对联由于在一种特定政治气候下对逝者作了高度赞美与深切缅怀而备获好评；但该联也有拗句，即上联“仗剑从云作干城”的“干”字该仄而平，而下联的“于平生”为三平脚，“天”字也是该仄而平。由于全联对仗工稳，读来极富气势，其中“军声在淮海，遗爱在江南”，“无愧于平生，有功于天下”，既互为对仗，又自成对仗，故上述微疵无损于作品的整体美——

> 仗剑从云作干城，忠心不易，军声在淮海，遗爱在江南，万庶尽衔哀，回望大好河山，永离赤县；
>
> 挥戈挽日结樽俎，豪气犹存，无愧于平生，有功于天下，九泉应含笑，伫看重新世界，遍树红旗。

另需说明的是，作为律句，上联的“望”字须读平声，下联的“应”字须读去声。至于下联的“结”字虽觉拗口，但前人诗中变“(平)平（仄）仄平平仄”为“(平）平（仄）仄仄平仄”的例子甚多（见第8讲），不足为病。

集句联从古文、格言等诗词之外的文本摘句时，也往往不是律句。譬如有副咏手杖的对联就是从《论语》的“子曰”中集来——

危而不持，颠而不扶，则将焉用彼相矣；

用之则行，舍之则藏，唯我与尔有是夫。

上联摘自《季氏》，下联摘自《述而》，原文与手杖毫不相干，而用在这里却与所咏对象的功能、特点恰相吻合，这就是集句的魅力所在。由于全文摘自《论语》，其是否属于律句也就可以忽略不计。

以上谈的是格律。至于楹联的写法，凡是与以前所谈诗法相同的，这里都不再重复。其与律诗对偶句的不同之处，则可分两点来谈：

从结构说，律诗的一联是全诗的一部分，因而不一定完整地表现主题，而楹联不论长短，都必定是一个独立而完整的作品。以哀挽之作来说，元稹的《遣悲怀》是有名的悼亡诗，但单看其中一联，如“顾我无衣搜荩箧，泥他沽酒拔金钗”，或“野蔬充膳甘长藿，落叶添薪仰古槐”，都无法确定其悼亡的主题，只有读罢尾联“今日俸钱过十万，与君营奠复营斋”，才充分领略其感人的悲悼之情。而用楹联志哀，则不能如此迂回，必须在一联中显现题旨。譬如，“窗竹鸣秋雨；床琴断夜弦”；“春风闲楚管；明月断秦箫”；虽是短短的五言联，且手法含蓄，但一望而知是献给亡妻的挽联。

至于较长的楹联，则除了显现题旨，还涉及谋篇布局，其结构有点类似词中的长调。试以今人白雉山的黄鹤楼长联为例——

九派正茫茫，凭栏吊古，纷纷感慨系心头：想物换星移，涛翻浪卷；白云依旧，黄鹤难踪。念彼戟折沙沉，梅愁柳怨；琴声幽咽，草色凄迷。屈子吟来，泽畔悲音犹绕耳；明妃远去，塞边乡思尚萦怀。更兼他名将美人，灰消烟灭；电光石火，转瞬千年。问诗中圣哲，阁上神仙，何事匆匆成过客？

一游成眷眷，揽胜登楼，幅幅彩图呈眼底：看鸟飞鱼跃，龟舞蛇翔；绿树婆娑，红墙掩映。当此风和日丽，舟疾帆轻；汽笛争鸣，钢花怒放。毛公豪兴，毫端高峡出平湖；郭老多情，笔下长虹横鄂渚。还伴这雕梁画栋，璧合珠联；壮志宏猷，创基万代。喜楚地贤才，禹州俊杰，相逢济济在今朝。

此联通篇采用律句，上联追怀历史，下联讴歌今朝，层次分明而富于气势，是当代名胜楹联中颇有影响的作品。

从技法说，第10讲中有关律诗工对与宽对的解说也适用于楹联。不同的是，律诗的对仗更讲究工稳，而楹联的对仗更追求巧妙。各种文体中，楹联是唯一被冠以“巧”字的文体，即所谓“巧对”。这并不是说，律诗的对仗排斥巧妙；更不是说，楹联的对仗无须工稳。只是从文学的功能出发，如果将其社会作用分为认识作用、教育作用、审美作用、娱乐作用，那么，在娱乐性方面，楹联的作用可能较诗词更为突出。多年来在电视的综艺节目和相声表演中便不止一次展示过各种各样的“楹联”，尽管那些“楹联”通常都错得一塌糊涂。

其实，早在20世纪一二十年代，报上就有各种征联活动，往往都以“巧”为特征。我听先父说，倒袁时期，某报登过这样一句上联——

或入园中，推倒老袁或为国；

由于“园”的繁体字为“園”，“国”的繁体字为“國”，“園”中的“袁”被“或”取代后就成了“國”，所以该句既有鲜明的政治倾向，又有文字游戏的色彩。先父曾私拟了一句下联，但自己并不满意，句为——

豕奔穴内，踢翻忘八豕成家。

将“穴”中的“八”改为“豕”，就成了“家”，所以从对仗说是工巧的，先父的不满可能是觉得未能呼应上联倒袁的主题。最近上网浏览，又发现另一版本，上下联齐全，句为：“或入园中，拖出老袁还我国；余行道上,不堪回首问前途。”“道”中的“首”被“余”替换，即成为“途”，所以这句下联也符合拆字对的要求。

类似的拆字对还可举出不少。如：“卢马两书生，共引一驴以走；车乔二幕客，各乘半轿而行。”又如：“冻雨洒窗，东两点西三点；切瓜分片，横七刀竖八刀。”这类作品，可于娱乐中提供一些字形组合的知识，此外没有什么意义。

楹联之巧，当然不限于拆字，而可以有种种不同手法，也是或偏重娱乐，或偏重寓意。譬如曾有人以“公门桃李争荣日”为上联，所拟的下联却是“法国荷兰比利时”。无论平仄、对仗都无懈可击，但没有任何含意，其作用就是供人一笑而已。我也有过一次以成语对译名的尝试，那是在作家姚雪垠去世时。姚老有句座右铭：“生前马拉松，死后马拉松。”意谓作家不论活着还是死后，作品都在世上接受读者检验，犹如参加长跑。我作挽联时想把这层意思写进去，又联想到逝者坚毅的个性，于是上联末句写成“耻学东吴牛喘月”，下联末句则对成“荣奔西极马拉松”。全联较长，这里不引了。

另举一例。据说郑板桥辞官归田之日，有人送来一副对联，打开上联一看，写的是“三绝诗书画”。当时恰有几位友人在场，板桥便请大家来试对，久而不得，于是展开下联，写的是“一官归去来”。合座的人看了都拍手叹赏，称为绝构。原来上联用“郑虔三绝”的典故，下联用陶渊明《归去来兮辞》的典故，用在当日郑板桥身上可谓贴切之至。这样的巧对不唯有娱乐作用，更有让人品味不止的意趣。

写到这里，话题与诗味联系起来。就总体而论，楹联对于韵味的讲究，与诗并无区别。凡是诗所吟咏的对象，楹联也都可以吟咏；诗在景与情、理与事、雅与俗、直白与含蓄等问题上的探索与追求，对于楹联也同样适用。以题咏特定场所而言，诗要求传神、贴切，楹联也要求传神、贴切。这方面生动的例子不胜枚举。譬如，旧时戏台两侧，常悬一副楹联，内容必与演戏相关，有些句子让你看了便会会心一笑——

> 或为君子小人，或为才子佳人，登场便见；
> 有时欢天喜地，有时惊天动地，转眼皆空。

又如有副题茶馆的楹联，也颇为有趣——

> 为名忙，为利忙，忙里偷闲，喝杯茶去；
> 劳力苦，劳心苦，苦中作乐，拿壶酒来。

茶馆是否卖酒，似可存疑。此联的妙处在于以浅俗的语言刻画出人生的一个侧面，留下了一片引人深思的天地。

韵味总是与情绪情感相关联，故又有情韵之称。情绪情感不能召之即来，没有情绪情感而勉强动笔，很难写出好诗。科举时代将赋诗列为考试内容之一，而历来的试帖诗都鲜有佳作传世，原因就在于考场中很难唤起对所咏事物的激情。这也正是楹联创作的难点。与诗词相较，楹联往往更带有应酬和命题作文的性质，由此带来的弊端便是缺乏真情。唯其如此，如果一副楹联，不但切题，工巧，而且浓于情愫，那就十分难能可贵。以题咏名胜古迹而论，好的楹联往往能借由怀古，将自身的哀乐褒贬灌注进去。前面我举过顾复初题崇丽阁的楹联。该联的特色在于不是客观地写景，而是着意将主体的情感活动与对象融化在一起，因而极富感染力。他另有一副题杜甫草堂的楹联也流播甚广——

异代不同时，问如此江山，龙蜷虎卧几诗客；
先生亦流寓，有长留天地，月白风清一草堂。

此联对仗工稳、题咏贴切，其不露痕迹的手法则在下联的一个“亦”字。盖顾氏原籍苏州，是流寓四川的江南才子。有了“先生亦流寓”一句，顿时使自身的遭际与杜甫联系起来，作品的格调遂觉不同，平添了慷慨自许的情感色彩。

24 唱和、联句、诗钟

CHANG HE LIAN JU SHI ZHONG

记得谈学词的入门途径时，曾引过《蕙风词话》上的一段话，谓“初学作词，最宜联句、和韵”。这话对于学诗和散曲也同样适用。道理很简单，在这类活动中爱好者之间可以互相切磋，取得进步。我为武大国学班开了一学期诗词写作课，自认为有两条做得不错：一是每周都布置写作作业；二是学生交来作业后，当堂抄在黑板上，大家一起评议、修改。这样做的目的无他，就是要让学生通过不断的练习与交流，掌握诗词的格律与技法。本来也想开展一些唱和活动，终因受条件限制而作罢；不过同学们有课外诗社，可以弥补课堂教学的不足。

“唱和”一词，最早见于《荀子 · 乐论》的“唱和有应，善恶相象”；而“唱和”活动，早在《诗经 · 郑风 · 萚兮》中就有生动的表现：“倡，予和汝！”“倡”与“唱”同义，意思是：请唱吧，我来应和！《诗经》与《荀子》说的都是唱歌，而非作诗，不过从中已可看出唱和的两个基本特点：一、这是两人或两人以上的活动；二、内容互有关联，否则不可能一唱一和。现在我们说的唱和是指朋友间以诗词相酬答，如元稹死后，张籍《哭元九少府》一诗写道：

“闲来各数经过地，醉后齐吟唱和诗。”生前的酬答情景，成了身后永久的怀念。

唱和，可以不和韵，也可以和韵；和韵又有依韵、用韵、次韵等形式。下面逐一说明。

中晚唐时期，唱和之风盛行，其中白居易与元稹之间酬答尤多，形式多样，影响甚大。譬如——

白居易《折剑头》

拾得折剑头，不知折之由。
一握青蛇尾，数寸碧峰头。
疑是斩鲸鲵，不然刺蛟虬。
缺落泥土中，委弃无人收。
我有鄙介性，好刚不好柔。
勿轻直折剑，犹胜曲全钩。

元稹《和乐天折剑头》

闻君得折剑，一片雄心起。
讵意铁蛟龙，潜在延津水。
风云会一合，呼吸期万里。
雷震山岳碎，电斩鲸鲵死。
莫但宝剑头，剑头非此比。

这是两首不和韵的五古，咏的对象是白居易偶尔拾得的一个折断的剑头。白诗是原唱，由咏叹剑头始，进而赞美一种刚直的个性。元诗是和作，以“闻君得折剑，一片雄心起”为起句，与原作的题旨相呼应；接着通过对宝剑功能的描述，抒发了“雷震山岳碎，电斩鲸鲵死”的一派豪情。形式上白诗首句入韵，共十二句，押的是平声“尤”部韵；元诗首句不入韵，共十句，押的是上声“纸”部韵。

皮日休与陆龟蒙是晚唐时期相互间唱和最多的诗人，作品曾编为《松陵唱和集》。第16讲介绍回文体诗时，曾举过陆氏的《晓起即事因成回文寄袭美》。袭美是皮日休的字。他收到该诗后也有和作——

《奉和鲁望晓起回文》

孤烟晓起初原曲，碎树微分半浪中。
湖后钓筒移夜鱼，竹傍眠几侧晨风。
图梅带润轻沾墨，画藓经蒸半失红。
无事有杯持永日，共君惟好隐墙东。

陆的原作押“真”部韵，倒过去读押“庚”部韵，而皮的和诗押“东”部韵，倒过去读押“虞”部韵，说明这是一首不和韵的七律。其特点是，紧扣“晓起”这一题目，并采用可以倒读的回文体。此外，在皮陆的其他唱和中，还有所谓“四声诗”，即第一首通首全为平声字；第二首出句全为平声字，对句全为上声字（如“沟渠通疏荷，浦屿隐浅篠”）；第三首出句全为平声字，对句全为去声字（如“村深啼愁鹃，浪霁醒睡鹭”）；第四首出句全为平声字，对句全为入声字（如“松声将飘堂，岳色欲压席”）。这些作品带有炫技性，但因内容无新意，声韵又不美，故而难以产生影响。

“依韵”指的是和作与原作的韵脚在同一韵部，而用的韵字不同。譬如——

李适《重阳日赐宴曲江亭，赋六韵诗，用清字》

早衣对庭燎，躬化勤意诚。

时此万机暇，适与佳节并。

曲池洁寒流，芳菊舒金英。

乾坤爽气满，台殿秋光清。

朝野庆年丰，高会多欢声。

永怀无荒戒，良士同斯情。

韦应物《奉和圣制重阳日赐宴诗》

圣心忧万国，端居在穆清。

玄功致海宴，锡宴表文明。

恩属重阳节，雨应此时晴。

寒菊生池苑，高树出宫城。

捧藻千官处，垂戒百王程。

复睹开元日，臣愚献颂声。

这是君臣之间的一次唱和。唐德宗李适于重阳节宴请臣僚，用“庚”部韵作了一首五古。韦应物也依“庚”部韵作了一首和诗，韵脚用字并不相同，这就叫“依韵奉和”。将这两首诗与前引元白之间的酬答相比较，可以一眼看出唱和者身份与口气的改变。前者是朋友之间的共鸣、砥砺，双方口气是完全平等的。后者于共庆佳节的同时，在李适需要显示为君的“仁爱”，在韦应物则必须“颂圣”。唯其主题先行，读来便觉缺乏真情而不太感人。韦以诗风闲澹简远享誉唐代诗坛，人们将他比之陶潜而并称“陶韦”，他又受谢灵运、谢朓的影响而讲究“炼字”，所作五古尤为出色，但上引和诗显然不在他的佳作之列。这告诉我们，唱和对于提高学诗水平虽有帮助，但真要写出好诗，还须有感而发。历届黄鹤楼诗词大赛都不限定题材，我给学生们布置作业也从不限题，就是希望大家能写出有真情实感的作品。

另须说明的是，李适诗题中的“赋六韵诗，用清字”，是对韵脚的限定，即规定该诗为十二句六韵，必须押“清”字所属的韵，并须有一个韵脚是“清”字。这种押韵规则称为“限韵”，在表述上可说“用”某字，也可说“拈得” 某字，或“分韵得” 某字。在群体活动如上述重阳节宴会或诗社雅集中，可以先准备若干韵字，然后由各人分拈，拈得某字，即依该韵作诗。所谓“素壁联题分韵句，红炉巡饮暖寒杯”（白居易《花楼望雪命宴赋诗》），就是对这种活动的描述。《红楼梦》“秋爽斋偶结海棠社，蘅芜院夜拟菊花题”一回，更生动地写出了“拈字”“限韵”的全过程——

> 探春道：“只是原系我起的意，我须得先作个东道主人，方不负我这兴。”李纨道：“既这样说，明日你就先开一社如何?”探春道：“明日不如今日，就是此刻好。你就出题，菱洲限韵，藕榭监场。”迎春道：“依我说，也不必随一人出题限韵，竟是拈阄公道。”李纨道：“方才我来时，看见他们抬进两盆白海棠来，倒是好花。你们何不就咏起来?”迎春道：“都还未赏，先倒作诗。”宝钗道：“不过是白海棠，又何必定要见了才作。古人的诗赋，也不过都是寄兴写情耳。若都是看见了作，如今也没这些诗了。”迎春道：“既如此，待我限韵。”说着，走到书架前抽出一本诗来，随手一揭，这首诗竟是一首七言律，递与众人看了，

> 都该作七言律。迎春掩了诗，又向一个小丫头道："你随口说一个字来。"那丫头正倚门立着，便说了个"门"字。迎春笑道："就是门字韵，'十三元'。押头一个韵定要这'门'字。"说着，又要了韵牌匣子过来，抽出"十三元"一屉，又命那小丫头随手拿四块。那丫头便拿了"盆""魂""痕""昏"四块来。宝玉道："这'盆''门'两个字不大好作呢！"

看了关于韵牌匣子的细节，大家对"拈得"二字也许会有更形象的理解。不过，在这次咏白海棠的活动中，是限韵之后各人分头去写，并无原唱与和作之分。

"用韵"指的是，和作不仅与原作同一韵部，而且用的韵字也相同，只是次序有别。如果连次序也相同，那就称为"次韵"。譬如毛泽东的《沁园春·雪》是人所皆知的名篇，当年在重庆，柳亚子、郭沫若等都有和作，其用韵次序便与原作完全一致。试看柳的和词——

> 柳亚子《次韵和润之咏雪之作，不能尽如原意也》
>
> 廿载重逢，一阕新词，意共云飘。叹青梅酒滞，余怀惘惘；黄河流浊，举世滔滔。邻笛山阳，伯仁与我，拔剑难平块垒高。伤心甚，痛无双国士，绝代妖娆。　才华信美多娇，看千古词人共折腰。算黄州太守，犹输气概；稼轩居士，只解牢骚。更笑胡儿，纳兰容若，艳想秾情着意雕。君与我，要上天下地，把握今朝。

好的和作应当扣住原题，另出一层新意。毛泽东的原作是上片描绘北方雪景，下片抒发厚今薄古的豪情。柳作上片感慨别后二十年来的政局，下片效仿原作手法，通过贬抑苏辛纳兰，赞美对方才华，虽然没有咏雪，但也不算离题。

词史上最享盛誉的和作可能是苏轼的《水龙吟·次韵章质夫杨花词》。王国维曾这样评价："东坡《水龙吟》咏杨花，和韵而似原唱；章质夫词，原唱而似和韵。才之不可强也如是！"（《人间词话》）我们来看这两首词——

章质夫《水龙吟·杨花》

燕忙莺懒芳残，正堤上柳花飘坠。轻飞乱舞，点画青林，全无才思。闲趁游丝，静临深院，日长门闭。傍珠帘散漫，垂垂欲下，依前被、风扶起。　　兰帐玉人睡觉，怪春衣、雪沾琼缀。绣床旋满，香球无数，才圆却碎。时见蜂儿，仰粘轻粉，鱼吞池水。望章台路杳，金鞍游荡，有盈盈泪。

苏轼《水龙吟·次韵章质夫杨花词》

似花还似非花，也无人惜从教坠。抛家傍路，思量却是，无情有思。萦损柔肠，困酣娇眼，欲开还闭。梦随风万里，寻郎去处，又还被、莺呼起。　　不恨此花飞尽，恨西园、落红难缀。晓来雨过，遗踪何在，一池萍碎。春色三分，二分尘土，一分流水。细看来，不是杨花，点点是离人泪。

平心而论，作为一首咏物词，章作对杨花的观察相当细致，描摹生动而富于想象力，说它"原唱而似和韵"，恐怕有失公允。也许正是

由于章词对于物象的刻画已经穷形尽相，很难超越，苏词才决意抛开事物外在的特点，而以拟人化的手法赋予杨花一种少妇的情思，下片更以作者的身份直抒胸臆，最后又归结到思妇的眼泪。就情感的浓郁而言，苏词显然超过章词，说它“和韵而似原唱”，倒是一点都不过分。

创作中还有一种情况，是自己写了一首诗后，又按同一韵脚写第二首、第三首……很像是自己和自己。这也有个名称，叫做“叠韵”、“再叠前韵”、“三叠前韵”……如果你在和别人诗时次韵写了两首，则后一首可称为“叠韵奉和”。此类例子甚多，这里就不举了。

联句指的是，由两人或多人各写一句或几句诗，联缀成篇。旧传联句始于汉时《柏梁台诗》，该诗七言26句，每句用韵，由汉武帝及群臣一人一句写成。据后人考订，此诗或系伪托；而由于缺乏美感，这种诗体一直不太流行，尽管宋孝武帝、梁武帝、梁元帝、唐中宗等曾有拟作，但都影响甚微。到唐代特别是中唐以后联句诗多起来，却都不用柏梁体。这时联句的形式多样，有各写二句的、各写四句的，也有先写对句再写出句的。譬如下面这首《夏夜李尚书筵送宇文石首赴县联句》即由杜甫、李之芳、崔彧各写二句而成——

爱客尚书贵，之官宅相贤。（杜甫）
酒香倾坐侧，帆影驻江边。（李之芳）
翟表郎官瑞，凫看令宰仙。（崔彧）
雨稀云叶断，夜久烛花偏。（杜甫）
数语欹纱帽，高文掷彩笺。（李之芳）
兴饶行处乐，离惜醉中眠。（崔彧）
单父长多暇，河阳实少年。（杜甫）

客居逢自出，为别几凄然。(李之芳)

这是一首八韵五排，而五排正是后世联句的主要体裁。不过，中唐时期联句较多的韩愈、孟郊却惯用五古体裁。他们除各写二句之外，还有各写四句和先写对句再写出句的作品。譬如——·

相思绕我心，日夕千万重。
年光坐婉娩，春泪销颜容。(孟郊)
台镜晦旧晖，庭草滋深茸。
望夫山上石，别剑水中龙。(韩愈)

这首题为《有所思》的五古，即由孟郊写前四句，韩愈写后四句。至于先写对句再写出句，指的是先由一人吟出首句，第二人作二、三句，然后是四、五句，六、七句……最后由一人吟末句收尾。韩、孟的《城南联句》便是这种写法。该作太长，只能聊引首尾几句以示其体例——

竹影金琐碎，(孟郊）泉音玉淙琤。
琉璃剪木叶，(韩愈）翡翠开园英。
流滑随仄步，(孟郊）搜寻得深行。
遥岑出寸碧，(韩愈）远目增双明。
……
陶暄逐风乙，(韩愈）跃视舞晴蜻。
足胜自多诣，(孟郊）心贪敌无勍。
始知乐名教，(韩愈）何用苦拘伫。

毕景任诗趣，（孟郊）焉能守硁硁。（韩愈）

后世联句，大都喜欢采用这种由一人对下句又出上句的“跨句”形式。《红楼梦》对大观园内的联句活动有过两次生动的描写，一次是第五十回的“芦雪庭争联即景诗”，另一次是第七十六回的“凹晶馆联诗悲寂寞”。两次联句均采用“跨句”形式，体裁则为五排。

诗钟是一种限时作诗的活动，据说兴起于清代中叶，而直到民国时期仍拥有不少爱好者。诗钟的得名，是因为“昔人作此，社规甚严。拈题时缀钱于缕，系香寸许，承以铜盘，香焚缕断，钱落盘鸣，其声锵然，以为构思之限，故名诗钟”（《诗钟考》）。现在如举办诗钟活动，当然不必再用如此原始的计时方法。

诗钟的特点是只作两句成对仗的诗，通常为七言，其中可有种种因难见巧的限制，而基本上不外两种格式，一为分咏格，一为嵌字格。

所谓分咏格，是要求将两种毫不相干的对象用一联对仗工稳的诗分咏出来。张伯驹所编《春游社琐谈》中，有《诗钟》、《饭后诗钟分咏》二文，举了许多分咏格例子，现介绍数则如下。一是咏杨贵妃和煤，句为——

秋宵牛女长生殿，故国君王万岁山。

上句用的是《长恨歌》中“七月七日长生殿，夜半无人私语时”的典故；下句的万岁山即北京景山，又称煤山，是崇祯皇帝自缢的所在。这一联诗分咏的便是彼此毫无瓜葛的人（杨贵妃）和物（煤）。又如宝剑和《西厢记》中的崔莺莺也是全无关联的武器和人物，诗钟偏能将两者分咏在一联诗里——

万里河山归赤帝，一生名节误红娘。

上句用的是《史记·高祖本纪》所述刘邦斩白蛇的典故，不着痕迹地咏了宝剑；下句一望而知咏的是崔莺莺。再如宋江和柿子也是风马牛不相及，而诗钟也能组成工巧的对仗——

三十六人瞻马首，百千万树系牛心。

宋江率三十六将起义的故事见于《宣和遗事》，而牛心是一种柿子的名称。

所谓嵌字格，是要求将两个毫无联系、难以成对的字分别放在上句和下句的同一位置上。一个脍炙人口的例子是当年在樊增祥、易顺鼎的潇社诗钟活动中，拈出“女”、“花”二字，要求集唐诗二句，按“燕颔格” 嵌入。结果先后有人拟出三联：“青女素娥俱耐冷，名花倾国两相欢”；“商女不知亡国恨，落花犹似坠楼人”；“神女生涯原是梦，落花时节又逢君”。《春游社琐谈·诗钟》一文也收录不少例子，现按嵌字顺序各举一例如下：

1. 将“渭”、“黄”嵌于句首，即所谓“鹤顶格”——

渭水自萦秦塞曲，黄河远上白云间。(集唐人句)

2. 将“碧”、“鸡”嵌于第二字的位置，即所谓“燕颔格”——

残碧殿秋如有恋，老鸡知曙奈无声。

3. 将“寒”、“明”嵌于第三字的位置，即所谓“鸢肩格”——

灰死寒炉应妒扇，尘空明镜那论台。

4. 将“天”、“字”嵌于第四字的位置，即所谓“蜂腰格”——

井底有天蛙自乐，书中无字蠹偏生。

5. 将“迁”、“履”嵌于第五字的位置，即所谓“鹤膝格”——

一卧沧江迁谪感，十年京洛履綦痕。

6. 将“街”、“手”嵌于第六字的位置，即所谓“凫胫格”——

醉归扶掖劳街手，少作流传愧手民。

7. 将“节”、“朝”嵌于句尾，即所谓“凤尾格”——

且将酩酊酬佳节，未有涓埃答圣朝。（集唐人句）

诗钟是游戏，但它对于训练对仗能力、培养人的捷思不失为一种好方法。

25 读点诗话与词话

DU DIAN SHI HUA YU CI HUA

诗话与词话是两种古典文论样式。学写诗词，倘若读点诗话与词话，则对于理解作品优劣，掌握诗词技法，都能获得启示和借鉴。诗话与词话中谈及的诸多轶事掌故，对于增进知识见闻也不无裨益。

流传的诗话极多，词话也不少，不必也不可能去通读。首先需要了解的，是诗话与词话的概貌、分类，然后加以选读。

诗话的起源，有人追溯到《尚书》提出的“诗言志”，以及孔、孟论《诗》的只言片语，但那并非专著。真正具有专著性质的诗论应推齐梁时期钟嵘的《诗品》，正式以“诗话”为书名则始于北宋欧阳修，钟著与欧著又分别代表了两种不同的诗话体制。前者偏重评论，后者偏重叙事。

《诗品》又名《诗评》，选汉至梁五言诗作家120余人，分为上、中、下三品，对各家逐一论其创作得失及承传关系。书前有《总论》一篇，认为诗产生于外物之感召，“气之动物，物之感人，故摇荡性情，形诸舞咏”；反对用事用典和“四声八病”，认为那会使“文多拘忌，伤其真美”；特别推崇五言诗，指出“五言居文辞之要，是众作之有滋味者也”；要求文质兼备，风骨与丹彩结合，强调“干之以风力，润之以丹彩”。《诗品》所分等第未必尽当，譬如将陶潜列为中品，曹操列为下品，都明显有失偏颇。不过对于初学诗者来说，将该书浏览一遍，对于了解汉魏至梁五言古诗的概貌，提高写作能力，肯定会有帮助。

《汉书·古今人物表》曾把古今人物分为九等，魏晋南北朝实行的九品中正制又使品第人物成为一种风气，《诗品》的体式正是在这样的影响下形成；而后世随着科举制确立，社会风气改变，将诗人分等的专著也就不再出现。直到清朝，舒位撰《乾嘉诗坛点将录》，将当时诗人与《水浒》中的一百零八将一一对应，才出现品第诗人的另类著作。舒著的构思大概受明朝天启年间《东林点将录》的影响，但《东林点将录》是魏党用来打击东林党人的工具，对《水浒》好汉取贬抑态度，而舒著对《水浒》英雄则取褒扬态度，这种观念的改变在那个时代十分难得。继承这一体例的有今人汪国垣著、程千帆整理的《光宣诗坛点将录》和钱仲联的《近百年诗坛点将录》。

唐朝有两部诗论值得一提。一部是皎然《诗式》。该书举出高、逸、贞、忠等19字，认为“其一十九字，括文章德体风味尽矣”。作者又提出诗有“四不”（“气高而不怒”、“力劲而不露”、“情多而不暗”、“才赡而不疏”）、“四深”（“深于体势”、“深于作用”、“深于声对”、“深于义类”）、“二要”（“要力全而不苦涩，要气足而不怒张”）、“二废”（“虽欲废巧尚直，而思致不得置；虽欲废言尚意，而典丽不得遗”）、“四离”（“离深僻”、“离书生”、“离迂远”、“离轻浮”）、“六迷”（“以虚诞而为高古，以缓慢而为澹泞，以错用意而为独善，以诡怪而为新奇，以烂熟而为稳约，以气少力弱而为容易”）、“六至”（“至险而不僻，至奇而不差，至丽而自然，至苦而无迹，至近而意远，至放而不迂”）。这些见解都有合理成分，虽不免玄虚，但对于学诗者来说，都可以参考。

另一部是司空图《诗品》，又称《二十四诗品》。该书将诗的风格、意境分为二十四品，用优美的四言诗形式描摹其审美特征，表现出高度的艺术感受能力。兹引四品如下——

雄浑

大用外腓，真体内充。返虚入浑，积健为雄。具备万物，横绝太空。

荒荒油云，寥寥长风。超以象外，得其环中。持之非强，来之无穷。

冲淡

素处以默，妙机其微。饮之太和，独鹤与飞。犹之惠风，荏苒在衣。

阅音修篁，美曰载归。遇之匪深，即之愈希。脱有形似，握手已违。

洗练

如矿出金，如铅出银。超心炼冶，绝爱缁磷。空潭泻春，古镜照神。

体素储洁，乘月返真。载瞻星气，载歌幽人。流水今日，明月前身。

含蓄

不著一字，尽得风流。语不涉己，若不堪忧。是有真宰，与之沉浮。

如渌满酒，花时返秋。悠悠空尘，忽忽海沤。浅深聚散，万取一收。

读这样的诗论，是一种美的享受，有助于提升我们的艺术想象力。

《二十四诗品》问世后，有《文颂》、《文品》、《赋品》、《词品》等各种仿作。其中清代袁枚的《续诗品》，于妙境之外，复谈作诗的各个环节与苦心，对于学诗者也有一定的启发意义。

第一部以《诗话》命名的专著出于欧阳修笔下。由于欧阳修晚年号六一居士，后人遂称该书为《六一诗话》。与前述诸作以品评、议论为主不同，《六一诗话》以记述诗人轶事“以资闲谈”为主，但因为所谈皆诗，所以能使人们在轻松的阅读中领略诗的妙谛；也正因为如此，该卷一出，立刻引起反响，先有司马光《续诗话》、刘攽《中山诗话》问世，后来更有诸多著作涌现，都以闲谈记事为主，也都以“诗话”为标题，从此确立了诗论的一种新体裁。下举一段《六一诗话》为例——

圣俞尝语余曰：“诗家虽率意，而造语亦难。若意新语工，得前人所未道者，斯为善也。必能状难写之景，如在目前，含不尽之意，见于言外，然后为至矣。贾岛云：‘竹笼拾山果，瓦瓶担石泉。’姚合云：‘马随山鹿放，鸡逐野禽栖。’等是山邑荒僻，官况萧条，不如‘县古槐根出，官清马骨高’为工也。”余曰：“语之工者固如是。状难写之景，含不尽之意，何诗为然？”圣俞曰：“作者得于心，览者会以意，殆难指陈以言也。虽然，亦可略道其仿佛：

若严维‘柳塘春水漫，花坞夕阳迟’，则天容时态，融和骀荡，岂不如在目前乎？又若温庭筠‘鸡声茅店月，人迹板桥霜’，贾岛‘怪禽啼旷野，落日恐行人’，则道路辛苦，羁愁旅思，岂不见于言外乎？”

这段记述的是作者与梅圣俞之间的一次谈话。梅氏所说“状难写之景，如在目前，含不尽之意，见于言外”早已成为古典文论的经典名言之一，而他举的几例诗句也都非常贴切。

在记事闲谈的“诗话”蔚为风气之后，以议论为主的诗论并未消亡。在同样称为“诗话”的著作中，北宋末期叶梦得《石林诗话》已开始夹叙夹议；到南宋，张戒《岁寒堂诗话》、姜夔《白石道人诗说》、严羽《沧浪诗话》更都倾向于诗学见解的陈述。其中《沧浪诗话》提出的“诗有别材”，“其妙处透彻玲珑，不可凑泊，如空中之音，相中之色，水中之月，镜中之象，言有尽而意无穷”等观点，对后世曾产生深远影响。元代诗话衰落。明代诗话复兴，而如王世贞《艺苑卮言》、谢榛《四溟诗话》、胡应麟《诗薮》等书，也不是闲谈小品，而是严肃的谈艺论著。本书第4讲中曾引过一则《四溟诗话》，这里不再详述。

清代何文焕曾汇集钟嵘《诗品》至宋、元、明诗话共28种，按时代先后编为《历代诗话》，所收多为有代表性的著作，又附有他撰写的《历代诗话考索》一种，对初学诗者来说，能随手翻翻，就足以了解清代以前的诗话概貌。

清代是诗话创作最为兴盛的时期，不但著作多，而且对诗学的探索也更加广泛和深入。清初最重要的诗话著作是王夫之《姜斋诗话》、叶燮《原诗》和王士禛《带经堂诗话》。船山论诗以意为主，

重在兴观群怨，屏斥雕琢拟古；重内容，强调现实意义，反对形式主义和讲“门庭”、“家数”的陋习，对“江西派”、“前后七子”、“竟陵派”均有批评；对前文提及的皎然《诗式》否定尤甚，谓“有皎然《诗式》而后无诗”。叶氏论诗着重从文学流变的角度探讨“数千年诗之正变、盛衰之所以然”，认为诗“有源必有流，有本必达末”，强调创造发展，反对陈陈相因，反对明七子以来的复古主义。在理论方面，把客观事物概括为“理、事、情”，诗人的主观活动则为“才、识、胆、力”，指出诗歌创作乃是上述诸种因素的结合，作家“不能无所凭而独见”。《带经堂诗话》系张宗柟将王士禛散见于各书的论诗之语采集汇编而成，因内容过于庞杂，对初学诗者来说，倒不如先读《清诗话》中的《渔洋诗话》和《师友诗传录》，对其“神韵说”等主张略知梗概就可以了。

清中叶的诗话也很多。因为在中国诗论史上有过沈德潜的格调说、由明“公安派”提出而经袁枚继承发展的性灵说、翁方纲的肌理说，所以，翻一下沈氏《说诗晬语》、袁氏《随园诗话》、翁氏《石洲诗话》，了解他们各各不同的主张，去芜存菁，对于学诗也有助益。此外，赵翼的《瓯北诗话》于评论古代诗人的同时，反对“荣古虐今”，强调“争新”、“独创”，也是值得一读的。

近人丁福保曾编《历代诗话续编》和《清诗话》。后者辑清代诗话43种，虽然收录不全，校勘亦多疏忽，但仍不妨加以选读。特别是上海古籍出版社的版本，有郭绍虞的一篇《前言》，对诗话源流与分类作了精当分析，对各篇诗话更有简明扼要的评介。

如果你对近代诗有兴趣，或在学诗过程中曾着意学习借鉴，那么也有若干诗话可以选读，如林昌彝《射鹰楼诗话》、陈衍《石遗室诗话》、李伯元《庄谐诗话》、梁启超《饮冰室诗话》等。这几本书的内容、观点各不相同：林著专论鸦片战争时期的诗歌；陈著推崇“宗宋”的“同光体”；李著以揭露时弊、讽刺社会的黑暗腐朽为特色；梁著可谓“诗界革命”的历史总结。由于离我们时代相对较近，这些诗话读来别有一种新鲜感。

词话的产生晚于诗话，体例既受诗话影响，又有自身特点。从唐到北宋，没有系统的词学论著。就留存的文献看，最早的词论应是五代欧阳炯的《花间集序》。该序表明，赵崇祚编《花间集》，是要为上层社会竞逐声色的宴饮场合提供情调绮靡的歌词唱本，“用助妖娆之态”，“用资羽盖之欢”。这一以词为“艳科”的说法代表了当时人们对词的普遍认识。直到苏轼出来，才通过自己的议论和创作实践将词的题材范围大大拓展，功能作用大大提升，如刘熙载所说：“东坡词如老杜诗，以其无意不可入，无事不可言也。”（《艺概·词曲概》）不过苏轼的主张散见于题跋、书简及他人的诗话、词话、笔记中，自身并无专门的词话论著。北宋时专门论词的文章应推李清照《词论》。该文通过对词史的简略回顾及对北宋名家的逐一批评，从音乐性（“分五音，又分五声，又分六律，又分清浊轻重”）和文学性（反对“词语尘下”、结构“破碎”，讲究“铺叙”、“典重”、“情致”，崇尚“故实”）两方面阐述了她对“别是一家”的词的体式的独特见解。

有关词的理论批评在南宋趋向深化，而最有影响的成果则是宋亡后问世的张炎《词论》和沈义父《乐府指迷》。《词论》共二卷。上卷详论词律，兼及唱曲方法；下卷论作词原则，品评诸家词风。主张协律，提倡雅正，推崇清空。奉姜夔词为典范，不满于吴文英“词如七宝楼台，炫人眼目，碎拆下来，不成片段”，对辛弃疾一派的豪放之作也视为“非雅词”。《乐府指迷》一卷共29则，注重形式、技巧的论述。立论以周邦彦词为宗，认为周“最为知音，且无一点市井气，下字运意，皆有法度，往往自唐、宋诸贤诗句中来，而不用经史中生硬字面，此所以为冠绝也”。

词在明代处于衰微状态，至清代而复兴。康熙四十六年（1707）和五十四年（1715），“钦命”编纂《历代诗余》和《词谱》，玄烨亲自作序，称“词者继响夫诗者也”，“是编之含英咀华、敲金戛玉者，何在不可以‘思无邪’一言该之也”。康熙以孔子的“思无邪”作为词的内容标准，当然有其文化整肃的目的；而这一“最高指示”必然影响到当时的词学批评。康、雍、乾三朝，居词坛主流地位的是朱彝尊开创的浙西词派，其论词便崇尚醇雅、雅正，以姜夔、张炎为宗，标举清空，讲究声律词藻，炼字琢句；作品也多为歌咏太平、记叙宴游、表现闲情逸致之作。

出现于嘉庆、道光年间，取代浙派主导词坛，影响直达清末民初的是由张惠言、张琦兄弟开创的常州词派。他们编的《词选》优于朱彝尊编的《词综》而广为流行。该派论词主张“意内言外”，崇比兴，重寄托，强调内容，以图救浙西词派空疏之弊。观点除见于张惠言《词选序》外，在周济《介存斋论词杂著》中有进一步的发挥。

晚清走出谭献、陈廷焯、况周颐等重要词论家。谭著《复堂词话》本于常州派，而富于演进的眼光。陈著《白雨斋词话》主张作词贵“有所感”，“有所寄托”；在风格上“首贵沉郁”，“所谓沉郁者，意在笔先，神余言外，写怨夫思妇之怀，寓孽子孤臣之感，凡交情之冷淡，身世之飘零，皆可于一草一木发之；而发之又必若隐若现，欲露不露，反复缠绵，终不许一言道破，匪独体格之高，亦见性情之厚”。况著《蕙风词话》泛论历代词人，举其名篇警句，兼涉考据。其卷一论填词方法，提出作词有三要，“曰重、拙、大”。对用意、造句、守律等问题亦有所论述。本书第 17 讲曾有所引用，兹不赘述。

清末最后一部有影响的词话是王国维的《人间词话》。该著论词以“境界说”为中心，广泛论及“有我之境”与“无我之境”、写境与造境、境界的“隔”与“不隔”等问题，见解精辟，因将传统文论与西方叔本华等人学说相融合而富于新意，对古代文论有很大发展。下面摘引数段——

词以境界为最上。有境界则自成高格，自有名句。五代、北宋之词所以独绝者在此。

有造境，有写境，此理想与写实二派之所由分。然二者颇难分别，因大诗人所造之境必合乎自然，所写之境亦必邻于理想故也。

有有我之境，有无我之境。“泪眼问花花不语，乱红飞过秋千去”，“可堪孤馆闭春寒，杜鹃声里斜阳暮”，有我之境也。“采菊东篱下，悠然见南山”，“寒波澹澹起，白鸟悠悠下”，无我之境也。有我之境，以我观物，故物皆著我之色彩。无我之境，以物观物，故不知何者为我，何者为物。

无我之境，人惟于静中得之。有我之境，于由动之静时得之。故一优美，一宏壮也。

> 问“隔”与“不隔”之别，曰：陶、谢之诗不隔，延年则稍隔矣；东坡之诗不隔，山谷则稍隔矣。“池塘生春草”，“空梁落燕泥”等二句，妙处唯在不隔。词亦如是。即以一人一词论，如欧阳公《少年游·咏春草》上半阕云：“阑干十二独凭春，晴碧远连云。二月三月，千里万里，行色苦愁人。”语语都在目前，便是不隔。至云“谢家池上，江淹浦畔”，则隔矣。白石《翠楼吟》：“此地，宜有词仙，拥素云黄鹤，与君游戏。玉梯凝望久，叹芳草萋萋千里。”便是不隔。至“酒祓清愁，花消英气”，则隔矣。

对学词者来说，《蕙风词话》与《人间词话》应列为必读书。

26 毛泽东诗词研究领域的缺损

MAO ZE DONG SHI CI YAN JIU LING YU DE QUE SUN

在当代中国，最为人熟知的旧体诗词无疑是毛泽东诗词，许多人对诗词的兴趣和认识甚至就源于对毛泽东作品的阅读，所以本书最后一讲就来谈谈对他的诗词的评价，选择的则是一个新的角度。

自从毛泽东诗词于1957年《诗刊》创刊号集中发表以来，近半个世纪中，各种注释、评论（包括文学史著作）多不胜数，全是褒词。唯一加以贬抑的是毛泽东本人，但他的自贬从未引起评家注意；即使注意到了，也必定视之为“伟大的谦虚”而忽略过去。这在“左”风肆虐、个人迷信盛行的年代不足为奇。奇怪的是，当两个“凡是”早经纠正，唯实的学风重获提倡后，尽管毛泽东诗词又多了几种版本，新的注释、评论也不断出现，却仍然无人重视毛泽东的自我评价（也含有他对别人如陈毅的诗的评价）。究其原因，不外二端：一是缺乏诗词修养，根本不懂毛泽东说的一些内行话；二是虽有修养，但有余悸，于是惯性使然地继续“为尊者讳”，而不管“尊者”自身是否讳言。

这实在是毛泽东诗词研究领域的一大缺损，因为毛泽东是懂诗的；他的自评真诚直率地表达了自己的观点，语气的谦抑并没有掩

盖一些重要的见解。从某种角度说，正是毛泽东本人对他的诗词作出了最朴素最贴切的评价。

毛泽东的自评大体包括两个方面：一是总体性的评价；二是对具体作品的说明。前者以致陈毅的信为代表，在致臧克家、致胡乔木的信中也略有涉及。后者则见于他对诗词所作的批语、解释以及致李淑一、致周世钊的信。他的自贬主要体现在总体性评价中；特别是在 1965 年 7 月 21 日致陈毅的信中说了这样一段话——

> 你叫我改诗，我不能改。因我对五言律，从来没有学习过，也没有发表过一首五言律。你的大作，大气磅礴。只是在字面上（形式上）感觉于律诗稍有未合。因律诗要讲平仄，不讲平仄，即非律诗。我看你于此道，同我一样，还未入门。我偶尔写过几首七律，没有一首是我自己满意的。如同你会写自由诗一样，我则对于长短句的词学稍懂一点。剑英喜七律，董老善五律，你要学律诗，可向他们请教。

1978年1月此信首次于《诗刊》刊出，跟着就出现一批谈体会的文章，但对上引这段话都好像视而不见，避而不谈。那时周扬刚刚复出，在海运仓总参招待所的礼堂作报告。我恰好在京，便去旁听。记得他也曾谈这封信，从《诗经》的比兴手法一直谈到别林斯基有关形象思维的论述，然而对上述引文也是只字不提。迄今为止，我没有看到一篇文章对这段话加以分析。难道它真的没有研究价值么？我看不然。事实上它从文体、格律的角度明确地表述了作者的一些基本见解；他的自评、自贬正是由此生发出来。或者也可以说，在他的自评、自贬中包含了对于文体、格律的基本见解。

首先，毛泽东将诗的内容与形式作了区分，认为内容再好，再有气势，如果不讲平仄，就不能算是律诗。这是一句常识性的话，也可以说是对陈毅诗作的实事求是的评价。陈毅很有才华，且富于诗人的激情，但不精通格律。只须翻开他的诗词选，就会发现多数诗词都是不讲平仄的。甚至著名的《梅岭三章》，其手稿的平仄也不符合诗律。这在毛泽东看来，就是“还未入门”。有趣的是，多年来论及陈毅诗词的文章不少，却从未有人引用毛泽东的这句评语。我想多半是评论者本身也不知平仄为何物，当然难以发表意见了。

现在的疑问是，毛泽东是讲究平仄的，他替陈毅修改《西行》，主要是推敲平仄，使之符合五言律的格律要求，那么，他又为什么要自贬，说“我看你于此道，同我一样，还未入门”呢？这里可能有两方面的因由。一方面是为了使语气显得轻松、和缓，因为“还未入门”是一句很重的话，等于从诗律的角度对陈诗作了否定，而有了这句“同我一样”，顿时化重为轻。另一方面则含有对自己的诗作尤其是五律的不满。毛泽东写过五律，但生前从未发表过。在身后出版的诗集中，收有五律四首，其中格律较严整的是《挽戴安澜将军》和《看山》，虽然前者第七句出现三仄声，后者第三句失黏，但这类微疵在前人诗中多有，不足为病。至于《张冠道中》、《喜闻捷报》则错得较多，可以说是“不讲平仄”的了。应当指出的是，毛泽东自己对这些平仄上的毛病是一清二楚的。《张冠道中》、《喜闻捷报》均作于1947年戎马倥偬之际，诗兴突来，遂无暇在格律上细予斟酌。如果有充裕的时间和兴趣，他大概也能像替陈毅改诗那样，把这几首五律改得珠圆玉润，毫无瑕疵。只是他后来似乎已失去反复推敲这些诗的兴趣，也无意公开发表了。

写到这里，一个新的问题便自然出现：毛泽东的不少词也作于

戎马倥偬之际，如他自己所说，是“在马背上哼成的”（《〈词六首〉引言》），可是都很符合词律，没有平仄上的毛病，这又如何解释呢？

其实，毛泽东在上引那段话中已经作出回答，即他认为诗（狭义的）与词、五律与七律具有不同的文体特征；词人不一定是诗人，诗人也不一定是词人；诗人对各种诗体往往有所偏爱，不一定都擅长。我认为这一见解完全符合文学史的实际。譬如宋朝的二晏、柳永、周邦彦、李清照、辛弃疾、姜夔等都只是词人或主要是词人，而非诗人；明朝则276年间一个有影响的词人都未出现。古代也有些人是兼擅诗词的，但像苏轼那样成功者不多。王国维在《人间词话》里便两次提到“欧（阳修）秦（观）之诗远不如词”，并指出原因在于“其写之于诗者，不若写之于词者之真也”。

从这样的见解出发，毛泽东把自己定位为词人，只是语气谦逊，说“我则对于长短句的词学稍懂一点”。事实上他的词除了像许多评论文章指出的那样，在思想艺术上有新的开拓，某些作品如《沁园春·雪》可谓震古烁今外，就是在形式（格律）的把握方面，也进入了自由的境地。因为他喜爱长短句，许多词牌都烂熟于心，所以即使在马上吟咏，也自然合律，不会出错。这也不是毛泽东独具的才能，但凡在词的格律上下过工夫、有较多创作实践的人，都不难达到这种境界。从目前发表的毛泽东的词作来看，没有 首是“不讲平仄”的。有时在用韵、平仄（包括将拗句改为律句）方面与词谱的规定略有出入，那往往别具匠心，并非无知所致。懂格律者的变通与不懂格律者的乱写不可相提并论。譬如韵脚方面，《蝶恋花·答李淑一》一词二韵，有违常规，而毛泽东对此很清楚，其所以不改，是不想损害原有的诗意，如他自己所说：“上下两韵不可改，只得任之。”（《在〈毛泽东诗词十九首〉上的批语》）又按词律规定，入声不能与上去声通押，而《如梦令·元旦》中，“路隘林深苔滑”一句偏偏以入声字“滑”与“化”、“下”、“画”等去声字相押，读来并不难听，这是一个创造。平仄方面，《沁园春·雪》起首三句都按词谱采用平收；而《沁园春·长沙》第二句“湘江北去”却抛开词谱，采用仄收，这同样是个创造，不仅考虑到诗意的连贯，而且声调上形成仄仄平平（“独立寒秋”）与平平仄仄的对比，十分悦耳。此外，前人填“贺新郎”，喜作一二句七言拗句，而毛泽东不论早年还是晚年所作《贺新郎》，均改拗句为律句，这就更是声律上的着意追求了。

相形之下，毛泽东对自己所作诗的评价要低得多，不但对五律予以否定，而且对七律也表示一首都不满意。我们当然不能据此认为他的七律都作得不好。事实上在谈到具体作品时，他于谦词中还是流露了对一些诗句的自得之情。譬如对《七律二首·送瘟神》，他一方面在该诗《后记》中谦虚地称之为“宣传诗”、“招贴画”，另一方面又在致周世钊的信中对“坐地日行八万里，巡天遥看一千河”详加解释，显然对这一以地球的自转和公转为依据、堪称前无古人的用典是满意和得意的。又如他创作《到韶山》和《登庐山》后，在 1959 年 9 月 7 日致胡乔木的信中写道：“主题虽好，诗意无多，只有几句稍好一些的，例如‘云横九派浮黄鹤’之类。”可谓于自贬中略含自褒。更值得注意的是他接下来说的一句话——

> 诗难，不易写，经历者如鱼饮水，冷暖自知，不足为外人道也。

从该信的上下文可以看出，这里所说的“诗”，也是狭义的，不包括词在内。只说“诗难”而不说“词难”，说明他写诗写得比较艰

辛。而两次请胡乔木把诗稿送交郭沫若“审改”，则表现出他的认真。最有意思的是“冷暖自知”一句。只须将汗牛充栋的评介文章与毛泽东三言两语的自评放在一起，立刻就能体会到这句话的分量。毛泽东的自评都说得很实在，擅长或不擅长，好或不好，了了分明。而评介文章却总是一派恭维：词好，诗也好；讲平仄的好，不讲平仄的也好；首首都好，句句都好。这种态度，不但使评论失去标准，变得庸俗，而且难免对某些诗句作出似是而非的诠释。行文至此，我想起了治学严谨、受人尊敬的老编辑周振甫。他的《毛泽东诗词欣赏》，着眼于典故的溯源和修辞的分析，有一定的特色和价值；然而在只褒不贬方面他也未能免俗，有时为了“为尊者讳”，甚至不惜作出十分荒谬的解释。

譬如《七律 · 有所思》作于1966年6月，通篇表现的是毛泽东在“文革”初期的所思所想。经历过十年浩劫的人一读就能感受到当年那种紧张的政治斗争气氛。以首句“正是神都有事时”为例，显然指的是6月1日《人民日报》发表《横扫一切牛鬼蛇神》社论后，在北京许多学校出现的揪斗校长、教师的浪潮，以及刘少奇等决定派工作组到校协助领导运动，中央文革乘机进行挑拨、捣乱等事态。而毛泽东对当时形势的看法则是错误的。就在写完这首诗后不久，他就发表《炮打司令部——我的一张大字报》，把矛头直接指向了刘少奇。以周振甫的阅历，对诗的背景和含义不可能看不出来，但他却故作糊涂地这样写道：“在首都有什么事呢？作者要把首都建设成社会主义的首都，当然有事做。”（《毛泽东诗词欣赏》）对全首诗的解释也都是这种口气。看得出老先生笔下仍有余悸，但他忘了，对“文革”和毛泽东晚年错误的结论早已写进《关于建国以来党的若干历史问题的决议》中。

平实地说，毛泽东的诗不如词。他的诗也有相当的才气和功底，这从他青年时期写的《五古·挽易昌陶》、《七古·送纵宇一郎东行》以及“自信人生二百年，会当水击三千里”等诗句已可看出。他晚年随口替乔冠华续打油诗：“莫道敝人功业小，北京卖报赚钱多。”（《我与乔冠华》）虽是玩笑，但平仄丝毫不错，显示出扎实的基本功。尽管如此，他的诗在总体水平上仍然远不如词。平仄只是近体诗的一个起码要求，除此之外，诗还有各种讲究。其中很重要的一条是洗练，即用最经济的手段来表达最丰富的内涵；故而名家作诗，从用字、用典到句式、对仗总是尽量避免“合掌”。杜甫的七律，甚至连出句末尾的那个仄声字都要求上、去、入三声俱全，目的就是为了避免单调、重复。毛泽东当然明白这个道理，但知易行难，——可能这也是他对所作律诗不满意的原因之一。下面聊举二例：

《七律·长征》是影响很大的一首诗。其颈联出句原为“金沙浪拍悬崖暖”，后改为“金沙水拍云崖暖”。“云”和“铁”都是名词，“悬”却是动词，用“云崖暖”对“铁索寒”较初稿要工稳得多，所以这个字改得好。至于易“浪”为“水”，则是不想重字，如他自己所说：“改浪拍为水拍，这是一位不相识的朋友建议改的，他说不要一篇内有两个浪字，是可以的。”（《在〈毛泽东诗词十九首〉上的批语》）我不知道提建议的那位朋友是谁，但他似乎思虑欠周。他只想到“五岭逶迤腾细浪”而忘了“万水千山只等闲”，当他为避免“两个浪字”而把“浪拍”改掉时，诗中却出现了两个“水”字，真是顾此失彼。

律诗的中间两联除要求词性、平仄形成对仗外，在表达的意思上也是忌讳重复的。在毛泽东的七律中，凡属较好的对仗，其对句都能在出句的基础上另翻一层新意。然而也有不尽如人意处，如“独

有英雄驱虎豹，更无豪杰怕熊罴”（《七律·冬云》），据说上句是反帝，下句是反修；但就字面而论，两句的意思是全然重复的：“英雄”与“豪杰”雷同，“虎豹”与“熊罴”合掌。无论如何，这不能算是很成功的句子。

毛泽东对所作诗词的不同评价，还表现在愿否公开发表上。现在出版的诗词集，将他的作品分为正编和副编。副编所收25首，大都是他不愿发表的作品。其中词只有5首，另外20首均为诗。不愿发表，可能有各种各样的原因，但这个比例还是足以说明他对长短句的满意程度远远超过了诗。

最后还想说的是，对副编中某些根据抄件付印的作品是否有错讹，我是颇感怀疑的，因为有几首诗在用词、平仄方面错得莫名其妙，简直不像是毛泽东的水平了。当然我并不清楚实情，但是以前读报时发现的另一件事曾使我深感由不懂格律的人来抄录诗词是多么容易出错。那是在2002年1月30日的《光明日报》上，刊出了钟敬文口述的遗稿《百岁寄语》，记录者穆立立系诗人穆木天的女儿（现任中国社会科学院研究员）。应该说，散文部分整理得不错。遗憾的是，她显然不懂格律，在记录两首七绝时，均有失误。第一首错得很可笑：竟将第二句移为末句，不但平仄不谐，连意思也欠通了。其正确的排列应为：“勇以捐躯六十春，灵山今日吊忠魂。抚碑心事如泉涌，无计从君一叙论。”（“论”读平声）第二首第二句“此事旁人笑如痴”的“如”字也有误，盖“仄仄平平仄仄平”，这里需要一个仄声字。至于该版编辑韩小蕙，平日文笔倒也不错，可惜同样不具备判别平仄的能力，所以对这类错误也根本看不出来。

既然如此，由毛泽东身边一些并不懂诗的工作人员抄录的诗词难道就不会出错么？

附1

诗韵节录

[按]：本节录按《诗韵合璧》字序编排，但删去了部分不常用字。有的字在两个或两个以上韵部出现，含义或相同或不相同，使用时应注意辨别。

上 平

一东

东 同 铜 桐 筒 童 僮 曈 筩 中 衷 忠 虫 冲 终 戎 崇 嵩 菘 弓 躬 宫 融 雄 熊 穹 穷 冯 风 枫 丰 充 隆 空 公 功 工 攻 蒙 濛 笼 聋 珑 洪 红 鸿 虹 丛 翁 葱 聪 骢 通 蓬 篷 烘 潼 曚 胧 匆 峒 螽 讧 忡 芃 酆 恫 侗 窿 朦 懵 盅 芎 倥 艨 绒

二冬

冬 农 宗 钟 龙 舂 松 冲 容 蓉 庸 封 胸 雍 浓 重 从 逢 缝 踪 茸 峰 蜂 锋 烽 蛩 筇 慵 恭 供 淙 侬 凶 墉 镛 佣 溶 熔 邛 憧 喁 邕 壅 纵 龚 枞 脓 淞 匈 汹 蚣 榕 跫 彤

三江

江 缸 扛 窗 邦 缸 降 双 艭 庞 逄 腔 撞 幢 桩 淙 豇

四支

支 枝 移 为 垂 吹 陂 碑 奇 宜 仪 皮 儿 离 施 知 驰 池 规 危 夷
师 姿 迟 龟 眉 悲 之 芝 时 诗 棋 旗 辞 词 期 祠 基 疑 姬 丝 司 葵
医 帷 思 滋 持 随 痴 维 卮 麋 螭 麾 墀 弥 慈 遗 肌 脂 雌 披 嬉 尸
狸 炊 湄 篱 兹 差 疲 茨 卑 亏 蕤 陲 骑 曦 歧 谁 斯 私 窥 欹 熙 欺
疵 赀 笞 羁 彝 髭 颐 资 糜 饥 衰 锥 姨 楣 夔 涯 伊 蓍 追 缁 箕 椎
罴 篪 萎 匙 澌 脾 坻 嶷 治 骊 尸 綦 怡 尼 漪 牺 饴 而 鸱 推 縻 璃
祁 绥 逵 咿 羲 羸 肢 骐 訾 狮 奇 嗤 咨 堕 其 睢 漓 蠡 噫 骓 馗 辎
胝 鳍 蛇 陴 淇 淄 丽 筛 厮 氏 痍 貔 比 僖 贻 祺 嘻 鹂 瓷 鸶 琦 嵋
怩 熹 孜 蚩 罹 魑 丕 琪 耆 衰 惟 猗 剂 羆 提 禧 居 栀 戏 畸 痿 虽
仔 委 崎 隋 逶 倭 郦

五微

微 薇 晖 徽 挥 晕 韦 围 帏 闱 违 霏 菲 妃 绯 飞 非 扉 肥 腓 威
祈 畿 机 几 讥 矶 玑 饥 稀 希 衣 依 沂 巍 归 诽 痱 欷 葳 颀 圻

六鱼

鱼 渔 初 书 舒 居 裾 车 渠 蕖 余 予 誉 舆 馀 胥 狙 锄 疏 蔬 梳
虚 嘘 徐 猪 闾 庐 驴 诸 除 储 如 墟 与 畲 疽 苴 於 茹 蛆 且 沮 祛
蜍 榈 胪 淤 妤 雎 纾 躇 趄 滁 屠 据 咀 涂 虑

七虞

虞 愚 娱 隅 刍 无 芜 巫 于 盂 衢 儒 濡 襦 须 株 诛 蛛 殊 铢 瑜
榆 谀 愉 腴 区 驱 躯 朱 珠 趋 扶 符 凫 雏 敷 夫 肤 纡 输 枢 厨 俱
驹 模 谟 蒲 胡 湖 瑚 乎 壶 狐 弧 孤 辜 姑 觚 菰 徒 途 涂 茶 图 屠
奴 呼 吾 梧 吴 租 卢 鲈 苏 酥 乌 污 枯 粗 都 铺 禺 诬 竽 吁 瞿 劬

需 俞 逾 觎 揄 萸 臾 渝 岖 镂 娄 夫 孚 桴 俘 迂 姝 拘 摹 糊 鸪 沽 呱 蛄 驽 逋 舻 垆 徂 孥 泸 栌 嚅 蚨 诹 扶 母 毋 芙 喁 颅 轳 句 邾 洙 麸 膜 瓠 芋 呕 驺 喻 枸 侏 龉 葫 懦 帑 拊

八齐

齐 蛴 脐 黎 犁 梨 蠡 黧 妻 萋 凄 堤 低 氐 诋 题 提 荑 蹄 缔 鹈 篦 鸡 稽 笄 兮 奚 嵇 蹊 倪 霓 西 栖 犀 澌 嘶 撕 梯 鼙 批 跻 挤 迷 泥 溪 圭 闺 睽 奎 携 畦 骊 鹂 儿

九佳

佳 街 鞋 牌 柴 钗 差 崖 涯 阶 偕 谐 骸 排 乖 怀 淮 豺 侪 埋 霾 斋 娲 蜗 娃 哇 皆 喈 揩 蛙 楷 槐 俳

十灰

灰 恢 魁 隈 回 徊 槐 枚 梅 媒 煤 瑰 雷 罍 催 摧 堆 陪 杯 醅 嵬 推 开哀 埃 台 苔 该 才 材 财 裁 来 莱 栽 哉 灾 猜 胎 孩 虺 崔 裴 培 坏 骀 垓 陔 徕 皑 傀 崃 诙 煨 桅 咳 颏 能 茴 酶 偎 隗

十一真

真 因 茵 辛 新 薪 晨 辰 臣 人 仁 神 亲 申 伸 绅 身 宾 滨 邻 鳞 麟 珍 瞋 尘 陈 春 津 秦 频 苹 颦 嚬 银 垠 筠 巾 囷 民 珉 缗 贫 莼 淳 醇 纯 唇 伦 纶 轮 沦 匀 旬 巡 驯 钧 均 臻 榛 姻 寅 彬 鹑 皴 遵 循 振 甄 岷 谆 椿 询 恂 峋 莘 堙 屯 呻 粼 磷 辚 濒 闽 豳 逡 狺 泯 洵 溱 夤 荀 竣 娠 纫 鄞 抡 畛 嶙 斌 氤

十二文

文 闻 纹 蚊 云 氛 分 纷 芬 焚 坟 群 裙 君 军 勤 斤 筋 勋 熏 薰 曛 荤 耘 芸 棼 汾 氲 员 欣 芹 殷 昕 贲 郧 雯 蕲

十三元

元原源鼋园猿辕垣烦繁蕃樊翻萱喧冤言轩藩魂浑袢温孙门尊存蹲敦墩暾屯豚村盆奔论坤昏婚阍痕根恩吞沅媛援爰幡番反埙鸳掀昆琨鹍 鲲扪荪髡跟垠抡蕴犍袁智鹓怨蜿溷燉饨臀喷纯

十四寒

寒韩翰丹殚单安鞍难餐坛滩檀弹残干肝竿乾阑栏澜兰看刊丸桓纨端湍酸团抟攒官观冠鸾銮栾峦欢宽盘蟠漫汗郸叹摊姗珊玕 奸剜棺钻瘢谩瞒潘蹒拦完莞獾般拌掸倌繁曼馒鳗谰洹智滦

十五删

删潸关弯湾还环寰圜班斑颁般蛮颜姦 菅攀顽菅山鳏间艰闲娴悭孱潺殷斓扳讪患

下 平

一先

先前千阡笺鞯天坚肩贤弦烟燕莲怜田填钿年颠巅牵妍研眠渊涓蠲编玄县泉迁仙鲜钱煎然延筵毡旃禅蝉缠连联涟篇偏便绵全宣镌穿川缘鸢铅捐旋娟船涎鞭铨 筌专圆员乾虔愆骞权拳椽传焉跹芊溅舷咽骈阗鹃翩扁沿诠痊悛荃遄卷挛戋佃滇潺孱婵颛犍搴嫣澶单鄢扇键蜷

二萧

萧箫挑貂刁凋雕迢条髫跳蜩苕调枭浇聊辽寥撩寮

僚 尧 幺 宵 消 霄 绡 销 超 朝 潮 嚣 樵 谯 骄 娇 焦 蕉 椒 饶 桡 荛 烧 遥 徭 姚 摇 谣 瑶 韶 昭 招 飚 标 杓 镳 瓢 苗 描 猫 要 腰 邀 鸮 乔 桥 侨 妖 夭 漂 飘 翘 祧 佻 徼 鹪 哓 哨 娆 陶 橇 劭 潇 骁 獠 料 硝 鹞 钊 蛲 峤 轿 荞 嘹 逍 燎 憔 剽

三肴

肴 巢 交 郊 茅 嘲 钞 包 胶 爻 苞 梢 蛟 庖 匏 坳 敲 胞 抛 鲛 崤 铙 炮 哮 捎 茭 淆 泡 跑 咬 啁 教 咆 鞘 剿 刨 佼 抓 姣 唠

四豪

豪 毫 操 髦 刀 萄 猱 褒 桃 糟 漕 旄 袍 挠 蒿 涛 皋 号 陶 螯 翱 鳌 敖 曹 遭 糕 篙 羔 高 嘈 搔 毛 艘 滔 骚 韬 缫 膏 牢 醪 逃 槽 劳 洮 叨 饕 骜 熬 臊 涝 淘 尻 挑 嚣 捞 嗥 薅

五歌

歌 多 罗 河 戈 阿 和 波 科 柯 陀 娥 蛾 鹅 萝 荷 过 磨 螺 禾 窠 哥 娑 驼 佗 沱 鼍 峨 那 苛 诃 珂 轲 莎 蓑 梭 婆 摩 魔 讹 坡 颇 俄 哦 傩 呵 皤 么 涡 窝 茄 迦 伽 磋 跎 番 蹉 搓 驮 蝌 箩 锅 倭 啰 嵯 锣

六麻

麻 花 霞 家 茶 华 沙 车 牙 蛇 瓜 斜 邪 芽 嘉 瑕 纱 鸦 遮 叉 葩 奢 楂 琶 衙 赊 涯 夸 巴 加 耶 嗟 遐 笳 差 蟆 蛙 哗 虾 拿 葭 茄 挝 呀 枷 哑 娲 爬 杷 蜗 爷 芭 鲨 珈 骅 娃 哇 洼 畲 丫 夸 裟 瘕 些 桠 杈 痂 爹 椰 咤 笆 桦 划 迦 佘

七阳

阳 杨 扬 香 乡 光 昌 堂 章 张 王 房 芳 长 塘 妆 常 凉 霜 藏 场 央 泱 鸯 秧 嫱 狼 床 方 浆 觞 梁 娘 庄 黄 仓 皇 装 殇 襄 骧 相 湘 缃 厢 箱 创 忘 芒 望 尝 偿 樯 枪 坊 囊 郎 唐 狂 强 肠 康 冈 苍 匡

荒遑 行妨棠翔良航倡依羌庆姜僵缰疆粮穰将墙桑刚祥详 洋旸徉佯粱量羊伤汤鲂樟彰漳獐璋猖商防篁煌篁隍凰蝗惶璜榔廊浪筜裆沧纲亢吭糠肓潢簧忙茫傍汪臧琅当庠裳昂糖疡锵汤杭邙赃滂禳攘瓤抢戕螳踉眶炀闾亡殃蔷镶孀搪彷胱磅膀螃

八庚

庚更羹盲横觥彭棚亨英瑛烹平评枰京惊荆明盟鸣荣莹兵兄卿生甥笙牲檠擎鲸黥迎行衡耕萌氓甍宏闳茎莺 樱泓橙争筝清情晴精睛菁晶旌盈楹瀛嬴营婴缨贞成 盛城诚呈程声征正轻名令并倾萦琼赓撑瞠伧峥猩珩蘅铿嵘丁嘤鹦铮琤砰绷轰訇瞪侦顷抨坪

九青

青经泾形刑邢型陉亭庭廷霆蜓停宁丁钉仃馨星腥醒惺俜灵棂龄铃苓伶零玲娉翎瓴囹聆听厅汀冥溟螟铭瓶 屏萍荧萤荥扃町瞑暝

十蒸

蒸承丞惩陵凌绫冰膺鹰应蝇绳渑乘升胜兴缯凭仍兢矜征凝称登灯僧增曾憎层嶒能棱朋鹏肱腾滕藤恒冯瞢 扔誊

十一尤

尤邮优忧流旒留榴骝刘由油游猷悠攸牛修羞秋周州洲舟酬仇柔俦畴筹稠丘抽瘳湫遒收鸠不愁休囚求裘球 浮谋牟眸矛侯猴喉讴沤鸥瓯楼娄陬偷头投钩沟幽彪 疣绸浏瘤犹啾酋售蹂揉搜叟邹貅泅球逑蜉桴欧搂抠 髅蝼兜句妯惆呕缪繇偻篓馗区

十二侵

侵 寻 浔 林 霖 临 针 箴 斟 沈 深 淫 心 琴 禽 擒 钦 衾 吟 今 襟 金 音 阴 岑 簪 琳 琛 椹 谌 忱 壬 任 黔 歆 禁 喑 森 参 淋 郴 妊 湛

十三覃

覃 潭 谭 昙 参 骖 南 男 谙 庵 含 涵 函 岚 蚕 探 贪 耽 龛 堪 戡 谈 甘 三 酣 篮 柑 惭 蓝 婪 庵 颔 褴

十四盐

盐 檐 廉 帘 嫌 严 占 髯 谦 奁 纤 签 瞻 蟾 炎 添 兼 缣 尖 潜 阎 镰 粘 淹 箝 甜 恬 拈 暹 詹 渐 歼 黔 沾 苫 占 崦 阉 腌

十五咸

咸 缄 谗 衔 岩 帆 衫 杉 监 凡 馋 芟 喃 嵌 掺 搀 严

上　声

一董

董 动 孔 总 笼 汞 桶 空 拢 洞 懂 侗

二肿

肿 种 踵 宠 陇 垄 拥 壅 冗 茸 重 冢 奉 捧 勇 涌 踊 俑 蛹 恐 拱 巩 竦 悚 耸 溶

三讲

讲 港 棒 蚌 项 耩

四纸

纸 只 咫 是 枳 砥 抵 氏 靡 彼 毁 委 诡 傀 髓 妓 绮 此 褫 徙 髀 尔 迩 弭 弥 婢 侈 弛 豕 紫 捶 揣 企 旨 指 视 美 訾 否 兕 几 姊 匕 比 妣 轨 水 唯 止 市 恃 徵 喜 已 纪 跪 技 蚁 迤 鄙 晷 宄 子 梓 矢 雉 死 履 垒 诔 揆 癸 趾 芷 以 已 似 姒 巳 祀 史 使 驶 耳 里 理 李 俚 鲤 起 杞 士 仕 俟 始 峙 痔 齿 矣 拟 耻 滓 玺 跬 圮 痞 址 娌 倚 被 你 仔

五尾

尾 鬼 苇 卉 虺 几 伟 韪 炜 斐 诽 悱 菲 岂 匪 蜚

六语

语 圄 御 龉 吕 侣 旅 膂 杼 伫 与 予 渚 煮 汝 茹 暑 鼠 黍 杵 处 贮 褚 女 许 拒 距 炬 所 楚 础 阻 俎 沮 举 莒 序 绪 屿 墅 著 巨 讵 咀 纾 去

七麌

麌 雨 羽 禹 宇 舞 父 府 鼓 虎 古 股 贾 蛊 土 吐 圃 谱 庾 户 树 麈 煦 琥 怙 嵝 篓 卤 努 肚 沪 枸 辅 组 乳 弩 补 鲁 橹 睹 竖 腐 数 簿 姥 普 拊 侮 五 庑 斧 聚 午 伍 缕 部 柱 矩 武 脯 苦 取 抚 浦 主 杜 祖 堵 愈 祜 扈 雇 虏 甫 腑 俯 估 诂 牯 瞽 酤 怒 浒 诩 栩 拄 剖 鹉 溥 赌 伛 偻 莽 滏

八荠

荠 礼 体 米 启 醴 陛 洗 邸 底 诋 抵 坻 弟 悌 递 涕 济 澧 祢

九蟹

蟹 解 骇 买 洒 楷 锴 摆 罢 拐 矮 伙

十贿

贿 悔 改 采 彩 海 在 宰 醢 载 铠 恺 待 怠 殆 倍 猥 蕾 诒 蓓 鼐 颏 浼 汇 璀 每 亥 乃

十一轸

轸 敏 允 引 尹 尽 忍 准 隼 笋 盾 闵 悯 泯 菌 蚓 诊 畛 肾 牝 赈 窘 蜃 陨 殒 蠢 紧 缜 纯 吮 朕 稹 嶙

十二吻

吻 粉 蕴 愤 隐 谨 近 恽 忿 刎 拉 殷

十三阮

阮 远 本 晚 苑 返 反 阪 损 饭 偃 堰 衮 遁 稳 蹇 键 婉 蜿 宛 阃 鲧 悃 捆 很 恳 垦 圈 盾 绻 混 沌 娩 棍

十四旱

旱 暖 管 满 短 馆 缓 盥 碗 款 懒 卵 散 伴 诞 浣 瓒 断 侃 算 疃 但 坦 袒 悍 澸 纂 趱

十五潸

潸 眼 简 版 产 限 撰 栈 绾 赧 羼 柬 拣 莞

十六铣

铣 善 遣 浅 典 转 衍 犬 选 冕 辇 免 展 茧 辩 辨 篆 勉 翦 卷 显 饯 践 眄 喘 藓 软 蹇 謇 演 岘 栈 扁 阐 娈 跣 腆 鲜 戬 吮 辫 件 琏 泫 单 殄 腼 蚬 缅 沔 键 搴 冼 燹 癣 狷 匾 宴

十七筱

筱 小 表 鸟 了 晓 少 扰 绕 娆 绍 杪 秒 沼 眇 矫 蓼 皎 杳 窈 袅

窕 挑 掉 渺 缈 藐 淼 标 悄 缭 僚 昭 夭 燎 赵 兆

十八巧

巧 饱 卯 昴 狡 爪 鲍 挠 搅 绞 拗 姣 炒

十九皓

皓 宝 藻 早 枣 老 好 道 稻 造 脑 恼 岛 倒 祷 抱 讨 考 燥 扫 嫂 槁 潦 保 葆 堡 褓 草 昊 浩 颢 镐 皂 袄 缫 蚤 澡 灏 媪 杲 缟 涝

二十哿

哿 火 舸 舵 沱 我 娜 傩 荷 可 坷 轲 左 果 裹 朵 锁 琐 堕 垛 惰 妥 坐 么 裸 跛 簸 颇 叵 祸 伙 那 卵 爹 揣 隋

二十一马

马 下 者 野 雅 瓦 寡 社 写 泻 夏 冶 也 把 贾 假 舍 赭 厦 惹 若 踝 姐 哆 哑 且 瘕 洒

二十二养

养 痒 鞅 怏 泱 像 象 橡 仰 朗 奖 浆 敞 昶 氅 枉 沆 荡 惘 放 仿 两 谠 傥 曩 杖 响 掌 党 想 榜 爽 广 享 丈 仗 幌 晃 莽 襁 纺 蒋 攘 盎 脏 苍 长 上 网 荡 壤 赏 往 仿 罔 蟒 魍 抢 慌 厂 慷 向

二十三梗

梗 影 景 井 岭 领 境 警 请 屏 饼 永 骋 逞 颍 颖 顷 整 静 省 幸 颈 郢 猛 炳 杏 丙 打 哽 秉 耿 憬 靓 黾 冷 靖

二十四迥

迥 炯 茗 挺 艇 町 醒 溟 酊 到 等 鼎 顶 胫 肯 拯 酩

二十五有

有 酒 首 手 口 母 后 柳 友 妇 斗 狗 久 负 厚 叟 走 守 绶 右 否 受 牖 偶 耦 阜 九 后 咎 吼 帚 垢 亩 舅 藕 朽 臼 肘 韭 剖 诱 牡 缶 酉 扣 欧 黝 蹂 取 钮 莠 丑 苟 糗 某 玖 拇 纣 纠 卣 枸 忸 浏 赳 蚪 擞 陡 寿 殴

二十六寝

寝 饮 锦 品 枕 审 甚 廪 衽 饪 稔 禀 沈 凛 噤 谂 朕 荏 恁 婶

二十七感

感 览 榄 胆 澹 啖 坎 惨 敢 颔 暗 撼 毯 喊 眈 橄 嵌

二十八俭

俭 琰 焰 敛 险 检 脸 染 掩 点 簟 贬 冉 陕 谄 奄 渐 玷 忝 闪 歉 魇 俨

二十九豏

豏 槛 范 减 舰 犯 湛 斩 黯 掺 阚 喊 滥 歉

去 声

一送

送 梦 凤 洞 众 瓮 弄 贡 冻 痛 栋 仲 中 粽 讽 恸 空 控 赣 砻 哄 衷

二宋

宋 重 用 颂 诵 统 纵 讼 种 综 俸 共 供 从 缝 雍 恐 封

三绛

绛 降 巷 撞 洚 淙 虹

四置

置 事 地 意 志 治 思 泪 吏 赐 字 义 利 器 位 戏 至 次 累 伪 寺 瑞 智 记 异 致 备 肆 翠 骑 使 试 类 弃 饵 媚 鼻 易 辔 坠 醉 议 翅 避 笥 帜 粹 侍 谊 帅 厕 寄 睡 忌 贰 萃 穗 二 帔 臂 嗣 吹 遂 恣 四 骥 季 刺 驷 识 痣 志 寐 魅 邃 燧 隧 谥 植 织 饲 食 积 被 芰 懿 悸 觊 冀 暨 洎 愧 匮 馈 篑 比 庇 畀 痹 毖 秘 泌 鸷 贽 渍 迟 祟 豉 珥 示 伺 嗜 自 眦 詈 痢 莉 譬 彗 肄 惴 劓 啻 企 腻 施 遗 值 出 萎 诿 陂 始 术 瑟 德 挚

五未

未 味 气 贵 费 沸 尉 畏 慰 蔚 魏 纬 胃 渭 谓 讳 卉 毅 溉 既 暨 衣 忾 诽 痱 蜚 翡

六御

御 处 去 虑 誉 署 据 驭 曙 助 絮 著 豫 翥 箸 恕 与 遽 疏 庶 诅 预 茹 倨 语 踞 锯 狙 沮 除 女 讵 欤 楚 嘘

七遇

遇 路 赂 露 鹭 树 度 渡 赋 布 步 固 素 具 数 怒 务 雾 骛 鹜 附 兔 故 顾 雇 句 墓 暮 慕 募 注 驻 祚 裕 误 悟 寤 住 戍 库 护 诉 蠹 妒 惧 趣 娶 铸 傅 付 谕 妪 捕 哺 忤 措 错 醋 仆 赴 恶 互 孺 怖 煦 寓 酤 瓠 输 吐 屡 塑 捂 驱 讣 菟 属 作 酗 雨 获 镀 圃 驸 足 播 苦

八霁

霁 制 计 势 世 丽 岁 卫 济 第 艺 惠 慧 币 砌 滞 际 厉 涕 契 弊 毙 帝 蔽 敝 髻 锐 戾 裔 袂 系 祭 隶 闭 逝 缀 翳 制 替 细 桂 税 例

誓 筮 蕙 偈 诣 砺 励 噬 继 谛 剂 曳 蒂 睇 憩 彗 逮 芮 掣 蓟 妻 挤 弟 题 递 鳜 蹶 齐 棣 说 毙 离 荔 泥 蜕 赘 俪 揭 唳 泄 娣 薛 呓 濞 捩 羿 谜 缔 切 医

九泰

泰 会 带 外 盖 大 濑 赖 籁 蔡 害 最 贝 霭 蔼 沛 艾 兑 奈 绘 桧 脍 会 磕 太 汰 癞 粝 蜕 哕 酹 狈

十卦

卦 挂 懈 隘 卖 画 瘥 派 债 怪 坏 诫 戒 界 介 芥 械 拜 快 迈 话 败 稗 晒 噫 届 疥 瀣 湃 聩 惫 铩 杀 喝 解 祭 蒯 喟 呗 寨

十一队

队 内 塞 爱 辈 佩 代 退 载 碎 态 背 秽 菜 对 废 诲 晦 昧 碍 戴 贷 配 妹 溃 黛 赉 吠 逮 岱 肺 溉 耒 慨 忾 块 绩 赛 刈 耐 悖 淬 敦 铠 焙 在 再 柿 睐 裁 采 回 栽 北 劾 悔

十二震

震 信 印 进 润 阵 镇 刃 顺 慎 鬓 晋 骏 闰 峻 衅 振 俊 舜 吝 烬 讯 胤 殡 仞 迅 瞬 谆 馑 蔺 徇 殉 赈 觐 摈 仅 认 衬 瑾 趁 韧 汛 磷 躏 浚 缙 娠 引 诊 蜃

十三问

问 闻 运 晕 韵 训 粪 奋 忿 酝 郡 分 紊 汶 愠 靳 近 斤 郓 氲 拚 隐

十四愿

愿 论 怨 恨 万 饭 献 健 寸 困 顿 遁 建 宪 劝 蔓 券 钝 闷 逊 嫩 贩 溷 远 曼 喷 艮 敦 鄤 褪 堰 圈

十五翰

翰 岸 汉 难 断 乱 叹 干 观 散 畔 旦 算 玩 烂 贯 半 案 按 炭 汗 赞 漫 冠 灌 爨 窜 幔 粲 灿 换 焕 唤 悍 扦 弹 惮 段 看 判 叛 腕 涣 绊 惋 钻 缦 锻 瀚 胖 谰 蒜 泮 谩 摊 侃 馆 滩 晏 盥

十六谏

谏 雁 患 涧 间 宦 晏 慢 办 盼 豢 栈 惯 赝 串 苋 绽 幻 讪 绾 谩 汕 疝 瓣 篡 铲 栅 扮

十七霰

霰 殿 面 县 变 箭 战 扇 煽 膳 传 见 砚 选 院 练 炼 燕 宴 贱 电 荐 绢 彦 甸 便 眷 面 线 倦 羡 堰 奠 遍 恋 眩 钏 倩 卞 汴 弁 拚 咽 片 禅 谴 谚 缘 颤 擅 援 媛 佃 钿 淀 狷 煎 旋 穿 茜 溅 拣 缠 牵 先 炫 善 缱 遣 研 衍 辗 转 饯

十八啸

啸 笑 照 庙 窍 妙 诏 召 邵 要 曜 耀 调 钓 吊 叫 燎 峤 少 眺 诮 料 肖 尿 剽 掉 鹞 粜 轿 烧 疗 漂 醮 骠 绕 摇 哨 约 嘹 裱

十九效

效 教 貌 校 孝 闹 淖 豹 爆 罩 拗 窖 酵 稍 较 钞 炮 觉

二十号

号 帽 报 导 盗 操 噪 灶 奥 告 诰 暴 好 到 蹈 劳 傲 躁 涝 漕 造 冒 悼 纛 骜 倒 缟 懊 澳 膏 犒 瀑 旄 靠 糙

二十一箇

个 贺 佐 作 逻 坷 轲 驮 大 饿 奈 那 些 过 和 挫 课 唾 播 簸 磨 座 坐 破 卧 货 左 惰

二十二禡称

禡 驾 夜 下 谢 榭 罢 夏 暇 霸 灞 嫁 赦 借 藉 炙 蔗 假 化 舍 价 射 骂 稼 架 诈 亚 罅 跨 麝 咤 怕 讶 诧 迓 胯 柘 卸 泻 靶 乍 桦 杷

二十三漾

漾 上 望 相 将 状 帐 浪 唱 让 旷 壮 放 向 仗 畅 量 葬 匠 障 谤 尚 涨 饷 样 藏 舫 访 养 酱 嶂 抗 当 酿 亢 况 脏 瘴 王 谅 亮 妄 怆 丧 怅 两 圹 宕 伉 忘 傍 砀 恙 吭 炀 张 行 广 汤 炕 长 创 诳 掠 妨 旺 荡 防 怏 偿 荡 盎 仰 挡 傥

二十四敬

敬 命 正 令 政 性 镜 盛 行 圣 咏 姓 庆 映 病 柄 郑 劲 竞 净 竟 孟 进 聘 诤 泳 请 倩 硬 檠 晟 更 横 榜 迎 娉 轻 评 证 侦 并 盟

二十五径

径 定 听 胜 磬 应 乘 媵 赠 佞 称 罄 邓 胫 莹 证 孕 兴 经 醒 廷 锭 庭 钉 暝 剩 凭 凝 橙 凳 蹬

二十六宥

宥 候 就 授 售 寿 秀 绣 宿 奏 富 兽 斗 漏 陋 守 狩 昼 寇 茂 懋 旧 胄 宙 袖 岫 柚 覆 复 救 臭 幼 佑 右 侑 囿 豆 窦 逗 溜 瘤 留 构 遘 媾 购 透 瘦 漱 镂 鹫 走 副 诟 究 凑 谬 缪 疚 灸 畜 柩 骤 首 皱 绉 戊 句 鼬 蹂 沤 又 逅 蔻 伏 收 犹 油 后 厚 扣 吼 读

二十七沁

沁 饮 禁 任 荫 谶 浸 鸩 枕 衽 赁 临 渗 妊 吟 深 甚 沈

二十八勘

勘 暗 滥 担 憾 缆 瞰 三 暂 参 澹 憨 淦 淡

二十九艳

艳 剑 念 验 赡 店 占 敛 厌 滟 垫 欠 僭 砭 餍 殓 苫 盐 沾 兼 念 俺 潜 忝

三十陷

陷 鉴 监 泛 梵 帆 忏 赚 蘸 谗 剑 欠 淹 站

入 声

一屋

屋 木 竹 目 服 福 禄 熟 谷 肉 族 鹿 腹 菊 陆 轴 逐 牧 伏 宿 读 犊 渎 牍 椟 黩 毂 复 粥 肃 育 六 缩 哭 幅 斛 戮 仆 畜 蓄 叔 淑 菽 独 卜 馥 沐 速 祝 麓 镞 蹙 筑 穆 睦 啄 鹜 秃 覆 扑 鬻 辐 瀑 竺 簇 暴 掬 濮 郁 矗 塾 朴 蹴 煜 谡 碌 毓 舳 蝠 辘 夙 蝮 匐 觫 囿 苜 茯 髑 副 孰

二沃

沃 俗 玉 足 曲 粟 烛 属 录 辱 狱 绿 毒 局 欲 束 鹄 蜀 促 触 续 浴 酷 缛 瞩 躅 褥 旭 欲 渌 告 仆

三觉

觉 角 桷 较 岳 乐 捉 朔 数 卓 涿 琢 剥 趵 爆 驳 邈 雹 璞 朴 确 浊 擢 镯 濯 幄 喔 药 握 搦 荦 学

四质

质 日 笔 出 室 实 疾 术 一 乙 壹 吉 秩 密 率 律 逸 佚 失 漆 栗 毕 恤 蜜 橘 溢 瑟 膝 匹 述 黜 弼 七 叱 卒 虱 悉 谧 轶 诘 帙 戌 佶 栉 昵 窒 必 侄 蛭 泌 秫 蟀 嫉 唧 怵 帅 郅 桎 茁 汨

五物

物 佛 拂 屈 郁 乞 掘 讫 吃 绂 弗 诎 崛 勿 熨 厥 迄 不 屹 倔

六月

月 骨 发 阙 越 谒 没 伐 罚 卒 竭 窟 笏 钺 歇 突 忽 勃 蹶 筏 厥 蕨 掘 阀 讷 殁 粤 悖 兀 碣 猝 樾 羯 汩 咄 渤 凸 滑 纥 核 饽 曰 讦

七曷

曷 达 末 阔 活 钵 脱 夺 褐 割 沫 拔 葛 闼 渴 拨 豁 括 聒 抹 秣 遏 挞 萨 掇 喝 跋 魃 獭 撮 剌 泼 斡 捋 袜 适 咄 妲

八黠

黠 札 拔 猾 八 察 杀 刹 轧 刖 戛 秸 嘎 瞎 刮 刷 滑

九屑

屑 节 雪 绝 列 烈 结 穴 说 血 舌 洁 别 缺 裂 热 决 铁 灭 折 拙 切 悦 辙 诀 泄 咽 噎 杰 彻 别 哲 设 劣 碣 掣 谲 窃 缀 阅 埒 挈 捩 楔 蹩 亵 蔑 茁 竭 契 疖 涅 颉 撷 撤 跌 浙 澈 蛭 揭 啜 辍 迭 侄 呐 冽 掇 批 橇 捏

十药

药 薄 恶 略 作 乐 落 阁 鹤 爵 弱 约 脚 雀 幕 洛 壑 索 郭 博 错 跃 若 缚 酌 托 削 铎 灼 凿 却 络 鹊 度 诺 萼 橐 漠 钥 著 虐 掠 获 泊 搏 勺 酪 谑 廓 绰 霍 烁 莫 铄 缴 谔 鄂 亳 恪 箔 攫 涸 鬻 疟 郝 骆 膜 粕 礴 拓 蠖 鳄 格 昨 柝 摸 貉 愕 怍 寞 膊 魄 凿 烙 焯 擢 厝 噩 泽 矍 各 芍 踱 迮

十一陌

陌 石 客 白 泽 伯 迹 宅 席 策 碧 籍 格 役 帛 戟 璧 驿 麦 额 柏

魄积脉夕液册尺隙逆画百辟赤易革脊获翮屐适帻剧碛隔益栅窄核掷责惜癖僻辟掖腋释舶拍择摘射斥弈奕迫疫译昔瘠赫炙谪虢腊硕螫藉翟亦骼只鲫珀借啧踯蜴帼席貊汐摭咋吓剌百莫蝈霹

十二锡

锡壁历枥击绩笛敌滴镝檄激寂翟逖籴析皙溺觅摘狄荻戚涤的吃霹沥雳惕踢剔砾栎适嫡阋迪觋淅吊霓倜

十三职

职国德食蚀色力翼墨极息直得北黑侧饰贼刻则塞式轼域殖植敕饬棘惑默织匿亿臆忆特勒劾稷识逼克蜮唧即拭弋陟测冒抑恻肋亟殛忒嶷熄穑啬匐鲫幅或愎翌

十四缉

缉辑立集邑急入泣湿习给十拾什袭及级涩粒揖汁笈蛰笠执隰汲吸岌熠揖悒挹

十五合

合塔答纳榻杂腊蜡匝阖蛤衲沓鸽踏飒拉搭盍溘嗑

十六叶

叶帖贴牒接猎妾蝶叠箧涉鬣捷颊楫摄蹑谍协侠荚晔睫慑蹀挟喋燮折靥烨辄捻婕聂霎

十七洽

洽狭峡法甲业邺匣压鸭乏怯劫胁插押狎掐夹恰眨呷霎喋札钾

「附2」

词谱简编

[按]：本简编从舒梦兰《白香词谱》选取70首词，依字数为序重新编排。谱式列于作品前面，以“－”表平声，“｜”表仄声，“＋”表可平可仄，“‖”表上下片格式相同。

1．**忆江南·怀旧**（单调，27字，平韵）　　李煜

－＋｜（句）＋｜｜－－（韵）＋｜＋－－｜｜（句）＋－＋｜｜－－（韵）＋｜｜－－（韵）

多少恨，昨夜梦魂中。还似旧时游上苑，车如流水马如龙，花月正春风。

2．**捣练子·秋闺**（单调，27字，平韵）　　李煜

－｜｜（句）｜－－（韵）＋｜－－＋｜－（韵）＋｜＋－－｜｜（句）＋－＋｜｜－－（韵）

深院静，小庭空，断续寒砧断续风。无奈夜长人不寐，数声和月到帘栊。

3．**忆王孙·春闺**（单调，31字，平韵）　　秦观

＋－＋｜｜－－（韵）＋｜－－＋｜－（韵）＋｜－－＋｜－（韵）｜

－－（韵）＋丨－－＋丨－（韵）

萋萋芳草忆王孙，柳外楼高空断魂。杜宇声声不忍闻。欲黄昏，雨打梨花深闭门。

4．**调笑令·宫词**（单调，32字，平仄韵转换）　　王建

－丨(仄韵)－丨（叠）丨＋＋－－丨（韵）＋－＋丨－－（换平韵）＋丨－－丨－（韵）－丨(再换仄韵)－丨（叠）＋丨＋－＋丨（韵）

团扇，团扇，美人并来遮面。玉颜憔悴三年，谁复商量管弦。弦管，弦管，春草昭阳路断。

5．**如梦令·春景**（单调，33字，仄韵）　　秦观

＋丨＋－＋丨（韵）＋丨＋－＋丨（韵）＋丨丨－－（句）＋丨＋－＋丨（韵）－丨（韵）－丨（叠）＋丨＋－＋丨（韵）

莺嘴啄花红溜，燕尾剪波绿皱。指冷玉笙寒，吹彻小梅春透。依旧，依旧，人与绿杨俱瘦。

6．**长相思·别情**（双调，36字，平韵）　　白居易

‖＋＋－（韵）＋＋－（韵）＋丨－－＋丨－（韵）＋－＋丨－（韵）‖

汴水流，泗水流，流到瓜州古渡头，吴山点点愁。　　思悠悠，恨悠悠，恨到归时方始休，月明人倚楼。

7．**相见欢·秋闺**（双调，36字，平仄韵交错）　　李煜

＋－＋丨－－（平韵）丨－－（韵）＋丨＋－－丨丨－－（韵）＋＋丨(仄韵)＋－丨(韵)丨－－（平韵）＋丨＋－－丨丨－－（韵）

无言独上西楼，月如钩，寂寞梧桐、深院锁清秋。　　剪不断，理还乱，是离愁。别是一番、滋味在心头。

8．**醉太平·闺情**（双调，38字，平韵）　　刘过

‖－－丨－(韵)－－丨－(韵)＋－＋丨－－（韵）丨－－丨－（韵）‖

情高意真，眉长鬓青。小楼明月调筝，写春风数声。　　思君忆君，魂牵梦萦。翠销香暖云屏，更那堪酒醒。

9. **昭君怨·春怨**（双调，40字，平仄韵转换）　　万俟雅言

‖＋｜＋－＋｜(仄韵) ＋｜＋－＋｜（韵）＋｜｜－－（换平韵）｜－－（韵）‖

春到南楼雪尽，惊动灯期花信。小雨一番寒，倚栏干。　　莫把栏干频倚，一望几重烟水。何处是京华，暮云遮。

10. **生查子·元夕**（双调，40字，仄韵）　　朱淑真

‖＋－｜｜－（句）＋｜－－｜（韵）＋｜｜－－（句）＋｜－－｜（韵）‖

去年元夜时，花市灯如昼。月上柳梢头，人约黄昏后。　　今年元夜时，月与灯依旧。不见去年人，泪湿春衫袖。

11. **点绛唇·闺情**（双调，41字，仄韵）　　曾允元

＋｜－－（句）＋－＋｜－－｜（韵）｜－－｜（韵）＋｜－－｜（韵）

＋｜－－（句）＋｜－－｜（韵）－＋｜（韵）｜－－｜（韵）＋｜－－｜（韵）

一夜东风，枕边吹散愁多少。数声啼鸟，梦转纱窗晓。　　来是春初，去是春将老。长亭道，一般芳草，只有归时好。

12. **采桑子·春暮**（双调，44字，平韵）　　朱藻

‖＋－＋｜－－｜（句）＋｜－－（韵）＋｜－－（韵）＋｜－－＋｜－（韵）‖

幛泥油壁人归后，满院花阴，楼影沉沉，中有伤春一片心。　　闲穿绿树寻梅子，斜日笼明，团扇风轻，一径黄花不避人。

13．**菩萨蛮·闺情**（双调，44字，平仄韵转换）　　李白

＋－＋丨－－丨（仄韵）＋－＋丨－－丨（韵）＋丨丨－－（换平韵）＋－－丨－（韵）

＋－－丨丨（再换仄韵）＋丨－－丨（韵）＋丨丨－－（再换平韵）－－丨丨－（韵）

平林漠漠烟如织，寒山一带伤心碧。暝色入高楼，有人楼上愁。　玉阶空伫立，宿鸟归飞急。何处是归程，长亭更短亭。

14．**减字木兰花·春情**（双调，44字，平仄韵转换）　　王安国

‖＋－＋丨（仄韵）＋丨＋－－丨丨（韵）＋丨－－（换平韵）＋丨－－＋丨－（韵）‖

画桥流水，雨湿落红飞不起。月破黄昏，帘里余香马上闻。　徘徊不语，今夜梦魂何处去。不似垂杨，犹解飞花入洞房。

15．**诉衷情·眉意**（双调，45字，平韵）　　欧阳修

＋－＋丨丨－－（韵）＋丨丨－－（韵）＋－＋丨－丨（句）＋丨丨（豆）丨－－（韵）

－丨丨（句）丨－－（韵）丨－－（韵）丨－－丨（句）＋丨－－（句）＋丨－－（韵）

清晨帘幕卷轻霜，呵手试梅妆。都缘自有离恨，故画作、远山长。　思往事，惜流光，易成伤。拟歌先敛，欲笑还颦，最断人肠。

16．**谒金门·春闺**（双调，45字，仄韵）　　冯延巳

－＋丨（韵）＋丨＋－－丨（韵）＋丨＋－－丨丨（韵）＋－－丨丨（韵）

＋丨＋－＋丨（韵）＋丨＋－－丨（韵）＋丨＋－－丨丨（韵）＋－－丨丨（韵）

风乍起，吹皱一池春水。闲引鸳鸯芳径里，手挼红杏蕊。　斗鸭阑干独倚，碧玉搔头斜坠。终日望君君不至，举头闻鹊喜。

17．**好事近·初夏**（双调，45字，仄韵）　　蒋子云

＋丨丨－－（句）＋丨＋－－丨（韵）＋丨＋－－丨（句）丨＋－－丨（韵）

＋－＋丨丨－－（句）＋＋丨－丨（韵）＋丨丨－－丨（句）丨＋－－丨（韵）

叶暗乳鸦啼，风定老红犹落。蝴蝶不随春去，入熏风池阁。　　休歌金缕劝金卮，酒病煞如昨。帘卷日长人静，任杨花飘泊。

18．**忆秦娥·思秋**（双调，46字，仄韵）　　李白

－＋丨（韵）＋－＋丨－－丨（韵）－－丨（韵）＋－＋丨（句）丨－－丨（韵）

＋－＋丨－－丨（韵）＋－＋丨－－丨（韵）－－丨（叠）＋－＋丨（句）丨－－丨（韵）

箫声咽，秦娥梦断秦楼月。秦楼月，年年柳色，灞陵伤别。　　乐游原上清秋节，咸阳古道音尘绝。音尘绝，西风残照，汉家陵阙。

19．**更漏子·本意**（双调，46字，平仄韵转换）　　温庭筠

丨－－（句）－丨丨（仄韵）＋丨＋－＋丨（韵）＋丨丨（句）丨－－（换平韵）＋－＋丨－（韵）

－＋丨(再换仄韵）＋－丨（韵）＋丨＋－＋丨（韵）＋丨丨（句）丨－－（换平韵）＋－＋丨－（韵）

柳丝长，春雨细，花外漏声迢递。惊塞雁，起城乌，画屏金鹧鸪。　　香雾薄，透重幕，惆怅谢家池阁。红烛背，绣帘垂，梦君君不知。

20．**清平乐·晚春**（双调，46字，平仄韵转换）　　黄庭坚

＋－＋丨（仄韵）＋丨－－丨（韵）＋丨＋－－丨丨（韵）＋丨＋－＋丨（韵）

＋－＋丨－－（换平韵）＋－＋丨－－（韵）＋丨＋－＋丨（句）＋－＋丨－－（韵）

春归何处，寂寞无行路。若有人知春去处，唤取归来同住。　　春无踪迹谁知，除非问取黄鹂。百啭无人能解，因风飞过蔷薇。

21．**阮郎归·踏青**（双调，47字，平韵）　　欧阳修

＋－＋丨丨－－（韵）－－＋丨－（韵）＋－＋丨丨－－（韵）＋－＋丨－（韵）

－丨丨（句）丨－－（韵）－－＋丨－（韵）＋－＋丨丨－－（韵）＋－＋丨－（韵）

南园春半踏青时，风和闻马嘶。清梅如豆柳如眉，日长蝴蝶飞。　　花露重，草烟低，人家帘幕垂。秋千慵困解罗衣，画堂双燕归。

22．**画堂春·本意**（双调，47字，平韵）　　黄庭坚

＋－＋丨丨－－（韵）＋－＋丨－－（韵）＋－＋丨丨－－（韵）＋丨－－（韵）

＋丨＋－＋丨（句）＋－＋丨－－（韵）＋－＋丨丨－－（韵）＋丨－－（韵）

东风吹柳日初长，雨余芳草斜阳。杏花零落燕泥香，睡损红妆。　　宝篆烟销龙凤，画屏云锁潇湘。夜寒微透薄罗裳，无限思量。

23．**摊破浣溪沙·秋恨**（双调，48字，平韵）　　李璟

‖＋丨－－＋丨－（韵）＋－＋丨丨－－（韵）＋丨＋－－丨丨［或＋丨－－丨－丨］（句）丨－－（韵）‖

菡萏香销翠叶残，西风愁起绿波间。还与韶光共憔悴，不堪看。　　细雨梦回鸡塞远，小楼吹彻玉笙寒。多少泪珠何限恨，倚阑干。

24．**人月圆·有感**（双调，48字，平韵）　　吴激

＋－＋丨－－丨（句）＋丨丨－－（韵）丨－－丨（句）－－丨丨（句）＋丨－－（韵）

丨－－丨（句）－－丨丨（句）＋丨－－（韵）＋－－丨（句）－－丨

丨（句）＋丨－－（韵）

南朝千古伤心事，还唱后庭花。旧时王谢，堂前燕子，飞向谁家。　恍然一梦，天姿胜雪，宫鬓堆鸦。江州司马，青衫泪湿，同是天涯。

25．**眼儿媚·秋闺**（双调，48字，平韵）　刘基

＋－＋丨丨－－（韵）＋丨丨－－（韵）＋－＋丨（句）＋－＋丨（句）＋丨－－（韵）

＋－＋丨－－丨（句）＋丨丨－－（韵）＋－＋丨（句）＋－＋丨（句）＋丨－－（韵）

萋萋烟草小楼西，云压雁声低。两行疏柳，一丝残照，万点鸦栖。　春山碧树秋重绿，人在武陵溪。无情明月，有情归梦，同到幽闺。

26．**柳梢青·纪游**（双调，49字，仄韵）　朱彝尊

丨－－丨（韵）丨－＋丨（句）＋－－丨（韵）＋丨－－（句）＋－＋丨（句）＋－－丨（韵）

＋－＋丨－－（句）丨＋丨（豆）＋－－丨（韵）＋丨－－（句）＋－－丨（句）＋－－丨（韵）

障羞罗扇，花时犹记，者边曾见。曲录阑干，玲珑窗户，也都寻遍。　两峰依旧青青，但不比、眉梢平远。第一难忘，重来崔护，去年人面。

27．**西江月·佳人**（双调，50字，平仄韵通叶）　司马光

‖＋丨＋－＋丨（句）＋－＋丨－－（平韵）＋－＋丨丨－－（叶平）＋丨＋－＋丨（叶仄）‖

宝髻松松挽就，铅华淡淡妆成。红烟翠雾罩轻盈，飞絮游丝无定。　相见争如不见，有情还似无情。笙歌散后酒微醒，深院月明人静。

28．**南歌子·闺情**(双调，52字，平韵)　欧阳修

‖＋丨－－丨（句）－－丨丨－（韵）＋－＋丨丨－－（韵）＋丨＋－＋丨丨－－（韵）‖

凤髻金泥带，龙纹玉掌梳。去来窗下笑相扶，爱道画眉深浅入时无。弄笔偎人久，描花试手初。等闲妨了绣功夫，笑问鸳鸯两字怎生书。

29．**醉花阴·重九**（双调，52字，仄韵）　　李清照

＋丨＋－－丨丨（韵）＋丨－－丨（韵）＋丨丨－－（句）＋丨－－（句）＋丨－－丨（韵）

＋－＋丨－－丨（韵）丨丨－－丨（韵）＋丨丨－－（句）＋丨－－（句）＋丨－－丨（韵）

薄雾浓云愁永昼，瑞脑销金兽。佳节又重阳，玉枕纱厨，半夜凉初透。东篱把酒黄昏后，有暗香盈袖。莫道不销魂，帘卷西风，人比黄花瘦。

30．**浪淘沙·怀旧**（双调，54字，平韵）　　李煜

‖＋丨丨－－（韵）＋丨－－（韵）＋－＋丨丨－－（韵）＋丨＋－－丨丨（句）＋丨－－（韵）‖

帘外雨潺潺，春意阑珊。罗衾不耐五更寒。梦里不知身是客，一晌贪欢。　　独自莫凭栏，无限江山。别时容易见时难。流水落花春去也，天上人间。

31．**鹧鸪天·别情**（双调，55字，平韵）　　聂胜琼

＋丨－－＋丨－（韵）＋－＋丨丨－－（韵）＋－＋丨－－丨（句）＋丨－－＋丨　（韵）

－丨丨（句）丨－－（韵）＋－＋丨丨－－（韵）＋－＋丨－－丨（句）＋丨－－＋丨－（韵）

玉惨花愁出凤城，莲花楼下柳青青。尊前一唱阳关曲，别个人人第五程。　　寻好梦，梦难成，有谁知我此时情。枕前泪共阶前雨，隔个窗儿滴到明。

32．**南乡子·春闺**（双调，56字，平韵）　　孙道绚

‖＋丨丨－－（韵）＋丨－－＋丨－（韵）＋丨＋－－丨丨（句）－－

（韵）＋丨－－＋丨－（韵）‖

晓日压重檐，斗帐春寒起未饮，天气困人梳洗懒，眉尖，淡画春山不喜添。　把绣丝挦，认得金针又倒拈。陌上游人归也未，恹恹，满院杨花不卷帘。

33．**鹊桥仙·七夕**（双调，56字，仄韵）　秦观

‖＋－＋丨（句）＋－＋丨（句）＋丨＋－＋丨（韵）＋－＋丨丨－－（句）丨＋丨（豆）－－＋丨（韵）‖

纤云弄巧，飞星传恨，银汉迢迢暗度。金风玉露一相逢，便胜却、人间无数。　柔情似水，佳期如梦，忍顾鹊桥归路。两情若是久长时，又岂在、朝朝暮暮。

34．**虞美人·感旧**（双调，56字，平仄韵转换）　李煜

‖＋－＋丨－－丨（仄韵）＋丨－－丨（韵）＋－＋丨丨－－（换平韵）＋丨＋－＋丨丨－－（韵）‖

春花秋月何时了，往事知多少。小楼昨夜又东风，故国不堪回首月明中。　雕栏玉砌应犹在，只是朱颜改。问君能有几多愁？恰似一江春水向东流。

35．**踏莎行·春暮**（双调，58字，仄韵）　寇准

‖＋丨－－（句）＋－＋丨（韵）＋－＋丨－－丨（韵）＋－＋丨丨－－（句）＋－＋丨－－丨（韵）‖

春色将阑，莺声渐老，红英落尽青梅小。画堂人静雨蒙蒙，屏山半掩余香袅。　密约沉沉，离情杳杳，菱花尘满慵将照。倚楼无语欲销魂，长空黯淡连芳草。

36．**临江仙·妓席**（双调，60字，平韵）　欧阳修

‖＋丨＋－－丨丨（句）＋－＋丨－－（韵）＋－＋丨丨－－（韵）＋－－丨丨（句）＋丨丨－－（韵）‖

柳外轻雷池上雨，雨声滴碎荷声。小楼西角断虹明。阑干私倚处，遥见月华生。　　燕子飞来窥画栋，玉钩垂下帘旌。凉波不动簟纹平。水晶双枕畔，犹有堕钗横。

37. **一剪梅·春思**（双调，60字，平韵）　　蒋捷

‖＋丨——＋丨—（韵）＋丨——（句）＋丨——（韵）＋—＋丨丨——（韵）＋丨——（句）＋丨——（韵）‖

一片春愁带酒浇。江上舟摇，楼上帘招，秋娘容与泰娘娇。风又飘飘，雨又潇潇。　　何日云帆卸浦桥。银字筝调，心字香烧，流光容易把人抛。红了樱桃，绿了芭蕉。

38. **蝶恋花·春景**（双调，60字，仄韵）　　苏轼

‖＋丨＋——丨丨（韵）＋丨——（句）＋丨——丨（韵）＋丨＋——丨丨（韵）＋—＋丨——丨（韵）‖

花褪残红青杏小，燕子飞时，绿水人家绕。枝上柳绵吹又少，天涯何处无芳草。　　墙里秋千墙外道，墙外行人，墙里佳人笑。笑渐不闻声渐悄，多情却被无情恼。

39. **渔家傲·秋思**（双调，62字，仄韵）　　范仲淹

‖＋丨＋——丨丨（韵）＋—＋丨——丨（韵）＋丨＋——丨丨（韵）—＋丨（韵）＋—＋丨——丨（韵）‖

塞下秋来风景异，衡阳雁去无留意。四面边声连角起，千嶂里，长烟落日孤城闭。　　浊酒一杯家万里，燕然未勒归无计。羌管悠悠霜满地，人不寐，将军白发征夫泪。

40. **苏幕遮·怀旧**（双调，62字，仄韵）　　范仲淹

‖丨——（句）—丨丨（韵）＋丨——（句）＋丨——丨（韵）＋丨＋——丨丨（韵）＋丨——（句）＋丨——丨（韵）‖

碧云天，黄叶地，秋色连波，波上寒烟翠。山映斜阳天接水，芳草无情，

更在斜阳外。　　黯乡魂，追旅思，夜夜除非，好梦留人睡。明月楼高休独倚，酒入愁肠，化作相思泪。

41．**锦缠道·春游**（双调，66字，仄韵）　　宋祁

｜｜－－（句）＋｜｜－－｜（韵）｜－－（豆）＋－－｜（韵）＋－＋｜－－｜（韵）＋｜－－（句）＋｜－－｜（韵）

｜－－｜－（句）＋－－｜（韵）｜－－（豆）＋－－｜（韵）｜＋－（豆）＋｜－－｜（句）｜－－｜（句）＋｜－－｜（韵）

燕子呢喃，景色乍长春昼。睹园林、万花如绣，海棠经雨胭脂透。柳展宫眉，翠拂行人首。　　向郊原踏青，恣歌携手。醉醺醺、尚寻芳酒。问牧童、遥指孤村道，杏花深处，那里人家有。

42．**解佩令·自题词集**（双调，67字，仄韵）　　朱彝尊

＋－＋｜（句）＋－＋｜（句）｜－－（豆）＋｜－－｜（韵）＋｜－－（句）｜＋＋（豆）＋－－｜（韵）｜－－（豆）＋－－｜（韵）

＋－＋｜（句）＋－＋｜（句）｜－－（豆）＋－－｜（韵）＋｜－－（句）｜＋＋（豆）＋－－｜（韵）｜－－（豆）＋－－｜（韵）

十年磨剑，五陵结客，把平生、涕泪都飘尽。老去填词，一半是、空中传恨。几曾围，燕钗蝉鬓。　　不师秦七，不师黄九，倚新声、玉田差近。落拓江湖，且分付、歌筵红粉。料封侯、白头无分。

43．**青玉案·春暮**（双调，67字，仄韵）　　贺铸

＋－＋｜－－｜（韵）｜＋｜（豆）－－｜（韵）＋｜＋－－｜｜（韵）＋－－｜（句）＋－＋｜（韵）＋｜－－｜（韵）

＋－＋｜－－｜（韵）＋｜－－｜－｜（韵）＋｜＋－－｜｜（韵）＋－－｜（句）＋－＋｜（韵）＋｜－－｜（韵）

凌波不过横塘路，但目送、芳尘去。锦瑟年华谁与度，月楼花院，绮窗朱户，惟有春知处。　　碧云冉冉蘅皋暮，彩笔空题断肠句。试问闲愁知几许，一川烟草，满城风絮，梅子黄时雨。

44. **天仙子·送春**（双调，68字，仄韵）　　张先

‖ + ｜ ｜ — — ｜ ｜（韵） + ｜ ｜ — — ｜ ｜（韵） + — + ｜ ｜ — —（句） — ｜ ｜（韵） — — ｜（韵） + ｜ ｜ — — ｜ ｜（韵）‖

水调数声持酒听，午醉醒来愁未醒。送春春去几时回，临晚镜，伤流景，往事后期空记省。　　沙上并禽池上暝，云破月来花弄影。重重帘幕密遮灯，风不定，人初静，明日落红应满径。

45. **千秋岁·夏景**（双调，71字，仄韵）　　谢逸

+ — + ｜（韵） + ｜ — — ｜（韵） + ｜ ｜（句） — — ｜（韵） + — — ｜ ｜（句） + ｜ — — ｜（韵） — + ｜（句） + — + ｜ — — ｜（韵）

+ ｜ — — ｜（韵） + ｜ — — ｜（韵） — ｜ ｜（句） — — ｜（韵） + — — ｜ ｜（句） + ｜ — — ｜（韵） — + ｜（句） + — + ｜ — — ｜（韵）

楝花飘砌。蔌蔌清香细。梅雨过，苹风起。情随湘水远，梦绕吴峰翠。琴书倦，鹧鸪唤起南窗睡。　　密意无人寄。幽恨凭谁洗。修竹畔，疏帘里。歌余尘拂扇，舞罢风掀袂。人散后，一钩新月天如水。

46. **离亭燕·怀古**（双调，72字，仄韵）　　张升

‖ + ｜ + — — ｜（韵） + ｜ + — — ｜（韵） + ｜ ｜ — — ｜ ｜（句） + ｜ + — — ｜（韵） + ｜ ｜ — —（句） + ｜ + — — ｜（韵）‖

一带江山如画，风物向秋潇洒。水浸碧天何处断，霁色冷光相射。蓼屿荻花洲，掩映竹篱茅舍。　　云际客帆高挂，烟外酒旗低亚。多少六朝兴废事，尽入渔樵闲话。怅望倚层楼，寒日无言西下。

47. **风入松·春园**（双调，76字，平韵）　　吴文英

‖ + — + ｜ ｜ — —（韵） + ｜ ｜ — —（韵） + — + ｜ — — ｜（句） + — +（豆） + ｜ — —（韵） + ｜ + — + ｜（句） + — + ｜ — —（韵）‖

听风听雨过清明，愁草瘗花铭。楼前绿暗分携路，一丝柳、一寸柔情。料峭春寒中酒，迷离晓梦啼莺。　　西园日日扫林亭，依旧赏新晴。黄蜂频扑秋千索，有当时、纤手香凝。惆怅双鸳不到，幽阶一夜苔生。

48．**祝英台近·春晚**（双调，77字，仄韵）　　辛弃疾

丨——（句）—丨丨（韵）+丨丨—丨（韵）+丨——（句）+丨丨—丨（韵）+—+丨——（句）+—+丨（句）丨+丨（豆）+——丨（韵）

丨—丨（韵）++—丨——（句）+—丨—丨（韵）+丨——（句）+丨丨—丨（韵）+—+丨——（句）+—+丨（句）丨+丨（豆）+——丨（韵）

宝钗分，桃叶渡，烟柳暗南浦。怕上层楼，十日九风雨。断肠点点飞红，都无人管，倩谁唤、流莺声住。　　鬓边觑，试把花卜归期，才簪又重数。罗帐灯昏，哽咽梦中语。是他春带愁来，春归何处，却不解、带将愁去。

49．**御街行·离怀**（双调，78字，仄韵）　　范仲淹

‖+—+丨——丨（韵）丨丨丨（豆）——丨（韵）+—+丨丨——（句）+丨+——丨（韵）——+丨（句）+——丨（句）+丨——丨（韵）‖

纷纷坠叶飘香砌，夜寂静、寒声碎。真珠帘卷玉楼空，天淡银河垂地。年年今夜，月华如练，长是人千里。　　愁肠已断无由醉，酒未到、先成泪。残灯明灭枕头攲，谙尽孤眠滋味。都来此事，眉间心上，无计相回避。

50．**蓦山溪·别意**（双调，82字，仄韵）　　黄庭坚

‖——+丨（句）+丨——丨（韵）+丨丨——（句）丨++（豆）——+丨（韵）+—+丨（句）+丨丨——（句）—+丨（韵）—+丨（韵）+丨——丨（韵）‖

鸳鸯翡翠，小小思珍偶。眉黛敛秋波，尽湖南、山明水秀。娉娉袅袅，恰近十三余，春未透，花枝瘦，正是愁时候。　　寻芳载酒，肯落他人后。只恐远归来，绿成阴、青梅如豆。心期得处，每自不由人，长亭柳，君知否，千里犹回首。

51．**洞仙歌·夏夜**（双调，83字，仄韵）　　苏轼

+—+丨（句）丨——+丨（韵）+丨——丨—丨（韵）丨——（豆）

+丨－丨－－（句）－+丨（句）+丨－－+丨（韵）

+－－丨丨（句）+丨－－（句）+丨－－丨－丨（韵）+丨丨－－（句）丨丨－－（句）－+丨（豆）+－+丨（韵）丨+丨－－丨－－（句）丨丨丨－－（句）丨－－丨（韵）

冰肌玉骨，自清凉无汗。水殿风来暗香满。绣帘开、一点明月窥人，人未寝、攲枕钗横鬓乱。　起来携素手，庭户无声，时见疏星渡河汉。试问夜如何，夜已三更，金波淡、玉绳低转。但屈指、西风几时来，又不道流年，暗中偷换。

52. **满江红·金陵怀古**（双调，93字，仄韵）　萨都剌

+丨－－（句）－+丨（豆）+－+丨（韵）－丨丨（豆）丨－－丨（句）丨－－丨（韵）+丨+－－丨丨（句）+－+丨－－丨（韵）+++（豆）+丨丨－－（句）－－丨（韵）

++丨（句）－+丨（韵）－+丨（句）－－丨（韵）丨－－+丨（句）丨－－丨（韵）+丨+－－丨丨（句）+－+丨－－丨（韵）+++（豆）+丨丨－－（句）－－丨（韵）

六代豪华，春去也、更无消息。空怅望、山川形胜，已非畴昔。王谢堂前双燕子，乌衣巷口曾相识。听夜深、寂寞打孤城，春潮急。　思往事，愁如织。怀故国，空陈迹。但荒烟衰草，乱鸦斜日。玉树歌残秋露冷，胭脂井坏寒螀泣。到如今只有蒋山青，秦淮碧。

53. **水调歌头·中秋**（双调，95字，平韵）　苏轼

+丨丨－丨（句）+丨丨－－（韵）+－+丨－+（句）+丨丨－－（韵）+丨－－+丨（句）+丨－－+丨（句）+丨丨－－（韵）+丨丨－丨（句）+丨丨－－（韵）

+++（句）++丨（句）丨－－（韵）+－+丨（句）－+－丨丨－－（韵）+丨－－+丨（句）+丨－－+丨（句）+丨丨－－（韵）+丨+－丨（句）+丨丨－－（韵）

明月几时有，把酒问青天。不知天上宫阙，今夕是何年。我欲乘风归

去，又恐琼楼玉宇，高处不胜寒。起舞弄清影，何似在人间。　　转朱阁，低绮户，照无眠。不应有恨，何事偏向别时圆。人有悲欢离合，月有阴晴圆缺，此事古难全。但愿人长久，千里共婵娟。

54. **满庭芳·春游**（双调，95字，平韵）　　秦观

+｜－－（句）+－+｜（句）｜+－｜－－（韵）｜－－｜（句）－｜｜－－（韵）+｜－－｜｜（句）++｜（豆）+｜－－（韵）－－｜（句）+－+｜（句）+｜｜－－（韵）

－－（韵）－｜｜（句）－－｜｜（句）+｜－－（韵）｜｜－－｜（句）+｜－－（韵）+｜+－｜｜（句）++｜（豆）+｜－－（韵）－－｜（句）+－+｜（句）+｜｜－－（韵）

晓色云开，春随人意，骤雨才过还晴。古台芳榭，飞燕蹴红英。舞困榆钱自落，秋千外、绿水桥平。东风里，朱门映柳，低按小秦筝。　　多情。行乐处，珠钿翠盖，玉辔红缨。渐酒空金榼，花困蓬瀛。豆蔻梢头旧恨，十年梦、屈指堪惊。凭栏久，疏烟淡日，寂寞下芜城。

55. **凤凰台上忆吹箫·别情**（双调，95字，平韵）　　李清照

+｜－－（句）+－+｜（句）+－+｜－－（韵）｜｜－－｜（句）+｜－－（韵）+｜+－+｜（句）－+｜（豆）+｜－－（韵）－－｜（句）－－｜｜（句）+｜－－（韵）

－－（韵）+－｜｜（句）+｜｜－－（句）+｜－－（韵）｜｜－－｜（句）+｜－－（韵）+｜+－+｜（句）－+｜（豆）+｜－－（韵）－－｜（句）－－｜+（句）+｜－－（韵）

香冷金猊，被翻红浪，起来慵自梳头。任宝奁尘满，日上帘钩。生怕离怀别苦，多少事、欲说还休。新来瘦，非干病酒，不是悲秋。　　休休。这回去也，千万遍阳关，也则难留。念武陵人远，烟锁秦楼。惟有楼前流水，应念我、终日凝眸。凝眸处，从今又添，一段新愁。

56. **烛影摇红·惜春**（双调，96字，仄韵）　　周邦彦

‖ + | — — （句） + — + | — — | （韵） + — + | | — — （句） + | — — | （韵） + | + — + | （韵） | — — （豆） — — | | （韵） + — + | （句） + | — — （句） — — | | （韵） ‖

香脸轻匀，黛眉巧画宫妆浅。风流天付与精神，全在娇波转。早是萦心可惯，更那堪、频频顾盼。几回得见，见了还休，争如不见。　　烛影摇红，夜阑饮散春宵短。当时谁解唱阳关，离恨天涯远。无奈云收雨散，凭栏干、东风泪眼。海棠开后，燕子来时，黄昏庭院。

57. **声声慢·秋情**（双调，97字，仄韵）　　李清照

— — | | （韵） | | — — （句） — — | | | | （韵） + | + — + | （句） + — — | （韵） — — | | | | （句） | | — （豆） | — — | （韵） | | | （句） | — — （豆） + | + — + | （韵）

+ | + — + | （韵） — | | （豆） — — | — — | （韵） | | — — （句） + | + — + | （韵） — — | — | | （句） | — — （豆） | | | | （韵） | | | （句） | | | — | | | （韵）

寻寻觅觅，冷冷清清，凄凄惨惨戚戚。乍暖还寒时候，最难将息。三杯两盏淡酒，怎敌他、晚来风急。雁过也，正伤心、却是旧时相识。　　满地黄花堆积。憔悴损、而今有谁堪摘。守着窗儿，独自怎生得黑。梧桐更兼细雨，到黄昏、点点滴滴。这次第，怎一个愁字了得。

58. **暗香·咏红豆**（双调，97字，仄韵）　　朱彝尊

+ — + | （韵） + | — | | （句） + — — | （韵） | | + — （句） — | — — | — | （韵） + | — — + | （句） + | — （豆） + — — | （韵） | | | （豆） + | — — （句） + | | — | （韵）

— | （韵） | — | （韵） + | | + — （句） | — — | （韵） | — + | （韵） — | + — | — | （韵） + | — — + | （句） + | | （豆） + — — | （韵） | | | （豆） — | | （句） | — — | （韵）

凝珠吹黍，似早梅乍萼，新桐初乳。莫是珊瑚，零乱敲残石家树。记得

南中旧事，金齿屐、小鬟蛮女。向两岸、树底盈盈，素手摘新雨。　延伫。碧云暮。休逗入茜裙，欲寻无处。唱歌归去，先向绿窗饲鹦鹉。惆怅檀郎终远，待寄与、相思犹阻。烛影下、开玉合，背人偷数。

59. **双双燕 · 本意**（双调，98字，仄韵）　史达祖

+－丨丨（句）丨+丨－－（句）丨－－丨（韵）+－+丨（句）+丨丨－－丨（韵）+丨－－丨丨（韵）丨+丨（豆）－－+丨（韵）－－丨丨－－（句）丨丨－－－丨（韵）

－丨（韵）－－丨丨（韵）丨+丨－－（句）丨－－丨（韵）+－－丨（句）丨丨丨－－丨（韵）+丨－－丨丨（韵）丨+丨（豆）－－+丨（韵）+－丨丨－－（句）丨丨+－+丨（韵）

过春社了，度帘幕中间，去年尘冷。差池欲住，试入旧巢相并。还相雕梁藻井，又软语、商量不定。飘然快拂花梢，翠尾分开红影。　芳径，芹泥雨润。爱贴地争飞，竞夸轻俊。红楼归晚，看足柳昏花暝。应是栖香正稳，便忘了、天涯芳信。愁损翠黛双蛾，日日画栏独凭。

60. **念奴娇 · 石头城**（双调，100字，仄韵）　萨都剌

丨－－丨（句）丨－－（豆）+丨丨－－丨（韵）+丨+－－丨丨（句）+丨+－－丨（韵）+丨－－（句）－－+丨（句）+丨－－丨（韵）+－－丨（句）+－+丨－丨（韵）

+丨+丨－－（句）－－+丨（句）+丨－－丨（韵）+丨+－－丨丨（句）+丨+－－丨（韵）+丨－－（句）－－+丨（句）+丨－－丨（韵）+－－丨（句）+－+丨－丨（韵）

石头城上，望天低、吴楚眼空无物。指点六朝形胜地，惟有青山如壁。蔽日旌旗，连云樯橹，白骨纷如雪。一江南北，消磨多少豪杰。　寂寞避暑离宫，东风辇路，芳草年年发。落日无人松径冷，鬼火高低明灭。歌舞尊前，繁华镜里，暗换青青发。伤心千古，秦淮一片明月。

61. **桂枝香 · 金陵怀古**（双调，101字，仄韵）　王安石

－－｜｜（韵）｜｜｜＋－（句）＋＋－｜（韵）＋｜－－＋｜（句）｜－－｜（韵）＋－＋｜－－｜（句）｜－－（豆）＋－－｜（韵）｜－－｜（句）＋－＋｜（句）｜－－｜（韵）

｜＋｜（豆）－－｜｜（韵）｜＋｜－－（句）＋＋－｜（韵）＋｜－－＋｜（句）｜－－｜（韵）＋－＋｜－－｜（句）｜－－（豆）＋＋－｜（韵）｜－－｜（句）＋－＋｜（句）｜－－｜（韵）

登临纵目，正故国晚秋，天气初肃。千里澄江似练，翠峰如簇。征帆去棹残阳里，背西风、酒旗斜矗。彩舟云淡，星河鹭起，画图难足。　念往昔、豪华竞逐，叹门外楼头，悲恨相续。千古凭高对此，漫嗟荣辱。六朝旧事随流水，但寒烟、衰草凝绿。至今商女，时时犹唱，后庭遗曲。

62．**翠楼吟·魂**（双调，101字，仄韵）　黄之隽

｜｜－－（句）－－｜｜（句）－－｜－－｜（韵）＋－－｜｜（句）｜－｜（豆）＋－－｜（韵）－－＋｜（韵）｜｜｜－－（句）－－＋｜（韵）－－｜（韵）｜－－｜（句）｜－－｜（韵）

｜｜（韵）＋｜－－（句）｜｜－－｜（句）｜－－｜（韵）＋－－｜｜（句）｜－｜（豆）＋－－｜（韵）－－＋｜（韵）｜｜｜－－（句）－－＋｜（韵）－－｜（韵）｜－－｜（句）｜－－｜（韵）

月魄荒唐，花灵仿佛，相携最无人处。栏干芳草外，忽惊转、几声啼宇。飘零何许，似一缕游丝，因风吹去。浑无据，想应凄断，路旁酸雨。　日暮，渺渺愁予，觉黯然销却，别情离绪。春阴楼外远，入烟柳、和莺私语。连江暝树，欲打点幽香，随郎黏住。能留否，只愁轻绝，化为飞絮。

63．**齐天乐·蟋蟀**（双调，102字，仄韵）　姜夔

｜－＋｜－－｜（韵）－－｜－－｜（韵）｜｜－－（句）－－｜｜（句）＋｜＋－－｜（韵）－－｜｜（韵）｜＋｜－－（句）｜－－｜（韵）｜｜－－（句）｜－＋｜｜－｜（韵）

－－｜－｜｜（韵）｜－－｜｜（句）－｜－｜（韵）｜｜－－（句）－－｜｜（句）＋｜＋－－｜（韵）－－｜｜（韵）｜＋｜－－（句）｜－

－｜（韵）｜｜－－（句）｜－－｜｜（韵）

庾郎先自吟愁赋，凄凄更闻私语。露湿铜铺，苔侵石井，都是曾听伊处。哀音似诉，正思妇无眠，起寻机杼。曲曲屏山，夜凉独自甚情绪。　西窗又吹暗雨。为谁频断续，相和砧杵。候馆吟秋，离宫吊月，别有伤心无数。豳诗漫与，笑篱落呼灯，世间儿女。写入琴丝，一声声更苦。

64．**水龙吟·白莲**（双调，102字，仄韵）　张炎

－－＋｜－－（句）＋－＋｜－－｜（韵）＋－｜｜（句）＋－｜｜（句）＋－｜｜（韵）＋｜－－（句）＋－－｜（句）＋－－｜（韵）｜＋－＋｜（句）＋－＋｜（句）＋＋｜（豆）－－｜（韵）

＋｜＋－－｜（韵）｜－－（豆）＋－－｜（韵）＋－｜｜（句）＋－－｜（句）＋－｜｜（韵）＋｜－－（句）＋－－｜（句）＋－－｜（韵）｜－－｜｜（句）＋－＋｜（句）｜－－｜（韵）

仙人掌上芙蓉，涓涓犹滴金盘露。轻妆照水，纤裳玉立，飘飘似舞。几度消凝，满湖烟月，一汀鸥鹭。记小舟夜悄，波明香远，浑不见、花开处。

应是浣纱人妒，褪红衣、被谁轻误。闲情淡雅，冶姿清润，凭娇待语。隔浦相逢，偶然倾盖，似传心素。怕湘皋佩解，绿云十里，卷西风去。

65．**雨霖铃·秋别**（双调，103字，仄韵）　柳永

－－－｜（韵）｜－－｜（句）｜＋－｜（韵）－－｜｜－｜（句）－－｜｜（句）－－－｜（韵）｜｜－－｜｜（句）｜－｜－｜（韵）｜｜｜（豆）－｜－－（句）｜｜－－｜－｜（韵）

－－｜｜－－｜（韵）｜－－（豆）｜｜－－｜（韵）－－｜｜－｜（句）－｜｜（豆）｜－－｜（韵）｜｜－－（句）－｜－－｜｜－｜（韵）｜｜｜（豆）－｜－－（句）｜｜－－｜（韵）

寒蝉凄切，对长亭晚，骤雨初歇。都门帐饮无绪，方留恋处，兰舟催发。执手相看泪眼，竟无语凝噎。念去去、千里烟波，暮霭沉沉楚天阔。　多情自古伤离别，更那堪、冷落清秋节。今宵酒醒何处，杨柳岸、晓风残月。此去经年，应是良辰好景虚设。便纵有、千种风流，更与何人说。

66．**永遇乐·绿阴**（双调，104字，仄韵）　蒋捷

－丨－－（句）＋－－丨（句）＋丨＋丨（韵）＋丨－－（句）＋－＋丨（句）＋丨－－丨（韵）＋－－丨（句）＋－＋丨（句）＋丨丨－－丨（韵）＋－丨（豆）－－丨丨（句）＋－丨－－丨（韵）

＋－＋丨（句）＋－－丨（句）丨丨－－＋丨（韵）＋丨－－（句）＋－＋丨（句）＋丨－＋丨（韵）＋－－丨（句）＋－＋丨（句）＋丨丨－－丨（韵）＋－丨（豆）－－丨丨（句）＋－丨丨（韵）

清逼池亭，润侵山阁，云气凝聚。未有蝉前，已无蝶后，花事随流水。西园支径，今朝重到，半碍醉筇吟袂。除非是、莺身瘦小，暗中引雏穿去。

梅檐滴溜，风来吹断，放得斜阳一缕。玉子敲枰，香绡落翦，声度深几许。层层离恨，凄迷如此，点破漫烦轻絮。应难认、争春旧馆，倚红杏处。

67．**望海潮·凯旋舟次**（双调，107字，平韵）　折元礼

＋－－丨（句）－－＋丨（句）＋－＋丨－－（韵）＋丨丨－（句）－－丨丨（句）＋－＋丨－－（韵）＋丨丨－－（韵）丨＋－＋丨（句）＋丨－－（韵）＋丨－－（句）丨－－丨丨－－（韵）

－－丨丨－－（韵）丨－－＋丨（句）＋丨－－（韵）＋丨丨－（句）－－丨丨（句）＋－＋丨－－（韵）＋丨丨－－（韵）丨＋－＋丨（句）＋丨－－（韵）＋丨－－丨丨（句）丨丨丨－－（韵）

地雄河岳，疆分韩晋，潼关高压秦头。山倚断霞，江吞绝壁，野烟萦带沧洲。虎旆拥貔貅，看阵云截岸，霜气横秋。千雉严城，五更残角月如钩。

西风晓入貂裘。恨儒冠误我，却羡兜牟。六郡少年，三关老将，贺兰烽火新收。天外岳莲楼，挂几行雁字，指引归舟。正好黄金换酒，羯鼓醉凉州。

68．**疏影·梅影**（双调，110字，仄韵）　张炎

－－丨丨（韵）丨－－丨丨（句）＋丨－丨（韵）＋丨－－（句）＋丨－－（句）＋＋丨＋－丨（韵）－－丨丨－－丨（句）丨丨丨（豆）＋－－丨（韵）丨丨－（豆）丨丨－－（句）＋丨丨－－丨（韵）

＋丨－－丨丨（句）丨－＋丨丨（句）＋丨－丨（韵）＋丨－－（句）

+｜－－（句）+｜｜－－｜（韵）－－｜｜－－｜（句）+｜｜（豆）+－－｜（韵）｜｜+（豆）+｜－－（句）+｜｜－－｜（韵）

黄昏片月，似碎阴满地，还更清绝。枝北枝南，疑有疑无，几度背灯难折。依稀倩女离魂处，缓步出、前村时节。看夜深、竹外横斜，应妒过云明灭。　　窥镜蛾眉淡扫，为容不在貌，独抱孤洁。莫是花光，描取春痕，不怕丽谯吹彻。还惊海上燃犀去，照水底、珊瑚疑活。做弄得、酒醒天寒，空对一庭香雪。

69．**沁园春·有感**（双调，114字，平韵）　　陆游

+｜－－（句）｜｜－－（句）+｜+－（韵）｜+－+｜（句）+－+｜（句）+－+｜（句）+｜－－（韵）+｜－－（句）+－+｜（句）+｜－－+｜－（韵）－－｜（句）+－－｜｜（句）+｜－－（韵）

－－｜｜－－（韵）｜+｜－－+｜－（韵）｜+－+｜（句）+－+｜（句）+－+｜（句）+｜－－（韵）+｜－－（句）+－+｜（句）+｜－－+｜－（韵）－－｜（句）+－－｜｜（句）+｜－－（韵）

孤鹤归来，再过辽天，换尽旧人。念累累枯冢，茫茫梦境，王侯蝼蚁，毕竟成尘。载酒园林，寻花巷陌，当日何曾轻负春。流年改，叹围腰带剩，点鬓霜新。　　交亲散落如云。又岂料而今余此身。幸眼明身健，茶甘饭软，非惟我老，更有人贫。躲尽危机，消残壮志，短艇湖中闲采莼。吾何恨，有渔翁共醉，溪友为邻。

70．**贺新郎·春闺**（双调，116字，仄韵）　　李玉

+｜－－｜（韵）｜－－（豆）+－｜｜（句）+－－｜（韵）+｜+－－+｜（句）+｜－－｜｜（韵）｜+｜（豆）+－－｜（韵）+｜+－－｜｜（句）｜－－（豆）+｜－－｜（韵）－｜｜（句）｜－｜（韵）

－－｜｜－－｜（韵）｜－－（豆）－－｜｜（句）+－－｜（韵）+｜+－－+｜（句）+｜－－｜｜（韵）｜+｜（豆）+－－｜（韵）+｜+－－｜｜（句）｜－－（豆）+｜－－｜（韵）－｜｜（句）｜－｜（韵）

篆缕销金鼎，　醉沉沉、庭阴转午，画堂人静。芳草王孙知何处，惟有

杨花糁径。渐玉枕、腾腾春醒。帘外残红春已透，镇无聊、殢酒恹恹病。云鬟乱，未忺整。　　江南旧事休重省。遍天涯、寻消问息，断鸿难倩。月满西楼凭栏久，依旧归期未定。又只恐、瓶沉金井。嘶骑不来银烛暗，枉教人、立尽梧桐影。谁伴我，对鸾镜。

附3

曲谱例览

[按]：本例览选取30首元代散曲，依字数为序编排。谱式列于作品前面，以“－”表平声，“丨”表仄声，“＋”表可平可仄，凡规定须用上声或去声的直接标明“上”或“去”，衬字采用小一号字体。

1. **双调·庆宣和·春晚病起**（22字）　　张可久

＋丨－－＋丨－（韵）＋丨－－（韵）＋丨－－丨－－（韵）去上（韵）去上（韵）。

燕子来时人未归，肯误佳期？一对灯花玉蛾飞，报喜，报喜。

2. **越调·凭栏人·题情**（24字）　　贯云石

＋丨－－＋丨－（韵）＋丨－－＋丨－（韵）＋－－丨－（韵）＋－－去－（韵）

情泪新痕压旧痕，心事相关谁共论？黄昏深闭门，被儿独自温。

3．中吕 · 醉高歌 · 感怀（25字）　　姚燧

＋－＋丨－－（韵）＋丨－－丨丨（韵）＋－＋丨－－丨（韵）＋丨－－去上（韵）

十年燕月歌声，几点吴霜鬓影。西风吹起鲈鱼兴，已在桑榆暮景。

4．商调 · 梧叶儿 · 春思（27字）　　徐再思

－－丨（句）＋丨－（韵）＋丨丨－－（韵）＋－丨（句）＋丨－（韵）丨－－（韵）＋丨丨－－去上（韵）

风初定，月正明。人静露初零。粉暖蜂蝶翅，春深鸾凤情，香收燕莺声。都不管梨花梦冷。

5．越调 · 天净沙 · 秋思（28字）　　马致远

＋－＋丨－－（韵）＋－＋丨－－（韵）＋丨＋－去上（韵）＋－－去（韵）＋－＋丨－－（韵）

枯藤老树昏鸦，小桥流水人家，古道西风瘦马，夕阳西下，断肠人在天涯。

6．双调 · 清江引 · 秋怀（29字）　　张可久

＋－丨＋－丨丨（韵）＋丨－－去（韵）－－＋丨－（句）＋丨－－去（韵）＋＋丨－－去上（韵）

西风信来家万里，问我归期未。雁啼红叶天，人醉黄花地。芭蕉雨声秋梦里。

7．中吕 · 喜春来 · 别情（29字）　　王伯成

＋－＋丨－－丨（韵）＋丨－－＋丨－（韵）＋－＋丨丨－－（韵）＋丨丨（韵）＋丨丨－－（韵）

多情去后香留枕，好梦回时冷透衾。闷愁山重海来深。独自寝，夜雨百年心。

8．**南吕·干荷叶**（29字）　　刘秉忠

－－＋（韵）上－－（韵）上去－－去（韵）丨－－（韵）丨－－（韵）－－－去上－－（韵）＋丨－－去（韵）

南高峰，北高峰，惨淡烟霞洞。宋高宗，一场空，吴山依旧酒旗风。两度江南梦。

9．**南吕·四块玉·别情**（29字）　　关汉卿

＋丨－（韵）－－丨（韵）＋丨－－丨－－（韵）＋－＋丨－－丨（韵）＋丨－（韵）＋丨－（韵）＋去上（韵）

自送别，心难舍，一点相思几时绝，凭栏袖拂杨花雪。溪又斜，山又遮，人去也。

10．**南吕·阅金经·春**（31字）　　徐再思

丨丨－＋丨（句）丨－－丨－（韵）＋丨＋－－丨丨（韵）－（韵）＋－－丨－（韵）－－丨（韵）＋－－丨－（韵）

紫燕寻旧垒，翠鸳栖暖沙，一处处绿杨堪系马。他，问前村沽酒家。秋千下，粉墙边红杏花。

11．**仙吕·一半儿·题情**（31字）　　白朴

＋－＋丨丨－－（韵）＋丨－－＋去－（韵）＋丨＋－－去－（韵）丨－－（韵）＋丨－－＋丨上（韵）

云鬟雾鬓胜堆鸦，浅露金莲簌绛纱，不比等闲墙外花。骂你个俏冤家，一半儿难当一半儿耍。

12．**双调·庆东原**（35字）　　白朴

－－丨（句）＋丨－（韵）＋－＋丨－－去（韵）－－丨丨（韵）＋－－＋（韵）－丨－－（韵）＋丨丨－－（句）＋丨－－去（韵）

忘忧草，含笑花，劝君闻早冠宜挂。那里也能言陆贾？那里也良谋子牙？那里也豪气张华？千古是非心，一夕渔樵话。

13. **双调·卖花声·悟世**（36字） 乔吉

＋－＋｜－－｜（韵）＋｜－－｜｜－（韵）＋－＋｜｜－－（韵）＋－＋｜（韵）＋－＋｜（韵）｜－－｜－－去（韵）

肝肠百炼炉间铁，富贵三更枕上蝶，功名两字酒中蛇。尖风薄雪，残杯冷炙，掩青灯竹篱茅舍。

14 **那里也仙吕·六幺令**（39字） 关汉卿

｜－－｜（韵）－－｜（韵）｜－＋｜（句）－｜－－（韵）－－｜｜（韵）－－｜－（韵）｜｜－－－｜（韵）－－（韵）｜－－－｜｜－－（韵）

乍凉时候，西风透，碧梧脱叶，余暑才收。香生凤口。帘垂玉钩，小院深闲清昼。清幽，听声声蝉噪柳梢头。

15. **仙吕·寄生草·闲评**（41字） 无名氏

－－去（句）＋｜－（韵）＋－＋｜－－去（韵）＋－＋｜－－去（韵）＋－＋｜－－去（韵）＋－＋｜｜－－（句）－－｜｜－－去（韵）

争闲气，使见识，赤壁山正中周郎计，乌江岸枉费重瞳力，马嵬坡空洒明皇泪。前人勋业后人看，不如今朝醉了明朝醉。

16. **双调·沉醉东风·重九**（41字） 卢挚

－－｜－－｜－（韵）｜－－＋｜－－（韵）｜｜－（句）－－｜（韵）｜－－｜－－｜（韵）＋｜－－｜｜－（韵）－｜－－－去上（韵）

题红叶清流御沟，赏黄花人醉歌楼。天长雁影稀，月落山容瘦，冷清清暮秋时候。衰柳寒蝉一片愁，谁肯教白衣送酒？

17. **越调·小桃红·江岸水灯**（42字） 盍志学

＋－＋｜｜－－（韵）＋｜－－去（韵）＋｜－－｜－去（韵）｜－－（韵）＋－＋｜－－｜（韵）－－｜－（韵）－－－｜（韵）＋｜｜－－（韵）

万家灯火闹春桥，十里光相照。舞凤翔鸾势绝妙。可怜宵，波间涌出蓬莱岛。香烟乱飘，笙歌喧闹，飞上玉楼腰。

18．**双调·殿前欢**（42字）　　贯云石

丨－－（韵）＋－＋丨丨－－（韵）＋－＋丨－－丨（韵）＋丨－－（韵）－－＋丨－（韵）－－丨（韵）＋丨－－丨（韵）－－丨丨（句）丨丨－－（韵）

畅幽哉，春风无处不楼台。一时怀抱俱无奈，总对天开。就渊明归去来，怕鹤怨山禽怪。问甚功名在！酸斋笑我，我笑酸斋。

19．**中吕·山坡羊·潼关怀古**（43字）　　张养浩

－－＋去（韵）－－＋去（韵）＋－＋丨－－去（韵）＋－－（韵）丨－－（韵）＋－＋丨－－去（韵）＋丨＋－－去上（韵）－（句）＋丨上（韵）－（句）＋丨上（韵）

峰峦如聚，波涛如怒，山河表里潼关路。望西都，意踌躇。伤心秦汉经行处，宫阙万间都做了土。兴，百姓苦；亡，百姓苦！

20．**正宫·塞鸿秋·悔悟**（45字）　　刘庭信

＋－＋丨－－去（韵）＋－＋丨－－去（韵）＋－＋丨－－去（韵）＋－＋丨－－去（韵）－－＋丨－（韵）＋丨－－去（韵）＋－＋丨－－去（韵）

苏卿写下金山恨，双生得个风流信。亚仙不是夫人分，元和终受十年困。冯魁到底村，双渐从来嫩，思量惟有王魁俊。

21．**中吕·普天乐**（46字）　　滕宾

丨＋－（句）－－丨（韵）＋－－丨（句）＋丨－－（韵）＋丨－（句）－－去（韵）＋丨－－－－去（韵）＋丨－丨丨－－（韵）－丨丨－（句）－－丨丨（句）＋丨－－（韵）

叹光阴，如流水。区区终日，枉用心机。辞是非，绝名利，笔砚诗书为活计。乐齑盐稚子山妻。茅舍数间，田园二顷，归去来兮。

22．**正宫·叨叨令**（47字）　　无名氏

＋－＋丨－－去（韵）＋－＋丨－－去（韵）＋－＋丨－－去（韵）＋

－＋丨－－去（韵）丨丨－也么哥丨丨－也么哥＋－＋丨－－去（韵）

黄尘万古长安路，折碑三尺邙山墓，西风一叶乌江渡，夕阳十里邯郸树。老了人也么哥！老了人也么哥！英雄尽是伤心处。

23．**黄钟·人月圆**（48字）　　倪瓒

＋－＋丨－－丨（句）＋丨丨－－（韵）丨－－丨（句）－－丨丨（句）＋丨－－（韵）丨－－丨（句）－－丨丨（句）＋丨－－（韵）丨－－丨（句）－－丨丨（句）＋丨－－（韵）

伤心莫问前朝事，重上越王台。鹧鸪啼处，东风草绿，残照花开。怅然孤啸，青山故国，乔木苍苔。当时明月，依依素影，何处飞来？

24．**双调·水仙子·寻梅**（48字）　　乔吉

＋－＋丨丨－－（韵）＋丨－－＋丨－（韵）＋－＋丨－－去（韵）丨－－＋丨－（韵）＋－－＋丨－－（韵）＋丨－－丨（句）＋－丨丨－（韵）＋丨－－（韵）

冬前冬后几村庄，溪北溪南两履霜，树头树底孤山上。冷风来何处香？忽相逢缟袂绡裳。酒醒寒惊梦，笛凄春断肠，淡月昏黄。

25．**中吕·满庭芳·送别**（49字）　　张可久

－－丨上（韵）＋－＋丨（句）＋丨－－（韵）＋－＋丨－－去（韵）＋丨－－（韵）－丨丨－－丨丨（韵）＋－－＋丨－－（韵）－－－（韵）－－丨－（韵）＋丨丨－－（韵）

愁春未醒，芳心可可，旧友卿卿。乍分飞早是相思病，几度伤情。思往事银瓶坠井，赋离怀象管呵冰。人孤零，梅花月明，熬尽短檠灯。

26．**双调·折桂令**（50字）　　周德清

＋－＋丨－－（韵）＋丨－－（句）＋丨－－（韵）＋丨－－（句）－－＋丨（句）＋丨－－（韵）＋丨－－＋丨（句）＋－＋丨－－（韵）＋丨－－（韵）＋丨－－（句）＋丨－－（韵）

唾珠玑点破湖光。千变云霞，一字文章。吴楚东南，江山雄壮，诗酒疏狂。正鸡黍樽前月朗，又鲈莼江上风凉。记取他乡，落日观山，夜雨连床。

27. **越调·寨儿令**（54字）　　鲜于必仁

+丨－（韵）丨－－（韵）+－丨－－丨－（韵）+丨－－（韵）+丨－－（韵）+丨丨－－（韵）+－+丨－－（韵）+－+丨－－（韵）+－－丨丨（句）+丨丨－－（韵）－（韵）+丨丨－－（韵）

汉子陵，晋渊明，二人到今香汗青。钓叟谁称，农父谁名，去就一般轻。五柳庄月朗风清，七里滩浪稳潮平。折腰时心已愧，伸脚处梦先惊。听，千万古圣贤评。

28. **双调·雁儿落带过得胜令·指甲**（54字）　　无名氏

－－+丨－（韵）+丨－－去（韵）－－丨丨－（句）+丨－－去（韵）+丨丨－－（韵）+丨丨－－（韵）+丨－－去（韵）－－+丨－（韵）－－（韵）+丨－－去（韵）－－（韵）－－+丨－（韵）

宜将斗草寻，宜把花枝浸，宜将绣线挦，宜把金针纫。宜操七弦琴，宜结两同心，宜托腮边玉，宜圈鞋上金。难禁。得一掐通身沁。知音，治相思十个针。

29. **正宫·小梁州·九日渡江**（55字）　　汤式

+丨－－+丨－（韵）+丨－－（韵）+－+丨丨－－（韵）－－去（韵）+丨丨－－（韵）+－+丨－－去（韵）丨－－+丨－－（韵）+丨－（韵）－－去（韵）－－丨丨（韵）+丨丨－－（韵）

秋风江上棹孤航，烟水茫茫。白云西去雁南翔。推蓬望，清思满沧浪。[幺]东篱载酒陶元亮，等闲间过了重阳。自感伤，何情况。黄花惆怅，空作去年香。

30. **中吕·十二月带过尧民歌·别情**（64字）　　王实甫

－－丨丨（韵）丨丨－－（韵）－－丨丨（韵）丨丨－－（韵）－－丨

丨（韵）丨丨——（韵）+—+丨丨——（韵）+—+丨丨——（韵）+—+丨丨——（韵）+—+丨丨——（韵）——（韵）+—丨丨—（韵）+丨——去（韵）

自别后遥山隐隐，**更那堪**远水粼粼。**见杨柳**飞绵滚滚，**对桃花**醉脸醺醺。**透内阁**香风阵阵，**掩重门**暮雨纷纷。**怕**黄昏忽地又黄昏，不销魂怎地不销魂？新啼痕压旧啼痕，断肠人忆断肠人。今春，香肌瘦几分，裙带宽三寸。

「附4」

时谚声律启蒙

[按]：依照诗韵的平声韵部，编撰从一字到十余字的对偶句，对于初学者熟悉诗韵、练习对仗，不失为一种参考。此类读物中，较著称的有清代李渔的《笠翁对韵》、车万育的《声律启蒙》。二书均已重版，网上也可查阅。这里附录的则是刘师亮所著《师亮时谚声律启蒙》。该书初版于1931年，迄未再版。虽然书中的若干四川方言俚语及20世纪30年代前的社会背景对今天的读者来说已显得陌生甚至费解，但从贴近现实生活及用韵与对仗的角度看，仍有借鉴价值。收录时对一些不妥的词汇、语句有所改动，或用李、车二书中的句子予以替换。

前　集

上　平

一东

高对矮，下对中，卖俏对装疯。缸缸对钵钵，棒棒对筒筒。蛇蚂蚁，狗

蚊虫，小白对轻红。乐名浑不似，鞋号自然同。舅子开帘一脚代，偷儿擢拐两头空。乡巴佬赶场，相因莫捡水鸭子；街坊人打醮，扫荡要烧火鸡公。

铅对锡，铁对铜，斗富对装穷。团丁对保甲，使女对随童。盗金鼎，开铁弓，湖北对浙东。舞作两垂手，礼行三鞠躬。傍主乞怜摇尾狗，居官最鄙磕头虫。酒米送来，正喜婆娘坐月；油荤忌好，须知娃子伤风。

粗对细，满对空，携手对鞠躬。庚兄对甲长，编白对做红。白马庙，青羊宫，卖哑对装聋。眼睛如闪电，牙齿不关风。好吃无如油嘴狗，刻财总是腻毛虫。关系三层，表婶干妈幺舅母；称呼一串，丈人岳父老亲翁。

二冬

迟对快，紧对松，紫燕对黄蜂。花红对薤白，蝙蝠对蜈蚣。狮子狗，猪婆龙，芍药对芙蓉。菜名四季豆，药号万年松。打来三打还三打，重了一重又一重。小和尚做道场，手内乱敲靖靖靖；幺老爷看告示，嘴头只说凶凶凶。

寒对暑，夏对冬，俏脸对酥胸。狂风对猛雨，石鼓对沙钟。牛皮菜，马尾菘，耀祖对光宗。假哥防落马，娇客许乘龙。世事从来难逆料，人生何处不相逢。小子志大言夸，总说你雕龙绣虎；老娘行端坐正，哪怕他浪蝶狂蜂。

梅对柳，竹对松，丢丑对出恭。颠三对倒四，味淡对情浓。打花鼓，撞木钟，避难对遭凶。刷灰刷刷刷，封礼封封封。妾美丈夫迷趸窍，儿多老子吃零供。黑夜起床，分不出东南西北；青年恍事，忘却了春夏秋冬。

三江

锣对鼓，板对梆，汉调对昆腔。三山对五岳，上海对中江。生扯拢，假投降，野狗对村尨。小住鸡毛店，大糊牛肋窗。男女同胞四万万，夫妻两口一双双。有客含冤，可叹竟登冤鬼箓；诸君爱辩，谨防看守辩神桩。

河对海，汉对江，定国对安邦。三冬对九夏，药罐对茶缸。马蹄灶，牛肋窗，白楝对青杠。半册为二十，两支作一双。货担下乡摇鼓鼓，窝棚守夜打梆梆。作事要有准头，切不可三心二意；发言能知大体，哪管他七嘴八腔。

勤对懒，战对降，头式对面庞。欢天对喜地，作对对成双。新马桶，大龙缸，安岳对垫江。夫眠妻理被，客打主安桩。学究不离牛棬话，优伶惯放马门腔。九折欢迎，机会难逢新掌柜；十分感想，依稀犹念旧同窗。

四支

圆对缺，满对亏，臭例对香规。随刊对便读，猛进对穷追。姑嫂坎，女儿碑，舌剑对毛锥。乱扯扯扯扯，学吹吹吹吹。剪发变成桩尾狗，抽身装作缩头龟。一年一回，百年百回，祝员外婆婆多福多寿；千舍千有，万舍万有，愿老爷太太大慈大悲。

朝对晚，早对迟，古庙对新祠。雷公对电母，风伯对雨师。养老院，放生池，得运对乘时。盲情生乱爱，怪病害相思。冬烘苦教鸡婆学，春兴还题燕子诗。平伙逗牛牛，喜我牛牛穿白鼻；小儿骑马马，看他马马请黄丝。

龙对凤，象对狮，玉叶对金枝。拿三对捉四，画癖对书痴。抽筋账，缩脚诗，臭炭对香脂。莫使人丢脸，须防鬼画皮。财虏多留身后患，明人不吃眼前亏。有货正居奇，舅子不愁裙带饭；凭空偏起事，小儿惯走裤裆棋。

五微

寒对暖，饱对饥，仿佛对依稀。三娘对八妹，锦绣对珠玑。一匹布，八件衣，真假对是非。春社邀春酌，夜台唱夜归。酒户户中行酒令，茶房房里打茶围。莫得笼头，随我马儿遍地跑；居然袖手，看他鸽子满天飞。

行对坐，舞对飞，杰作对高挥。痴男对怨女，重大对轻微。张水屋，杜柴扉，独活对全归。良言经再再，妙想入非非。跳圈猴子心难静，吃潲猪儿肉更肥。就食饥军，到处不留鸡犬种；派捐滥保，公然大作虎狼威。

轻对重，瘦对肥，芍药对蔷薇。穿红对着绿，口是对心非。鹅儿峡，燕子矶，耀武对扬威。李广对杨广，张飞对岳飞。针扎神符催子产，鞋占鬼卦望夫归。军队换防，有地已成光濯濯；友朋送别，临歧不舍各依依。

六鱼

真对假，实对虚，倥偬对闲居。翻江对倒海，笼络对吹嘘。苍庚鸟，白甲鱼，草垫对花车。仆司流水帐，儿读望天书。为人过刻看家狗，处世不和打棬猪。看浪子终身，四不四三不三，呱黄顶铣；学算盘初步，一还一二还二，加减乘除。

床对枕，蓖对梳，以后对当初。穿衣对戴帽，马贩对牛屠。狼须狗，龙眼鱼，挺杖对挖锄。办团填卯册，下聘写庚书。人心不足蛇吞象，怪事偏多狗弄猪。亡羊补牢，不谙落后猪翻棬；投鼠忌器，只为当前马踩车。

旗对伞，轿对车，翠鸟对乌鱼。明枪对暗箭，牙狗对脚猪。长辛店，太乙庐，眼镜对胡梳。给人以口实，作贼总心虚。让你登时能缴卷，有人隔夜早修书。挂画登舟，标致妇人王三巧；拐香出府，风流才子唐六如。

七虞

多对少，有对无，玛瑙对珊瑚。杨妈对李嫂，大婶对幺姑。并发髻，闹腮胡，黄皓对丹朱。一匹双头马，千年九尾狐。外爷称外公外祖，丈人是丈母丈夫。浪子太荒唐，可怜万贯家财，几日耍成光杆杆；灵神多显应，才费一堂香烛，今冬带个大都都。

童对媪，尔对吾，野兔对家凫。捱饥对受饿，琥珀对珍珠。三孝记，八仙图，国士对家奴。行客拜坐客，小巫见大巫。寡嫂转房甘作娣，乡人赶市怕拉夫。传美女芳情，十分春色凝秋水；改唐人旧句，一片冰心在夜壶。

池对沼，海对湖，苡薏对菖蒲。青天对白日，春凳对夜壶。吴道子，何仙姑，心黑对嘴乌。江南玫瑰粉，川北核桃酥。弄来令正三尖角，翘起幺公八字胡。怕你现形，这手休拼亡命注；有人放戒，那头去领脱生符。

八齐

儿对女，妾对妻，上下对高低。栽花对种竹，雨雪对云霓。天母庙，月儿堤，霜橘对雪梨。买乖捱棒棒，放利吃梯梯。伟人打仗争南北，暴客下乡抢东西。老太爷乱想讨姨娘，竟遭放鸽；新媳妇初学打扑克，就在捉鸡。

麟对凤，象对犀，有据对无稽。香闺对臭巷，电棒对云梯。夹尾狗，松毛鸡，去也对来兮。好主能招客，贤夫不打妻。儿子分田争上下，兵丁入室扫东西。向窄路行来，有如老鼠钻牛角；送妙人归去，愿化游蜂逐马蹄。

秦对楚，晋对齐，易事对难题。虾兵对蟹将，陡坎对平堤。独角兽，双冠鸡，湖北对陕西。打鱼曾收子，杀狗为警妻。作事不妨翻硬拐，发言只怕抹稀泥。瞟起眼睛，婊子勾魂钓线线；生成毛病，堂倌卖睬翻梯梯。

九佳

狼对虎，豹对豺，红杏对绿槐。内江对中坝，后巷对前街。风耳帽，云头鞋，熟米对生柴。言狂全是诳，不正便为歪。草头书生书草字，花脸画匠画花牌。处世应当如何，须知无理不兴，有理不灭；派捐实在莫法，总是大人该死，小人该埋。

盐对米，炭对柴，戏谑对诙谐。分红对扯白，争巧对弄乖。鸡肠带，鱼尾鞋，笑靥对愁怀。莫算短命账，常持长生斋。军有三千生铁甲，诏行十二假金牌。洪宪推翻，袁世凯可醒皇帝梦；班禅入贡，丁宝桢犹怕喇嘛差。

讥对刺，讽对谐，生吃对活埋。单嫖对双赌，柳巷对花街。行军号，挡将牌，睡帽对拖鞋。办事几将就，言情八不挨。摊尸忌睡霸王觉，戒口常持观音斋。造乱之基，小孩子也兴棒棒会；闻声而退，大丈夫不惹耙耙差。

十灰

来对往，去对回，白果对青梅。沙锅对瓦罐，酒盏对茶杯。阴阳水，子母灰，火厂对烟堆。黄花称少女，红叶是良媒。内人坐月方弥月，会首怕雷惯吃雷。居然营业自由，招牌书大盒小盒；莫谓科名推倒，匾额挂文魁武魁。

嘲对笑，谑对诙，举鼎对藏杯。翻箱对夺棍，收孝对放裴。狮子帽，狗儿盔，烤火对筛灰。鸿恩敷草木，鱼毒种杨梅。堂客专房争大小，轿夫赶路打来回。事包吃干，吹牛只要三通电；计不算毒，出马先施一炸雷。

悲对乐，喜对哀，杏脸对桃腮。腾云对驾雾，闯祸对招灾。白玉塔，黄金台，臭婢对香孩。短桥长客过，死店活人开。响槁邀鸡干飒飒，棉条拍马软胎胎。战鼓擂三通，扬威执戟横冲去；衙门开八字，有理无钱莫进来。

十一真

邪对正，假对真，守旧对维新。普通对特别，赏夏对迎春。三千甲，十二辰，蟹眼对鱼唇。哥哥行不得，妹妹捡相因。漩鬼爱漩漩漩鬼，辨神乱辨辨辨神。青年短发着长袍，说男像男，说女像女；黑面粗皮涂厚粉，似鬼非鬼，似人非人。

今对古，旧对新，九夏对三春。牙床对脚凳，浊富对清贫。自了汉，非常人，两浙对三秦。客中还送客，亲上又加亲。乱画聋符麻野鬼，大书福字供家神。看破红尘，到头儿女夫妻，尽都是假；终归黄土，过眼荣华富贵，何必认真。

扬对抑，屈对伸，话假对情真。沉鱼对落雁，黑夜对青春。吱吱鬼，吵吵神，三友对五伦。无夫空守寡，有子不愁贫。烧火老烧烧火老，照灯灯照照灯人。有志竟成，得与姑娘充外子；无方可想，恳求僚友念同寅。

十二文

人对我，仆对君，夏至对秋分。脸红对心黑，修庙对扫坟。敢死队，学生军，吃素对开荤。一双分二只，八两算半斤。流娼惯作新眉眼，学究难除旧脑筋。打三方虽讨饭化钱，自古独当一面；臭八股请收刀捡卦，而今不值半文。

升对合，两对斤，后母对先君。情来对义往，山色对水纹。鸳鸯壕，鸡狗坟，等等对云云。团练巡查队，国民革命军。妓女弄姿因打雪，儿童扯谎怕盘云。套两句旧文章，便出大言夸旧学；发几番新议论，闲编小说当新闻。

强对弱，俭对勤，狗党对狐群。搽胭对抹粉，旧部对新军。百家姓，千字文，翠袖对红裙。倡首新修路，伤心乱葬坟。硬有眼睛装起雾，妙无羽翼会盘云。将广兵多，真是虎威可畏；脂香粉腻，谁知狐臭难闻。

十三元

仇对恨，怨对恩，白昼对黄昏。装聋对卖哑，虎子对龙孙。脱肛症，麻

脚瘟，逼嫁对逃婚。摘瓜寻蒂蒂，栽树要根根。分卡石桥杨柳店，零沽榫镇杏花村。逃赤地灾祲，过来一日如千日；闻青天霹雳，骇掉三魂少二魂。

儿对女，子对孙，宇宙对乾坤。惊天对动地，负义对忘恩。安乐寺，太平门，皮凳对脚盆。按图寻地脉，凭命撞天婚。玉笋晾堂兴倒袖，金莲变相着高跟。送篮室归宁，骚客放歌桃叶渡；问酒家何处，牧童遥指杏花村。

成对败，吐对吞，报德对施恩。卷旗对收伞，七魄对三魂。填月表，合天婚，桂子对兰孙。移神去下匾，使鬼来拍门。美人齐集五花洞，闲客同游双柳村。莽莽大荒，闹到山穷水尽；漫漫长夜，真来地暗天昏。

十四寒

伸对屈，窄对宽，报喜对联欢。扯筋对拌嘴，打马对扶鸾。赶荒市，跑滥滩，吃苦对吞酸。迎仙道士观，送鬼端公坛。自古弟兄如手足，从来儿女痛心肝。陌上芳春，弱柳当风披彩线；池中清晓，碧荷承露捧珠盘。

焦对润，湿对干，喜吃对悲观。去年对今日，袅袅对姗姗。千金散，八宝丹，雀舌对鸡肝。字能教犬认，琴莫对牛弹。宦室通名轻白简，商场交易怕黄盘。小记百货俱全，要买东西随客喜；大家双方有碍，终归左右做人难。

冬对夏，暑对寒，容易对色难。猪拉对狗扯，子柳对丁蓝。嫩面粉，补心丸，臭炭对香檀。人无千日好，我是万年宽。后头跟倒前头学，哭脸当成笑脸看。花骨头也爱逛窑，看你哪天捱夹夹；木脑壳不会走路，有人暗地掌竿竿。

十五删

来对往，去对还，白面对红颜。茶神对酒鬼，中士对大班。珠市港，玉门关，脚小对眉弯。偷过红龙岭，闲游白象山。怕你滥条编簸箕，防他妙计献连环。丘下起山，称去自居半子；门前照日，进来便作一间。

坡对坎，港对湾，绿水对青山。天宽对地阔，雾鬓对云鬟。黄龙府，白马关，下顾对高攀。苦中还作乐，忙里且偷闲。幺公惯断弯弯理，小旦难挑逗逗班。堕入轮回，鬼怕投胎人怕死；顾全名誉，男防被贼女防奸。

盈对缺，往对还，长舌对厚颜。海鸥对河鲤，北狄对南蛮。土毛瑟，金耳环，混闹对清闲。龟窝八卦府，猴戏三星班。求子多朝送子殿，思夫怕上望夫山。有色有声，任你施完眉眼法；无灾无难，望儿免去痘麻关。

下　平

一先

心对口，背对肩，草案对花捐。黄杨对黑竹，山坝对水田。眉眼法，口头禅，角币对毛钱。丑人多作怪，泼道少成仙。一年三百六十日，头彩二万五千圆。半年粮上四回，时拘押，时比追，迄无宁日；百货税征数道，罢请求，罢减免，只有呼天。

中对外，后对先，窈窕对婵娟。登门对踵府，柳下对花前。全三节，判七贤，铁片对铜圆。便坐登山轿，休扶上水船。得过且过苟有过，自然而然岂其然。月月完粮，该乡老应担义务；天天上锁，为小民抗缴乐捐。

干对湿，扁对圆，失恋对催眠。移花对接木，杂币对零钱。潜水艇，撼山鞭，出手对抬肩。浑家坐小月，活路请长年。本来风匣何须扯，不点电灯会自燃。草草生涯，无怪官场扎草把；花花世界，凑成政府抽花捐。

二萧

锣对钹，笛对箫，芍药对芭蕉。拿腔对作势，昨夜对今朝。笆笆巷，板板桥，水远对山遥。铜钱分压岁，银烛照通宵。此时便有龙须菜，何处去刨牛尾苕。短命娃娃，对我不该瞅半眼；卫生太太，逢人总说是双祧。

仙对佛，怪对妖，草果对花椒。金人对铁汉，雪浪对风潮。银皮鼠，玉面猫，白菜对红苕。出口休噙字，搳拳要夺标。三桂街前逢桂节，百花潭上宴花朝。冢妇无儿，偏是美中不足；富翁得彩，居然肥上添膘。

文对武，舜对尧，雨顺对风调。青狮对白象，逐怪对降妖。三㐅坝，万里桥，伐魏对平辽。死人过百日，生子打三朝。脚肥鞋紧剪刀口，身大衣箍簣桶腰。财运不亨，一月几期俱莫彩；利权最大，三州五县也兴标。

三肴

花对木，草对茅，美酒对佳肴。蜂房对蚁舍，蛇穴对鹊巢。风火镜，电灯泡，冷笑对热嘲。疯狗何妨打，横牛不好教。惯当舅子深知礼，乱讨姨娘怕左包。你革命，我革命，大家喊革命，问他衮衮诸公，究竟革死几多命；男同胞，女同胞，亲爱好同胞，哀我蚩蚩赤子，只能同得这回胞。

城对市，野对郊，灶孔对坟包。灯笼对火把，鹿脯对龟胶。黄眼狗，赤须蛟，检点对推敲。跌落水凼凼，偷来油泡泡。中国二十一行省，四川七千万同胞。结拜弟兄，痞子迎神须斩草；欢延宾客，端公送鬼请陪茅。

鱼对龟，蝎对蛟，麻币对竹钞。磨蹄对擦掌，茶饭对酒肴。猪肝酱，牛皮胶，熨帖对推敲。世界新花样，人才大草包。半路夫妻非结发，隔山兄弟不同胞。绝大议场，好像八仙贺寿；许多妓馆，无非二鬼拌交。

四豪

弓对箭，剑对刀，地厚对天高。偷诗对盗令，挂带对挑袍。荷叶饼，桂花糕，水粉对醪糟。爱人生恋爱，骚客发牢骚。大头惯吃大头菜，歪嘴怕尝歪嘴桃。一曲凤求凰，马相如弹琴挑卓；数声鹰抓兔，祢正平击鼓骂曹。

梅对李，杏对桃，金殿对水牢。红人对黑汉，橄榄对葡萄。玫瑰饼，芝麻糕，甘蔗对苦蒿。犁牛防扯拐，买马要离槽。要是龙灵方缺耳，虽然鱼小不掀毛。你是你的心，我是我的心，同室竟成千里远；公说公有理，婆说婆有理，大家弄得一团糟。

肥对瘦，矮对高，狗屁对羊臊。寻花对问柳，马褂对龙袍。拦天网，扫地刀，雪虐对风饕。筑墙夯地脚，买业看林毛。要茸须吃蒸蒸饭，怕烫休尝铳铳糕。巫家感应灵坛，能使鬼钻黄土罐；潘氏广生医馆，特熬神效白金膏。

五歌

弹对唱，舞对歌，水岸对山坡。苍松对翠柏，鼍鼓对马锣。自来得，莫奈何，字怪对文魔。子少功夫欠，人霉渴睡多。林氏藏儿贤太太，钟馗送妹好哥哥。走到青山岭，遇着暴客称老本；过了黄水河，见到姑娘喊大婆。

床对几，灶对锅，绝技对专科。红花对紫草，反日对防俄。喷水兽，扑灯蛾，黑海对黄河。酒陪夏招弟，茶吃春梦婆。贫人有女良媒少，和尚无儿孝子多。兵拆民房，只为有司修马路；火烧妓馆，可怜无法救龟窝。

鸡对犬，马对骡，大嫂对幺婆。龙争对虎斗，地网对天罗。孔北海，苏东坡，戴笠对披蓑。官清司吏瘦，客好主人多。不谙瞒贼猪翻棬，忍使逼人狗跳河。年龄到垂老期间，斯已矣斯已矣；生活达最高程度，如之何如之何。

六麻

聋对哑，癞对麻，张角对易牙。青龙对白虎，绿蚁对青蛙。禁口痢，绞肠痧，乃弟对阿爸。笨猪常打棬，好狗定巴家。姑嫂同修姑嫂坎，舅甥骈戮舅垭。人民生活问题，本是靠山吃山，靠水吃水；天道循环因果，须知种豆得豆，种瓜得瓜。

弓对箭，剑对叉，鸵鸟对马虾。黄冠对翠袖，白水对黄沙。虎耳草，鸡冠花，舅父对姑妈。眼睛能打架，眉毛会搬家。好马不吃回头草，巧匠难栽吊脚瓜。柜工指东划西，许多账目难镶拢；堂客争大论小，如此家庭会搞爹。

同对异，减对加，虎豹对鱼虾。朝欢对暮乐，陈酒对酽茶。捱闷棒，打飞叉，露草对风花。宝摇风搅雪，钱耗水推沙。舞榭歌楼千万尺，竹篱茅舍两三家。书箧琴囊，乃士流活计；药炉茶鼎，实闲客生涯。

七阳

偏对正，短对长，瘦狗对肥羊。淘沙对耍水，打谷对栽秧。了性酒，迷魂汤，夏日对秋霜。烫煮莲花白，油煎韭菜黄。马屁精逢马屁精，狗心肠遇狗心肠。吊颈绳索宜长，何不添根袜带；卖俏衣裳要短，公然打出裤裆。

城对郭，市对乡，矮坐对高装。吹牛对拍马，表嫂对姨娘。献地理，出天方，客舍对官仓。菜名春不老，花费夜来香。长途官轿三丁拐，中户人家二甲粮。太太好多心，满脸尽搽葫豆粉；娃娃原为嘴，开腔便要米花糖。

烟对火，驳对枪，死蒜对生姜。春雷对夏雨，鸨母对蚕娘。青山岭，黑水洋，狡兔对贪狼。二十一行省，三六九赶场。多养儿孙爹口货，新交朋友碰头香。普天同庆，庆之者何，当庆当庆当当庆；举国若狂，狂乎极矣，懂狂懂狂懂懂狂。

八庚

官对吏，匪对兵，中表对外甥。高人对雅士，半夜对三更。君王后，孺子婴，弄笛对吹笙。夤夜归之子，同年打老庚。好男不吃分家饭，新妇初调拜灶羹。论拜把情形，任他大老幺魔，都是哥哥弟弟；讲自由恋爱，不管诸姑伯姐，公然我我卿卿。

忧对乐，喜对惊，放屁对遗精。癫狂对刻薄，点甲对抽丁。双凤驿，五羊城，雪意对风情。五百童男女，八千子弟兵。村鸭唤来呼弟弟，野鸡打起叫卿卿。讲平等失尊亲，老子摊还儿子账；有强权无公理，活人抬在死人坑。

旗对纛，鼓对钲，白燕对黄莺。天堂对地狱，月朗对风清。孔雀寺，杜鹃城，海誓对山盟。借花须献佛，撒豆便成兵。会场会长会会长，医馆医生医医生。马马氏偷烘儿，马马氏告马马氏；猪猪精坐轿子，猪猪精抬猪猪精。

九青

风对雨，日对星，花线对竹钉。牛头对马面，李白对杨青。烈士冢，清官亭，男妾对女伶。鹿引鹿依教，鱼吃鱼不腥。卸开身子好言话，挟起尾巴怕现形。父老谈天，只管天天说天话；婆娘坐月，依然月月行月经。

黄对白，黑对青，旅馆对官厅。裤腰对鞋面，贵恙对芳龄。拾玉镯，盗银瓶，暖阁对凉亭。升堂先打鼓，开会要摇铃。顽友不离板凳戏，骗人无过犁耙经。拜倒蒲团，愿与娃娃添岁月；跪穿榻凳，恳求太太息雷霆。

眠对起，醉对醒，天府对地厅。茶盅对饭碗，药碾对花瓶。廉纤雨，勾绞星，保甲对团丁。菜种莲花白，酒沽竹叶青。恍恍至今犹恍恍，惺惺从古惜惺惺。东支西吾，空对灵牌谈鬼话；南腔北调，假装怪物病神经。

十蒸

平对秤，斗对升，负笈对担簦。花猪对草狗，杨燧对李冰。梳头婢，行脚僧，饿犬对饥鹰。花开益母草，树长无娘藤。吃来转转蜻蜓会，耍起车车蝴蝶灯。天眼有时开，借来八两还八两；地皮能好厚，刮了一层又一层。

成对败，降对升，白蚁对苍蝇。观灯对打火，撒网对搬罾。水烟袋，风雨灯，白煮对清蒸。钱休行打打，饭莫吃凭凭。纵然笔墨高千古，不及金钱有万能。天足本天然，谁言天步维艰，天台更上三千丈；地皮归地王，刮得地方罄尽，地狱都穿十八层。

愚对蠢，智对能，脚带对头绳。金牙对玉口，减少对加增。坨坨蒜，锯锯藤，蜀锦对吴绫。光阴容易混，时事总难凭。小子碰钱丢卡卡，细娃学步打登登。久违久违，好哥子人财发旺；恭喜恭喜，大老爷禄位高升。

十一尤

哀对乐，喜对愁，平等对自由。交朋对结友，玉鼠对金猴。填日脚，出风头，打毽对抛球。书寄回龙阁，箫吹引凤楼。惟有情人光吃醋，断无铳客不倾油。二十文章，西望长庚曾倚马；五千道德，东来老子也骑牛。

悲对喜，爱对羞，海燕对沙鸥。雨鞋对风帽，木马对金牛。茶解渴，酒消愁，夏布对春绸。力夫名赤脚，老仆叫苍头。男女成婚欢结蜡，弟兄分产闹拈阄。妈妈狎马马打妈，妈妈骂马；舅舅售鸠鸠守舅，舅舅留鸠。

开对闭，放对收，赤县对黄州。莺啼对燕语，饿蟒对干猴。玫瑰酒，芝麻油，鹤氅对羊裘。夹灯夹夹夹，钩火钩钩钩。人心不足蛇吞象，世事难谐马咬牛。唱高调，发蛮狂，跳掰掰脚；打卑陪，输道理，磕转转头。

十二侵

高对下，浅对深，访道对知音。跛鸡对瞎马，往古对来今。黄金印，碧玉簪，柳线对秧针。山高难蔽日，树大好遮荫。露水夫妻非结发，风流兄弟是连襟。凭吊前人，千古霸图无寸土；逢迎当道，一堂寿字吐盘金。

鳞对介，兽对禽，苦雨对甘霖。中人对上士，国乐对家音。黄金甲，白玉簪，民法对官箴。口衔牙骨嘴，身着皮背心。学士大挥双凤管，医生巧打九龙针。束草为人，果然妖道能摧命；观花说鬼，难得仙婆会走阴。

铜对铁，玉对金，摄影对留音。神差对鬼弄，追昔对抚今。收电柜，避雷针，苦口对甘心。水涨莲花院，火烧豆子林。话不投机瞎打卦，事皆无效乱弹琴。博爱和平，最喜夫人脾气好；自由开放，窃看男子眼窝深。

十三覃

酸对辣，苦对甘，佛帐对神龛。兵棚对匪薮，地北对天南。千佛寺，二仙庵，虎视对狼贪。古今双眼阔，天地一肩担。海市蜃楼皆幻象，乡村建设忌空谈。推翻满清，只因一两地丁，加我们五钱五；肇造民国，若问九重天子，滚你妈三十三。

红对黑，白对蓝，水鸟对冰蚕。中山对上海，蓟北对滇南。春茶碗，冬菜坛，益母对宜男。迎风村女俏，捉月堡儿憨。悲从至极难收泪，病到临危怕吼痰。李二先生是汉奸，自反正以还，不少同胞讥李二；杨三已死无昆丑，若无音不坠，仅多巨擘继杨三。

兵对将，女对男，屎尿对涎痰。铜墙对铁壁，虎穴对龙潭。天公庙，地母庵，喜报对情探。阴遮罗汉竹，供摆寿星柑。窗下书生时讽咏，筵前酒客日耽酣。斗九九牌头，正而九合斜而九；摆三三棋式，横也三来顺也三。

十四盐

柴对炭，米对盐，甲帐对丁帘。抓沙对抵水，国丈对家严。钩钩秤，锯锯镰，生怨对讨嫌。金莲生步步，玉笋晾纤纤。滥媒作伐通身诳，名士题诗信手拈。居处无郎，谁是穿针引线；命中有子，何须打卦求签。

酸对苦，辣对甜，玉兔对银蟾。蚕娘对鹤子，附势对趋炎。鹳眼砚，虾须帘，白米对青盐。康王骑泥马，刘海戏金蟾。学校课程书黑板，烫房赌具耍红签。深院无人，何来上界留香枕；当垆有女，遥指前村卖酒帘。

增对益，减对添，臭草对香黏。襟山对带水，战鼓对妆奁。双头马，三足蟾，灯盏对火钳。塘小鱼难养，家贫狗不嫌。肯信地皮无底底，何尝天足有尖尖。横竖抓来，不问你青红皂白；囫囵吞去，哪管它麻辣酸甜。

十五咸

浓对薄，淡对咸，争宠对进谗。南来对北往，电棒对风帆。春罗帕，夏布衫，眼饱对口馋。人生贵知足，自命为不凡。只有痴人常说梦，不闻死鬼在丢监。恋爱、平等、自由，本是学生新口号；嫖客、瘾哥、赌棍，巍然博士大头衔。

蓑对笠，榜对帆，客寓对官衔。摇头对摆尾，诡诈对奸谗。陈金定，蒋玉函，宣示对戒严。黄莲生来苦，白菜腌得咸。扯伸脚杆好行路，睁起眼睛不跳岩。惯跑江湖，为涨水时防水涨；应酬社会，当嵌金的把金嵌。

酸对辣，苦对咸，狎亵对威严。袍哥对襟弟，脱俗对超凡。黄包袱，红合衫，洗刷对镶嵌。未雨常携伞，无风不扯帆。做官一日如挖窖，教学三年当坐监。上杂税，上苛捐，尽遇凶横糟脸色；讲诗云，讲子曰，不离腐败大头衔。

后 集

上 平

一东

儿对女，媳对翁，闭会对开工。呵人对哄鬼，客雁对宾鸿。倒影镜，传声筒，火把对灯笼。一群偷屎狗，几个打屁虫。侄子爱绷牛尾劲，小儿乱发狗牙疯。不图赚钱，三个买来两个卖；总想得彩，十回望去九回空。

头对尾，始对终，北妓对东翁。番鸡对藏狗，夏鸟对秋虫。东狱庙，南华宫，猛雨对狂风。草发星星绿，花开月月红。大妹有心当太太，幺爸争点做公公。犬惯摇尾乞怜，口在犬边偏作吠；龙灵以角司听，耳生龙下反成聋。

衰对盛，啬对丰，失败对成功。山禽对水兽，酒菊对油葱。丁丁雀，甲甲虫，眼黑对心红。事防忙里错，人怕老来穷。和尚梳头光拭拭，女郎卷发乱蓬蓬。小姐何以大为，偏喊大小姐、小小姐；家公也有野的，要分野家公，家家公。

二冬

劳对逸，谩对恭，异族对同宗。淘神对费力，出血对流脓。男看护，女裁缝，龟板对鹿茸。话多涎喷脸，情急手捶胸。癞不死成蟆皮狗，爬倒咀是牛角蜂。履袜纪清朝，武弁靴穿抓地虎；衣冠存汉制，吼班袍着向天龙。

筛对簸，碾对舂，鬼迹对仙踪。多情对少礼，叠叠对重重。金丝柳，铁甲松，吝啬对谦恭。纵横三尺剑，休息十分钟。油渍寒衣难骗马，酒浇凉帽好招蜂。光棍自光，切忌莫当缩头狗；笨人太笨，公然大耍脱节龙。

朝对暮，夏对冬，后吉对先凶。深红对浅绿，金桂对玉蓉。双头马，独眼龙，瞎闹对盲从。勾腰为松把，拉屎斗出恭。作窃须防三眼狗，打降怕惹一窝蜂。两面温存，难得居间三面镜；十分热度，要争最后五分钟。

三江

山对水，海对江，草阁对花窗。争多对论少，搭架对栽桩。斩马谡，杀龙逄，挑战对劝降。吴歌崇小调，川戏重高腔。爱耍舌头烂板凳，常生毛病破护缸。四路搬兵，都只为救人如救火，救他如救我；一生不拐，须知道拿贼要拿赃，拿奸要拿双。

家对室，国对邦，牛栅对马桩。凶神对恶煞，陕调对昆腔。竹叶榻，梅花窗，击鼓对敲梆。有一必有二，逢单不逢双。未当镖客先通海，要讲袍哥学喘江。要搞滥，就搞滥，颇倒坛坛冲罐罐；不沾光，也沾光，但求钵钵掉缸缸。

湖对海，沼对江，土语对京腔。东征对北伐，金盏对银缸。玳瑁架，玻璃窗，布幔对油幢。青椒煎辣葶，白豆泡酸缸。出没浴波鸥对对，往来营垒燕双双。多难兴邦，惟有民生难解决；同仇抗日，纵亡种族莫投降。

四支

真对假，信对疑，修足对画眉。老幺对阿大，鬼妇对仙姬。放狗屁，吹牛皮，虎帐对龙旗。两妻争大妇，百姓爱幺儿。自古无钱休讲礼，常言有病莫瞒医。斋长持斋，斋长供斋斋斋长；教师请教，教师传教教教师。

婆对媳，婶对姨，扯腿对撕皮。泥工对石匠，怪异对神奇。草猴子，花狗儿，犹豫对狐疑。食言为反汗，救急等燃眉。游蜂伙倒狂蜂闹，死马当成活马医。杂货铺亮招牌，绝好细心牛烛；香粉房登广告，改良嫩面鹅胰。

愁对喜，乐对悲，铁马对金龟。香兰对臭草，高唱对细吹。吹鼓手，滚刀皮，好胜对居奇。匿名丢冷帖，乱爱打热锤。任你有钱难买命，笑他无米学为炊。笛韵和谐，仙管恰从云里降；橹声咿轧，渔舟正向雪中移。

五微

浓对淡，密对稀，识趣对知几。哥哥对嫂嫂，风燥对露晞。盘龙剑，飞虎旗，国界对邦畿。鞠躬兼脱帽，量体始裁衣。妓求脱籍鸨求养，人怕出名猪怕肥。怕你兵多，目下振成光杆杆；夸她足小，人前走得颤巍巍。

多对广，瘦对肥，黄菊对紫薇。高梧对矮柏，标准对范围。风沙幛，露水衣，鬼技对神机。家贫邻里富，国瘦宰官肥。卧炕睡床眠木榻，关门闭户掩柴扉。拜谢恩师，逆徒惯打翻天印；检查仇货，志士高擎反日旗。

来对去，往对归，差遣对指挥。长工对短价，凤舞对龙飞。连裆裤，大领衣，捱磨对断机。望梅能止渴，画饼不充饥。衣穿半袖手嫌短，鞋着高跟脚要肥。莫教枝上莺儿啼，恐惊妾梦；怕听河东狮子吼，大发雌威。

六鱼

奴对婢，尔对余，急急对徐徐。大哥对幺妹，玉辇对金舆。姨娘井，保姆渠，无剩对有余。作文打草稿，算命抽花书。新人要坐花花轿，老汉常推板板车。图空言支吾，自古隔山不打鸟；讲同性恋爱，居然换水来养鱼。

增对减，补对除，三绝对九如。中原对上壩，紧密对稀疏。定国策，当家书，玉女对金夫。隔山休打鸟，浑水好摸鱼。好怪请观《子不语》，发蒙要读“人之初”。颠倒阴阳，不爱猫儿偏爱兔；交游中外，只当猴子莫当猪。

通对塞，密对疏，腊底对春初。当家对掌院，草舍对茅庐。龙骨扇，象牙梳，藏狗对黔驴。夹黄生变狗，脱白死当猪。壮士功名三尺剑，远人消息一封书。说走便走，溜溜路骑溜溜马；得过且过，浑浑水养浑浑鱼。

七虞

贤对圣，释对儒，北海对西湖。生拉对活扯，婶婶对姑姑。障眼法，护身符，两广对三吴。有钱真汉子，无毒不丈夫。百代公司风景片，三星牌子电光珠。曲沼鱼多，可使渔人结网；平田兔少，漫劳耕者守株。

荣对落，茂对枯，美女对庸夫。中州对上郡，眼细对眉粗。当家汉，亡国奴，泼道对迂儒。求官占北有，拜佛念南无。剪发又兴回尾髻，剃头偏遇闹腮胡。男女在青年，喜爱欲恶哀惧怒；文字从白话，已焉哉也者之乎。

穷对苦，毁对谀，大道对通衢。茶房对酒肆，痛苦对欢娱。不老术，催生符，书卷对画图。无夫空守寡，有女不为孤。鼠无大小皆称老，龟有红黄总叫乌。说能行未必能行，手艺若潮休耍水；想好看不得好看，面庞要美再回炉。

八齐

欢对喜，哭对啼，猜谜对捉迷。富翁对穷汉，带水对拖泥。猫头鸟，凤尾鸡，矮凳对高梯。茶香烹雀舌，汤酽炖猪蹄。观音菩萨三姐妹，崇祯皇帝两夫妻。木脑壳想土地金钱，急如水火；洋嗓子唱南腔北调，什么东西。

山对水，土对泥，心醉对眼迷。锣锣对鼓鼓，惨惨对凄凄。呼更鸟，报晓鸡，外北对中西。龙头夸自大，狗眼看人低。一幅面孔装得像，十根指头扯不齐。在黑籍盘旋，大都是烟霞朋友；讲黄金恋爱，当不得露水夫妻。

坂对坡，埌对堤，玉屑对金泥。红梅对白果，冀北对辽西。白马渡，黄龙溪，照顾对提携。火熄烟未熄，锣齐鼓不齐。锡铸灯扒千岁鹤，篾编火罩五更鸡。打酱油点街灯，失照失照；用篾条穿豆腐，不提不提。

九佳

房对屋，舍对斋，宝殿对金阶。生人对死鬼，摸彩对打牌。忠臣庙，孝子街，玉镯对金钗。小儿狮子帽，老叟鸭婆鞋。板铺常闻征鬼税，木船最怕打兵差。财尽民穷，十万购来千杆火；米珠薪桂，百文买得半斤柴。

排对挤，拭对揩，旧巷对新街。情书对性史，嫩面对枯骸。安身店，知足斋，助理对帮差。手长兴短袖，足大爱小鞋。旧账未还新账拢，上梁不正下梁歪。纨绔子袭爵成家，慨古往今来，堕落多居纨绔；裙钗女剪发晾骭，看日新月异，完全失掉裙钗。

彪对豹，虎对豺，香盒对粉牌。点灯对吹火，头击对手揩。紧松带，干湿鞋，楚泽对秦淮。背人寻短路，拜佛吃长斋。自古神仙过得海，而今女子逛通街。男作女装，女作男装，弄得来男颠女倒；鬼遭神打，神遭鬼打，好像是鬼使神差。

十灰

星对月，电对雷，绿菊对红梅。安排对慰帖，往返对来回。拿火色，中烟魁，土埌对灰堆。酽茶熬罐罐，烧酒打杯杯。政客怕丢遮面具，情人惯打定心槌。社会假哥，漫说抓沙能抵水；邻家老汉，公然烧火带扒灰。

风对雹，雨对雷，灯焰对火煤。观书对写字，有请对无催。黄秧柏，绿萼梅，铁锏对银锤。马蹄壳罐罐，牛眼睛杯杯。流氓有贴邀乾会，光棍无钱打素堆。巧巧观书，巧巧图中观巧巧；回回请客，回回馆内请回回。

兰对竹，菊对梅，吞日对吃雷。灰蛇对火鳖，酒敞对茶催。一支箭，千

打锤，长藿对小茴。有才须出众，无诳不成媒。茶喝免底光明碗，酒打烧刀冷淡杯。无巧不成，恰逢七月七日；有生要做，只得一年一回。

十一真

金对锡，铁对银，粉脸对朱唇。狐疑对鼠怯，后果对前因。牛头鬼，鸡足神，熟客对生人。鹃能知世乱，狗不怨家贫。数亩桑麻平日话，两家瓜葛旧时亲。小子顽皮，敢与老师同犯夜；阿婆剪发，拼随少女共争春。

酸对辣，苦对辛，国士对乡绅。逃荒对躲难，异宝对奇珍。九子鬼，二郎神，国弱对家贫。以多偏报少，弄假反成真。流氓怕捆双飞燕，穷汉衣穿百结鹑。色艳北堂，草号忘忧忧甚事；香浓南国，花名含笑笑何人。

劳对逸，富对贫，故里对芳邻。搬家对拔宅，送旧对迎新。安乐寺，逍遥津，赏夏对思春。长工无烈汉，富室有贫亲。尘世难逢长命汉，皇天不昧苦心人。古往今来，谁见泰山曾作砺；天长地久，人传沧海几扬尘。

十二文

香对臭，馥对芬，万马对千军。抛文对挟武，豆剖对瓜分。山药枕，石榴裙，懒惰对殷勤。夫妻成露水，朋友会风云。才人眼底有千古，痞子腰间无半文。荐祖追宗，清明节届朝家庙；伤风败俗，寒食人多上野坟。

离对乱，合对分，鬼卒对神君。高高对下下，济济对纷纷。真本事，假斯文，废庙对荒坟。白日巡查队，青年义勇军。惹得横牛三板角，剐来瘦狗一包筋。地冻天寒，瓦上堆成铺盖雪；男欢女爱，被窝驾起簸箕云。

生对死，见对闻，翠袖对红裙。南唐对北魏，野菜对山芹。娼儿队，娘子军，龟壳对鹿筋。作事须求实，为人要合群。广车褥垫千层棉，大轿窗开五朵云。处事应如何，闲事少管，倥事少揽；谋生须记取，小家怕倾，大家怕分。

十三元

城对市，堡对村，话柄对情根。花园对草阁，冷落对温存。平等律，自由婚，豕突对狼奔。推翻天子制，唤醒国人魂。居官好种儿孙福，养子才知父母恩。中华本一统国家，弄得千疮百孔；上海为万恶渊薮，尝闻五花八门。

忙对暇，静对喧，吃苦对含冤。山童对石女，白狗对青猿。拜佛蹬，招妖旛，玉桂对金萱。新新新闻社，幼幼幼稚园。交朋最怕欺心鬼，娶妇须防裹脚瘟。四颗骰丢升官图，先出红二对，后出素二对；一张牌放落气炮，这边青三翻，那边花三翻。

人对鬼，魄对魂，心迹对泪痕。朝三对暮四，犬马对鸡豚。骡马市，凤凰村，遣嫁对离婚。不敢嘿嘿嘿，谨防门门门。为人但愿儿孙好，养子才知父母恩。媳妇偷钱，却推娃娃算命；丫头懂事，只喊太太伸冤。

十四寒

兵对匪，乱对安，道喜对求欢。偷情对惹祸，猾吏对贪官。红鸾镜，翠凤冠，水滚对汤宽。通关防疫散，开味健脾丸。粮户断粮因税重，米商屯米望天干。齿颊传情，眉眼更传情，问辨神其意何居，外奸而内险；颈项怕冷，脚骭不怕冷，惟女界得病甚怪，下热而上寒。

饥对饱，暖对寒，蜡架对香盘。珠冠对玉带，白鹤对青鸾。侦探长，检察官，手辣对心酸。培修太子庙，庆贺娘嬢坛。发前十名何等阔，退后一步自然宽。同俗客登场，难免扯脚扯手；与情人写信，总是巴心巴肝。

歌对唱，听对观，兔网对鱼竿。联欢对博爱，佛殿对仙坛。乌羊洞，白狗滩，鸡肋对马肝。鱼号烧火老，鸟名啄木官。拿钱去塞黑洞洞，窃物须防

红盘盘。外实内充，耐得热来经得冷；左漩右腻，打不湿又揪不干。

十五删

忙对暇，逸对闲，心镜对耳环。松涛对麦浪，婢膝对奴颜。姨娘井，娘子关，兔孕对鸡奸。米防终岁断，钱怕再生还。会开草孏滩滩匠，戏唱秧苗坎坎班。如我不才，只好牵牛困水；代人作事，称为替狗赶山。

下　平

一先

开对合，正对偏，口袋对皮鞭。风光对电影，北粤对西川。毛铁屑，膘铜圆，比手对揞拳。得黄虽进步，脱白总亏钱。老妇面皮打皱皱，洋婆头发起捐捐。叫座捧场，瓜瓜叫又瓜瓜叫；联喜度曲，柳柳联来柳柳联。

愁对喜，怨对怜，月下对风前。投资对扯账，酒艇对茶船。安家费，爱国捐，弄瓦对抛砖。陪毛吃素酒，叫角烧荤烟。三尺孩童三尺法，一分行货一分钱。病榻劝老亲家，得一日过一日；商场教小徒弟，学三年帮三年。

非对是，否对然，发镜对毛钱。白云对红雨，聋水对哑泉。金蝉壳，铁马鞭，打石对枷砖。儿女前生债，夫妻夙世缘。行客常餐碗碗饭，小儿大摆锅锅筵。军阀趾高气扬，但知威力安知法；时人皮薄眼浅，只重衣冠不重贤。

二萧

头对尾，大对幺，黑竹对红蕉。爬山对耍水，背负对肩挑。草脚马，蒲头猫，媪习对童谣。淘沙需木桶，舀水要瓜瓢。了事不宜留绊绊，估标原是打飘飘。滥军阀积惯蛮横，不怕你千人共怒；小婆娘自为解脱，总称他一子双祧。

干对湿，燥对焦，铁笛对银箫。心粗对胆大，花剪对木瓢。千佛洞，八仙桥，意蕊对心苗。头衔防垮干，手艺怕回潮。忙人听曲声声慢，美女寻芳步步娇。本娶妾，说娶妻，公爷到处营金屋；不生男，只生女，令正原来是瓦窑。

凉对热，昼对宵，蚂蚁对鸥鸮。男耕对女织，谷旦对花朝。金钟阁，铁练桥，媪语对民谣。横人不讲理，泼妇常逞刁。东扯葫芦西扯墈，横吹笛子竖吹箫。弄假成真，只好将错就错；截长补短，何如顺条理条。

三肴

荆对棘，茨对矛，皮擦对手敲。心旌对耳鼓，玉磬对金铙。席草垫，烟荷包，心战对性交。作事宜催劲，输钱怕断梢。齐倒箍箍买鸭蛋，图他壳壳熬龟胶。囊底钱空，看浪子现形，一年四季常拖狗；被窝水涨，问夫人何事，半夜三更在出蛟。

离对坎，卦对爻，青草对白茅。羞他对骂我，松茂对竹苞。双头马，独角蛟，桃叶对柳梢。花车由我坐，竹杠看人敲。路险偏逢牵瞎子，盐多不怕振齁包。欲挽回天心，伦常到底当维系；能打倒日本，经济终须要绝交。

龟对鳖，蟒对蛟，手卷对皮包。家书对图画，柳汁对松胶。鸰鸽室，凤凰巢，水酒对山肴。偷情休惹草，作事怕背茅。聪明反被聪明误，淡泊须从淡泊交。唐僧取经，九九八十一灾，九九八十一难；文王作易，八八六十四卦，八八六十四爻。

四豪

斜对正，矮对高，汩汩对滔滔。暖风对寒雨，宝剑对金刀。红口口，白毛毛，虎略对龙韬。菊栽新紫绶，椒种大红袍。常吹牛皮多口臭，未吃羊肉惹身臊。老汉豪情，拳赌膏粱烧酒；小儿疳疾，首推芡实烘糕。

闲对逸，苦对劳，雪藕对冰桃。盲童对瞎子，短裤对长袍。果子面，花生糕，舌剑对腰刀。佯装呼作假，干哭谓之嚎。求情莫向愁中说，得力须从痒处搔。言不由衷，定是心中有病；事能得体，非关嘴上无毛。

贫对富，逸对劳，劣马对灵獒。手长对身短，箭袖对旗袍。测量尺，指挥刀，血汗对脂膏。赌钱当配角，和酒在陪毛。忙人听曲声声慢，矮子扒楼步步高。罗成注寿二十三，大数已尽；黄巢杀人八百万，在劫难逃。

五歌

河对海，浪对波，坎坎对坡坡。明拉对暗扯，估抢对昏拖。探地穴，泛天河，夜鼓对更锣。相别中西法，医分内外科。游女行踪新马路，流娼头式滥鸡窝。丧乱频年，时局已成懒收拾；休征无日，民间真是莫奈何。

鸦对雀，鸭对鹅，国正对家和。三晴对两雨，土碗对沙锅。太平渡，安乐窝，水调对山歌。上门休拌碗，内室莫操戈。暴客还遭暴客抢，恶人须用恶人磨。大口莫夸，都是雪罗汉烤火；自身难保，有如泥菩萨过河。

兄对弟，嫂对哥，心照对手摩。红汤对白水，情少对话多。姨娘井，子母河，蚂蚁对蚕蛾。鸟名吃醋媢，虫号偷油婆。强盗怕藏深巷巷，丈夫常跪现窝窝。石匠娶石女，娶来就搁起；张公背张婆，背得莫奈何。

六麻

桑对柳，竹对麻，理发对镶牙。偷鸡对耍狗，囡囡对团团。开坛酒，盖碗茶，客店对官衙。大权当一面，好货赚三家。做贼须防三眼狗，为人莫学两头蛇。菜种昆卢，单白菜双白菜沙白菜；花开罂粟，大红花二红花水红花。

蛮对貊，狄对华，顽友对耍娃。征东对扫北，乒乓对咿呀。马蹄草，龙爪花，橄榄对枇杷。猫贵三支足，牛轻四瓣牙。穷人度日筒筒米，乡老谈天棒棒茶。又倒赔财物，又失恋情人，哭坏星眸幺妹子；可应顺潮流，可保存古萃，装成天足大姨妈。

枝对叶，蕊对葩，白布对青纱。凶神对恶煞，撞骗对抓拿。盐白菜，酱黄瓜，翠鸟对乌鸦。横牛多扯拐，好狗定巴家。交于死后方称友，痛到慌时便喊妈。症得下疳，一身发出杨梅豆；物偏斜视，两眼生成萝卜花。

七阳

红对黑，白对黄，山药对海棠。霞光对月色，雁齿对羊肠。杏仁露，瓜蒌霜，短李对长桑。点心蒸龙虎，抄手煮鸳鸯。广种心田百事足，新开茅厕三天香。便利交通，处处不妨修马路；扩充势力，回回总望振龙洋。

柔对硬，弱对强，旧眷对新郎。三心对二意，热宠对暖房。禁口痢，滥头疮，毛辫对眼眶。姑多难作妇，女大莫离娘。老姜总比新姜辣，家花不及野花香。作事认真，请看我亲身出马；居心为盗，还说他顺手牵羊。

凶对恶，吉对祥，北海对西洋。悲啼对怒骂，雪帽对云裳。果子面，花生糖，白嫂对红娘。树长千年矮，花开七里香。鸭肚哪知鸡肚事，人心不及狗心良。包袱莫乱抬，谨防遇到气包卵；灌衫原近亵，底事穿来血灌肠。

八庚

前对后，重对轻，打匪对裁兵。拖枪对运弹，夺塞对争城。幺师弟，大学生，鸦色对鸟声。一年分四季，半夜转三更。醉脸竟成霜叶色，美容还是雪花精。凡事忌刁钻，要与儿孙留后路；此心宜远大，莫贪酒色误前程。

贫对富，利对名，后事对前程。中人对上士，旧调对新声。江口庙，石头城，画谱对棋枰。身单原是弹，丘八谓之兵。生子喜沽开市酒，会人怕吃闭门羹。烧火老传家，要分老烧火老，小烧火老；落花生上市，大喊生落花生，新落花生。

干对湿，雨对晴，问姓对通名。东山对北海，泣送对欢迎。三支队，二等兵，白蕊对黄英。三生原有幸，一事竟无成。长房房长防房长，生馆馆生管馆生。客去自去，客来自来，切莫要吊起牙巴光乱说；人可亦可，人否亦否，又何妨跟倒勾子打和声。

九青

声对色，影对形，蛱蝶对蜻蜓。口琴对毛瑟，白屋对红亭。鱼肚白，鸭头青，雁塞对鸥汀。快邮能代电，杂货本零星。八月好修攀桂斧，三春须系护花铃。妹送妹的情，姐送姐的情，妹妹不同姐姐样；公说公有理，婆说婆有理，公公怕遇婆婆经。

红对黑，白对青，朗月对明星。长街对短巷，玉磬对金铃。沙嘴寺，水心亭，茶碗对酒瓶。莫挑心里刺，如拔眼中钉。光棍不争刷把账，流氓惯使犁耙经。三子二元戎，世仰唐家三继；四女两国母，人称宋氏四龄。

房对屋，阁对亭，白芍对朱苓。生天对落地，蟋蟀对蜻蜓。赤壁赋，黄庭经，头白对眼青。妇老悲天癸，民穷苦地丁。哑巴托梦真难说，聋子观场总不听。北往南来，自是鱼龙多混杂；东征西伐，闹来鸡犬不安宁。

十蒸

谈对吐，谓对称，野道对山僧。流汤对滴水，斤两对斗升。皮腿带，毛头绳，白兔对苍鹰。世乱纲常堕，家宽礼义兴。新官上任三把火，名角登台七盏灯。巨鲤跃池，翻几重之密藻；颠猿饮涧，挂百尺之垂藤。

坡对壩，垠对塍，竹布对麻绳。惊魂对动魄，瓜蔓对葛藤。马牌火，鸡罩灯，心腹对股肱。市口由你摆，码头望人兴。文字不通双杠杠，衣裳最薄一层层。看他言太支离，全是问牛来对马；任你说得闹热，总要见兔才放鹰。

升对降，废对兴，弱水对坚冰。偷鸡对盗马，姓氏对名称。当家汉，退院僧，马戏对龙灯。要钱拜保保，吃饭装闷闷。羊鼓擂来声垮垮，马锣打起响登登。哀告亲朋，自古英雄多气短；忝为父母，谁家儿女不心疼。

十一尤

房对舍，阁对楼，马褂对羊裘。伤兵对病仆，鸟道对鸿沟。小花脸，大木头，舞腿对歌喉。请客请请请，羞人羞羞羞。耗子过街打打打，猪儿赶市溜溜溜。女子身分问题，嫁鸡随鸡，嫁狗随狗；达人名称活范，呼马便马，呼牛便牛。

朝对晚，夏对秋，素蝶对斑鸠。五洲对三岛，薄怨对深仇。骑龙坦，斩蟒沟，收孝对挡幽。惯说橐橐句，爱梳光光头。干虾死无半点血，瘦狗熬出三斤油。南方之强，北方之强，伟人惯走双头马；东边不对，西边不对，倥子常邀独脚牛。

行对止，作对休，有喜对无忧。脏唐对臭汉，蟋蟀对蜉蝣。黄瓜脚，白菜头，软帽对轻裘。临崖休起屋，顺水好推舟。两头是路穿心店，三面临江吊脚楼。眼中有他，心中有他，想与他要好；盐内无我，醋内无我，又找我劳求。

十二侵

庚对甲，丙对壬，走兽对飞禽。烧茶对煮饭，白玉对黄金。老檀樾，阿木林，心醉对目淫。裁衣宜量体，扯裤要多心。捉鳖不妨亲抱瓮，对牛切莫乱弹琴。屈子沉江，处处舟中争系粽；牛郎渡渚，家家台上竞穿针。

刀对尺，线对针，眼浅对心深。熬更对守夜，野兽对家禽。三角板，八音琴，短韵对长吟。两山偏作出，三木便成森。前是主人今是客，宁装瞎子莫装喑。缠足放足，弄成小足装大足；将心比心，难得他心似我心。

丁对乙，戊对壬，电扇对风琴。鸡鸣对犬吠，相貌对声音。长命帕，合欢衾，涨落对浮沉。三人原是众，独木不成林。为收旧账停新账，图扯大襟盖小襟。买卖婚姻，买妾买身难买性；知交朋友，知人知面不知心。

十三覃

啼对笑，爱对贪，白杏对黄柑。黑心对乌嘴，阔论对高谈。红线塔，白衣庵，智慧对痴憨。职权须划一，伙帐不分三。过瘾挖穿烟斗斗，调情打破醋坛坛。大将军八面威风，自治哄人，追悼哄鬼；滥队伍两头是路，升官向北，发财向南。

红对黑，绿对蓝，镜听对笔谈。千山对万水，湖北对岭南。人头芋，佛手柑，道观对尼庵。妇向书中取，兵从纸上谈。窗下书生时讽咏，筵前酒客日耽酣。吃饭有句成言，男子如虎，女子如鼠；治家无他妙诀，勤者喂猪，懒者喂蚕。

惊对恐，怒对惭，草席对花篮。大哥对幺妹，冻鸟对僵蚕。艾叶渡，桃花潭，美女对奇男。血灌肠夹夹，气包卵坛坛。谄媚逢迎称实学，自由平等付空谈。五千镑现金，全输在八零八，吃了他的六零六；一百钱旧账，倒扣除九十九，滚你妈哩三十三。

十四盐

忠对孝，耻对廉，绿酒对红盐。名人对色鬼，鹤发对虬髯。火焰匾，水晶帘，冰刨对火镰。七跤还八拱，一跌有三踮。讨口三年官懒做，当家十日狗都嫌。教养须及时，当知小子心田，可善可恶；风流本无味，不信美人口水，又香又甜。

勤对俭，洁对廉，苦辣对酸甜。新诗对旧曲，灯盏对火镰。荷叶粥，桃花盐，眉帚对眼帘。燕巢依邃阁，蛛网挂虚檐。请客何期遭客怨，为人莫做讨人嫌。能谄媚逢迎，做官不必通经史；讲自由恋爱，养女何须办嫁奁。

成对败，减对添，灯罩对火钳。痴儿对怨女，嘴瘪对头尖。桑葚酒，桃花盐，菊枕对梅帘。才大难为用，言多易讨嫌。旧充惯贼常欺法，初做新娘自戒严。诗以史名，愁里悲歌怀杜甫；笔经人索，梦中显晦老江淹。

十五咸

牢对狱，卡对监，白桦对青杉。兼高对扯矮，河淡对海咸。观音帽，罗汉衫，单镀对双嵌。荣归夸满载，信至怕空缄。愿引迷人登彼岸，莫支瞎子跳悬岩。入室枉通情，却金不受言心领；出门不带秤，称物凭看用手掂。

神对鬼，圣对凡，目的对头衔。短长对高矮，女袜对男衫。千人石，九子岩，善媚对工谗。夜行携电棒，晚泊卸风帆。造意只防眉一皱，谨言须学口三缄。月月完粮，谁怜乡老生来苦；回回摧利，惟有穷人吃得咸。

锄对铲，刈对芟，商董对学监。沙缸对水塔，金匮对玉函。刷把裤，玻璃衫，肩负对手掺。峨眉九老洞，大足三仙岩。涂脂不外因容丑，偷嘴原来为口馋。曰总统，曰执政，曰主席，掌白宫无上威权，又何殊皇帝登极；讲平等，讲自由，讲恋爱，看红尘实在闹热，莫惹动神仙下凡。

《习文小辑》后记

《习文小辑》是由我的三本小书组成的专辑。

文学历来可分为叙事和抒情两大类，最具叙事性特征的文体是小说，最具抒情性特征的文体是诗歌。《小说 24 美》、《学诗 26 讲》分别记录了我在这两个领域的一次漫步。

文学又与心理活动密不可分，在作家是创作心理，在作品是形象心理，在读者是接受心理。《人心 28 论》以谈形象心理为主，记录了我在这个领域的一次跋涉。

无论漫步还是跋涉，对爱好者而言，其实都是愉快的学习行程。文学的景致永远都是那样绚丽而幽深，犹如一片葱茏蓊郁的森林。

《小说24美》旨在探讨小说的审美形态，构架则受到古典文论的启迪。1981 年秋，当我准备为《青年文学》承担“小说之美”专栏时，首先想到的是司空图的《二十四诗品》。我希望借助传统的民族的形式，写成一种现代“小说品”。它将从古今中外的小说实际出发，归纳出十几二十种小说美的表现形态。它的语言也当力求生动活泼而带有较多的形象性。

“小说之美”连载数年，发表的次序有点散乱，出书时重新编排，大体可归为四类：第一类侧重于整体风格的赏析；第二类化整体为局部，分别从性格、语言、气氛、细节、结构等方面进行探讨；第三类侧重于技巧的品评；第四类侧重于现代派风格的介绍。

倘若以人作譬，那么第一类展示的仿佛是一个人的全貌，一种整体形象；第二类则是有关人的某一部分，如眉目、肤色、身段……的特写；第三类介绍衣着修饰、风度举止；第四类引出几个特别的人，他们或具奇形怪状，或穿奇装异服，或发奇谈怪论。他们能否为大家所接受和效法，尚有待时间证明。

专栏连载到将近三分之二时，美学家蒋孔阳教授阅读了已发表的各篇。他认为我对一般风格谈得较多，而对小说特性阐述不足。当时他的《序》已写好，上述意见便被作为“希望”在《序》的末段提了出来。蒋先生严肃而诚恳的学者风，使我受益，令我感动。在以后发表的各篇中，我有意识地加强了对小说特性的介绍。恰好这时《青春》也约我承担一个专栏，这就给了我机会，可以从更多的方面去探讨小说之美。该专栏的文章后来取名《小说谈屑》，作为附录收进了《小说 24 美》。

《学诗 26 讲》应当说是一本迟发的讲义。2003 年，我受邀为武汉大学国学班开设诗词写作课。那时只备有一份简略的教学提纲，没有写成完整的讲义。现在虽已时过境迁，但担任了几届黄鹤楼诗词大赛的评委，看到诗词爱好者是那样众多，而真正入门者又很稀少，便觉得将自己的愚人一得整理出版，也许并非多余。

学诗如同一切作业，有个程序。我从老辈获闻的主张是：1. 从模仿开始，先学写一句，再学写整首的诗；2. 诗有各种体裁，学习的顺序应是先五古，次五律，次七律，次七古；绝句与排律则在学律诗的过程中一并练习。该书的篇目基本依照这一顺序，只是在诗

之后增加词、散曲和楹联，还以两讲的篇幅分别介绍唱和、联句、诗钟及诗话与词话。全书谈诗的部分最多，谈词的内容较少，谈散曲和楹联更加简略。这是因为诗、词、曲、联具有共性，谈诗时已经述及的问题，后文无须再重复。

无论讲述何种诗体，都会涉及格律与技法。格律是老生常谈，但因为近体诗和词、曲均为格律诗，诗化的楹联也须遵守诗律，甚至古体诗也有一定的格律要求，所以学诗无法绕过这一课题。至于技法，包括遣词造句、谋篇布局乃至修辞等等，本无一定之规，作为写作教程，我所能做的，只是通过对前人成功之作的评介，从较易师法、借鉴的角度，为初学者提示一二入门途径。至于入门之后的独创一格，领异标新，那就有待读者诸君的各自努力了。

该书由北京大学中文系中国古代文学专业博士生王颖作序。当年我在珞珈山为国学班开课时，她是班长，也是学校诗社的重要成员。序言引起我对一段教学经历的美好回忆，文中的溢美之词则增添了我的愧怍之情。

从方便读者考虑，《学诗26讲》也有几件附录，分别为《诗韵节略》、《词谱简编》、《曲谱例览》和《时谚声律启蒙》。

《人心28论》起笔于20世纪90年代初，其时正值文艺心理学广为流行。我发现，研究者的兴趣大都集中于以作家为对象的创作心理，而对以作品人物为对象的形象心理和以读者为对象的接受心理则甚少问津；于是又想起鲁迅说过的话：除了特种学者，一般人读《红楼梦》，见到的只是贾宝玉，不会把个曹雪芹念念不忘地记在心里。——既然如此，为一般人着想，我何不对贾宝玉们的心理研究一番呢？

书稿亦曾连载于《青年文学》。为适应专栏形式，各篇采用简洁整齐的小标题，行文则力避枯燥艰涩，这样一共写了28论。前14论谈情绪，自然也谈及情感。后14论谈人格，包括气质和性格，同时介绍一些学派理论。在我看来，作家塑造形象，既要从整体上把握人物相对稳定的气质和性格，又要从变化的角度把握人物在特殊情境中的情绪和情感。有了这两条，也就获得了开启人物心灵的钥匙。

此书从内容设置到标题拟定，都曾得到北京大学心理学系孟昭兰教授的指点和匡正。她的序言科学地阐释了心理学与文学的密切关系。我与孟先生只有书信往来而从未谋面。令我意外的是，事隔十多年后，忽然接到她的电话，约我为她主编的《情绪心理学》撰写《情绪与艺术》一章。其时我正撰写《长江小说史略》。她的约稿逼我重温睽违已久的心理学，并全面思考情绪与艺术创作、艺术作品、艺术接受之间的关系。由于《人心28论》侧重阐述形象心理，现将《情绪与艺术》作为附录收入，则在创作心理和接受心理的探讨方面多少是个弥补。

《小说24美》、《人心28论》(原名《人心可测——小说人物心理探索》)曾蒙周谷城先生、姚雪垠先生赐题。为求体例统一，在《学诗26讲》文前，印上了瞿蜕园先生的墨迹。“解得风骚”四字摘自我所珍藏的蜕老诗稿，原句为:“解得风骚千古意，竟成兰菊一时芳。”“风骚”原指《国风》与《离骚》，后来成为《诗经》、《楚辞》乃至诗歌、辞赋的总代称。值此《习文小辑》问世，我想把“风骚”的含义再予延伸，延伸为整个文学的泛指，而“解得”二字不妨作为与读者的共勉。

“解得风骚”，说得多好!

2008年11月

（京）新登字083号

图书在版编目（CIP）数据

学诗26讲/俞汝捷著. —北京：中国青年出版社，2009

(习文小辑丛书)

ISBN 978-7-5006-8539-5

Ⅰ.学… Ⅱ.俞… Ⅲ.诗歌-创作方法 Ⅳ.I052

中国版本图书馆CIP数据核字（2008）第183495号

责任编辑>周 平 杜惠玲

版式绘制>陈 惠

封面设计>瞿中华

中国青年出版社 出版 发行

社址：北京东四12条21号

邮政编码：100708

网址：www.cyp.com.cn

编辑部电话（010）57350504

门市部电话（010）57350370

三河市君旺印装厂印刷

新华书店经销

700×1000 1/16 22.75印张

2009年7月北京第1版

2013年1月河北第2次印刷

5001-8000册

定价：32.00元